a alma encantadora das ruas

Edição com texto integral. Inclui notas explicativas para os termos não usuais.

O livro é a porta que se abre para a realização do homem.

Jair Lot Vieira

JOÃO DO RIO

a alma encantadora das ruas

VIALEITURA

Copyright desta edição © 2025 by Edipro Edições Profissionais Ltda.

Título original: *A alma encantadora das ruas*. Publicado pela primeira vez no Brasil em 1908.

Todos os direitos reservados. Nenhuma parte deste livro poderá ser reproduzida ou transmitida de qualquer forma ou por quaisquer meios, eletrônicos ou mecânicos, incluindo fotocópia, gravação ou qualquer sistema de armazenamento e recuperação de informações, sem permissão por escrito do editor.

Grafia conforme o novo Acordo Ortográfico da Língua Portuguesa.

1ª edição, 2025.

Editores: Jair Lot Vieira e Maíra Lot Vieira Micales
Coordenação editorial: Karine Moreto de Almeida
Produção editorial: Richard Sanches
Edição de textos: Marta Almeida de Sá
Assistente editorial: Thiago Santos
Preparação de texto: Thiago de Christo
Revisão: Tatiana Yumi T. Dohe
Diagramação e capa: Ana Luísa Regis Segala

Dados Internacionais de Catalogação na Publicação (CIP)
(Câmara Brasileira do Livro, SP, Brasil)

Rio, João do, 1881-1921.

A alma encantadora das ruas / João do Rio. – 1. ed. – São Paulo : Via Leitura, 2025. – (Biblioteca luso-brasileira)

Título original: A alma encantadora das ruas

ISBN 978-65-87034-59-1 (impresso)
ISBN 978-65-87034-60-7 (e-book)

1. Crônicas brasileiras I. Título. II. Série.

24-227960   CDD-B869.8

Índice para catálogo sistemático:
1. Crônicas : Literatura brasileira B869.8

Tábata Alves da Silva – Bibliotecária – CRB-8/9253   EDITORA AFILIADA

VIA LEITURA

São Paulo: (11) 3107-7050 • Bauru: (14) 3234-4121
www.vialeitura.com.br • edipro@edipro.com.br
 @editoraedipro   @editoraedipro

A João Ribeiro
Profunda admiração

SUMÁRIO

A rua 9

O que se vê nas ruas... 31

    Pequenas profissões... 31

    Os tatuadores 39

    Orações 46

    Os urubus 55

    Os mercadores de livros e a leitura das ruas 59

    A pintura das ruas 64

    Tabuletas 69

    Visões d'ópio 74

    Músicos ambulantes 82

    Velhos cocheiros 88

    Presepes 93

    Como se ouve a missa do "Galo" 101

    Cordões 108

Três aspectos da miséria 119

    As mariposas do luxo 119

    Os trabalhadores de estiva 125

    A fome negra 131

    Sono calmo 137

    As mulheres mendigas 144

    Os que começam… 151

Onde às vezes termina a rua.. 157

    Crimes de amor 157

    A galeria superior 164

    O dia das visitas 169

    Versos de presos 174

    As quatro ideias capitais dos presos....................180

    Mulheres detentas 185

A musa das ruas 191

A RUA

Eu amo a rua. Esse sentimento de natureza toda íntima não vos seria revelado por mim se não julgasse, e razões não tivesse para julgar, que este amor assim absoluto e assim exagerado é partilhado por todos vós. Nós somos irmãos, nós nos sentimos parecidos e iguais; nas cidades, nas aldeias, nos povoados, não porque soframos, com a dor e os desprazeres, a lei e a polícia, mas porque nos une, nivela e agremia o amor da rua. É este mesmo o sentimento imperturbável e indissolúvel, o único que, como a própria vida, resiste às idades e às épocas. Tudo se transforma, tudo varia — o amor, o ódio, o egoísmo. Hoje é mais amargo o riso, mais dolorosa a ironia. Os séculos passam, deslizam, levando as coisas fúteis e os acontecimentos notáveis. Só persiste e fica, legado das gerações cada vez maior, o amor da rua.

A rua! Que é a rua? Um cançonetista de Montmartre fá-la dizer:

> *Je suis la rue, femme éternellement verte,*
> *Je n'ai jamais trouvé d'autre carrière ouverte*
> *Sinon d'être la rue, et, de tout temps, depuis*
> *Que ce pénible monde est monde, je la suis...*[1]

A verdade e o trocadilho! Os dicionários dizem: "Rua, do latim ruga, sulco. Espaço entre as casas e as povoações por onde se anda e passeia". E Domingos Vieira, citando as *Ordenações*: "Estradas e ruas pruvicas antiguamente usadas e os rios navegantes se som cabedaes que correm continuamente e de todo o tempo pero que o uso assy das estradas e ruas pruvicas". A obscuridade da gramática e da lei! Os dicionários só são considerados fontes fáceis de completo saber pelos que nunca os folhearam. Abri o primeiro, abri o segundo, abri dez, vinte enciclopédias, manuseei in-fólios[2] especiais de curiosidade. A rua era para eles apenas um alinhado de fachadas, por onde se anda nas povoações...

Ora, a rua é mais do que isso, a rua é um fator da vida das cidades, a rua tem alma! Em Benares ou em Amsterdã, em Londres ou Buenos

---

1. Eu sou a rua, mulher eternamente verde,/ Eu jamais encontrei outra carreira aberta/ A não ser a de ser a rua, e, por todo tempo, desde/ Que este penoso mundo é mundo, eu a sou...

2. In-fólios: folhas de impressão dobradas ao meio que compõem cadernos com quatro páginas.

Aires, sob os céus mais diversos, nos mais variados climas, a rua é a agasalhadora da miséria. Os desgraçados não se sentem de todo sem o auxílio dos deuses enquanto diante dos seus olhos uma rua abre para outra rua. A rua é o aplauso dos medíocres, dos infelizes, dos miseráveis da arte. Não paga ao Tamagno para ouvir berros atenorados de leão avaro, nem à velha Patti para admirar um fio de voz velho, fraco e legendário. Bate, em compensação, palmas aos saltimbancos que, sem voz, rouquejam com fome para alegrá-la e para comer. A rua é generosa. O crime, o delírio, a miséria não os denuncia ela. A rua é a transformadora das línguas. Os Cândido de Figueiredo do universo estafam-se em juntar regrinhas para enclausurar expressões; os prosadores bradam contra os Cândido. A rua continua, matando substantivos, transformando a significação dos termos, impondo aos dicionários as palavras que inventa, criando o calão que é o patrimônio clássico dos léxicons[3] futuros. A rua resume para o animal civilizado todo o conforto humano. Dá-lhe luz, luxo, bem-estar, comodidade e até impressões selvagens no adejar[4] das árvores e no trinar dos pássaros.

A rua nasce, como o homem, do soluço, do espasmo. Há suor humano na argamassa do seu calçamento. Cada casa que se ergue é feita do esforço exaustivo de muitos seres, e haveis de ter visto pedreiros e canteiros, ao erguer as pedras para as frontarias, cantarem, cobertos de suor, uma melopeia[5] tão triste que pelo ar parece um arquejante soluço. A rua sente nos nervos essa miséria da criação, e por isso é a mais igualitária, a mais socialista, a mais niveladora das obras humanas. A rua criou todas as blagues[6] e todos os lugares-comuns. Foi ela que fez a majestade dos rifões,[7] dos brocardos,[8] dos anexins,[9] e foi também ela que batizou o imortal Calino. Sem o consentimento da rua não passam os sábios, e os charlatães, que a lisonjeiam e lhe resumem a banalidade, são da primeira ocasião desfeitos e soprados como bolas de sabão. A rua é a eterna imagem da ingenuidade. Comete crimes, desvaria à noite, treme com a febre dos delírios, para ela como para as crianças a aurora é sempre formosa, para ela não há o despertar triste, e quando o sol desponta

---

3. Léxicon: coletânea de expressões e locuções.
4. Adejar: agitar-se como o bater de asas.
5. Melopeia: canto monótono, melancólico.
6. Blague: comentário engraçado.
7. Rifão: ditado geralmente rimado e de teor moral.
8. Brocardo: máxima, aforismo.
9. Anexim: frase, provérbio ou sentença popular.

e ela abre os olhos esquecida das próprias ações, é, no encanto da vida renovada, no chilrear do passaredo, no embalo nostálgico dos pregões — tão modesta, tão lavada, tão risonha, que parece papaguear com o céu e com os anjos...

A rua faz as celebridades e as revoltas, a rua criou um tipo universal, tipo que vive em cada aspecto urbano, em cada detalhe, em cada praça, tipo diabólico que tem dos gnomos e dos silfos[10] das florestas, tipo proteiforme,[11] feito de risos e de lágrimas, de patifarias e de crimes irresponsáveis, de abandono e de inédita filosofia, tipo esquisito e ambíguo com saltos de felino e risos de navalha, o prodígio de uma criança mais sabida e cética que os velhos de setenta invernos, mas cuja ingenuidade é perpétua, voz que dá o apelido fatal aos potentados e nunca teve preocupações, criatura que pede como se fosse natural pedir, aclama sem interesse, e pode rir, francamente, depois de ter conhecido todos os males da cidade, poeira dourada que se faz lama e torna a ser poeira — a rua criou o garoto!

Essas qualidades nós as conhecemos vagamente. Para compreender a psicologia da rua não basta gozar-lhe as delícias como se goza o calor do sol e o lirismo do luar. É preciso ter espírito vagabundo, cheio de curiosidades malsãs e os nervos com um perpétuo desejo incompreensível, é preciso ser aquele que chamamos *flâneur*[12] e praticar o mais interessante dos esportes — a arte de flanar.[13] É fatigante o exercício?

Para os iniciados sempre foi grande regalo. A musa de Horácio, a pé, não fez outra coisa nos quarteirões de Roma. Sterne e Hoffmann proclamavam-lhe a profunda virtude, e Balzac fez todos os seus preciosos achados flanando. Flanar! Aí está um verbo universal sem entrada nos dicionários,[14] que não pertence a nenhuma língua! Que significa flanar? Flanar é ser vagabundo e refletir, é ser basbaque[15] e comentar, ter o vírus da observação ligado ao da vadiagem. Flanar é ir por aí, de manhã, de dia, à noite, meter-se nas rodas da populaça, admirar o menino da gaitinha ali à esquina, seguir com os garotos o lutador do Cassino vestido de turco, gozar nas praças os ajuntamentos defronte

---

10. Silfo: ser mitológico relacionado ao ar.
11. Proteiforme: que constantemente modifica sua forma.
12. *Flâneur*: embora a palavra francesa signifique caminhante ou errante, ao longo do tempo acumulou outras conotações.
13. Flanar: andar por aí; vaguear sem destino ou preocupação.
14. Não constava dos dicionários à época; hoje consta.
15. Basbaque: aquele que se espanta com tudo; tolo.

das lanternas mágicas, conversar com os cantores de modinha das alfurjas da Saúde, depois de ter ouvido os *dilettanti*[16] de casaca aplaudirem o maior tenor do Lírico numa ópera velha e má; é ver os bonecos pintados a giz nos muros das casas, após ter acompanhado um pintor afamado até a sua grande tela paga pelo Estado; é estar sem fazer nada e achar absolutamente necessário ir até um sítio lôbrego,[17] para deixar de lá ir, levado pela primeira impressão, por um dito que faz sorrir, um perfil que interessa, um par jovem cujo riso de amor causa inveja...

É vagabundagem? Talvez. Flanar é a distinção do perambular com inteligência. Nada como o inútil para ser artístico. Daí o desocupado *flâneur* ter sempre na mente dez mil coisas necessárias, imprescindíveis, que podem ficar eternamente adiadas. Do alto de uma janela como Paul Adam, admira o caleidoscópio da vida no epítome[18] delirante que é a rua; à porta do café, como Poe no *Homem da Multidões*, dedica-se ao exercício de adivinhar as profissões, as preocupações e até os crimes dos transeuntes. É uma espécie de secreta[19] à maneira de Sherlock Holmes, sem os inconvenientes dos secretas nacionais. Haveis de encontrá-lo numa bela noite ou numa noite muito feia. Não vos saberá dizer donde vem, que está a fazer, para onde vai. Pensareis decerto estar diante de um sujeito fatal? Coitado! O *flâneur* é o *bonhomme*[20] possuidor de uma alma igualitária e risonha, falando aos notáveis e aos humildes com doçura, porque de ambos conhece a face misteriosa e cada vez mais se convence da inutilidade da cólera e da necessidade do perdão...

O *flâneur* é ingênuo quase sempre. Para diante dos rolos, é o eterno "convidado do sereno" de todos os bailes, quer saber a história dos boleeiros,[21] admira-se simplesmente, e conhecendo cada rua, cada beco, cada viela, sabendo-lhe um pedaço da história, como se sabe a história dos amigos (quase sempre mal), acaba com a vaga ideia de que todo o espetáculo da cidade foi feito especialmente para seu gozo próprio. O balão que sobe ao meio-dia no Castelo, sobe para seu prazer; as bandas de música tocam nas praças para alegrá-lo; se num beco perdido há uma serenata com violões chorosos, a serenata e os violões estão

---

16. *Dilettanti*: do italiano, amador.
17. Lôbrego: escuro e sombrio.
18. Epítome: síntese, resumo.
19. Secreta: quem integra a polícia secreta.
20. *Bonhomme*: do francês, tipo, indivíduo, mas também amigo.
21. Boleeiro: cocheiro.

ali para diverti-lo. E de tanto ver o que os outros quase não podem entrever, o *flâneur* reflete. As observações foram guardadas na placa sensível do cérebro; as frases, os ditos, as cenas vibram-lhe no cortical.[22] Quando o *flâneur* deduz, ei-lo a concluir uma lei magnífica por ser para seu uso exclusivo, ei-lo a psicologar, ei-lo a pintar os pensamentos, a fisionomia, a alma das ruas. E é então que haveis de pasmar da futilidade do mundo e da inconcebível futilidade dos pedestres da poesia de observação...

Eu fui um pouco esse tipo complexo, e, talvez por isso, cada rua é para mim um ser vivo e imóvel.

Balzac dizia que as ruas de Paris nos dão impressões humanas. São assim as ruas de todas as cidades, com vida e destino iguais aos do homem.

Por que nascem elas? Da necessidade de alargamento das grandes colmeias sociais, de interesses comerciais, dizem. Mas ninguém o sabe. Um belo dia, alinha-se um tarrascal,[23] corta-se um trecho de chácara, aterra-se um lameiro, e aí está: nasceu mais uma rua. Nasceu para evoluir, para ensaiar os primeiros passos, para balbuciar, crescer, criar uma individualidade. Os homens têm no cérebro a sensação dessa semelhança, e assim como dizem de um rapagão:

— Quem há de pensar que vi este menino a engatinhar!

Murmuram:

— Quem há de dizer que esta rua há dez anos só tinha uma casa!

Um cavalheiro notável, ao entrar comigo certa vez na Rua Senador Dantas, não se conteve:

— É impossível passar por aqui sem lembrar que a velhice começa a chegar. Quando vim da província esta rua tinha apenas duas casas no antigo jardim do Convento, e eu tomava chope no Guarda Velha a três vinténs!

Eu sorria, mas o pobre sujeito importante dizia isso como se recordasse os dois primeiros dentes de um homenzarrão, com uma dentadura capaz atualmente de morder as algibeiras de uma sociedade inteira. Era a recordação, a saudade do passado começo. Há nada mais

---

22. Cortical: relativo ao córtex.
23. Tarrascal: em algumas regiões de Portugal, lugar de difícil acesso, acidentado ou selvagem.

enternecedor que o princípio de uma rua? É ir vê-lo nos arrabaldes. A princípio capim, um braço a ligar duas artérias. Percorre-o sem pensar meia dúzia de criaturas. Um dia cercam à sua beira um lote de terreno. Surgem em seguida os alicerces de uma casa. Depois de outra e mais outra. Um combustor tremeluz indicando que ela já se não deita com as primeiras sombras. Três ou quatro habitantes proclamam a sua salubridade ou o seu sossego. Os vendedores ambulantes entram por ali como por terreno novo a conquistar. Aparece a primeira reclamação nos jornais contra a lama ou o capim. É o batismo. As notas policiais contam que os gatunos deram num dos seus quintais. É a estreia na celebridade, que exige o calçamento ou o prolongamento da linha de bondes. E, insensivelmente, há na memória da população, bem nítida, bem pessoal, uma individualidade topográfica a mais, uma individualidade que tem fisionomia e alma.

Algumas dão para malandras, outras para austeras; umas são pretensiosas, outras riem aos transeuntes e o destino as conduz como conduz o homem, misteriosamente, fazendo-as nascer sob uma boa estrela ou sob um signo mau, dando-lhes glórias e sofrimentos, matando-as ao cabo de um certo tempo.

Oh!, sim, as ruas têm alma! Há ruas honestas, ruas ambíguas, ruas sinistras, ruas nobres, delicadas, trágicas, depravadas, puras, infames, ruas sem história, ruas tão velhas que bastam para contar a evolução de uma cidade inteira, ruas guerreiras, revoltosas, medrosas, esplenéticas,[24] esnobes, ruas aristocráticas, ruas amorosas, ruas covardes, que ficam sem pinga de sangue...

Vede a Rua do Ouvidor. É a fanfarronada em pessoa, exagerando, mentindo, tomando parte em tudo, mas desertando, correndo os taipais[25] das montras[26] à mais leve sombra de perigo. Esse beco inferno de pose, de vaidade, de inveja, tem a especialidade da bravata. E fatalmente oposicionista criou o boato, o "diz-se..." aterrador e o "fecha-fecha" prudente. Começou por chamar-se Desvio do Mar. Por ela continua a passar para todos os desvios muita gente boa. No tempo em que os seus melhores prédios se alugavam modestamente por dez mil-réis, era a Rua do Gadelha.[27] Podia ser ainda hoje a Rua dos Gadelhas, aten-

---

24. Esplenética: melancólica, triste, deprimida.
25. Taipais: tapumes removíveis que protegem as vitrines e compõem o estabelecimento comercial.
26. Montra: vitrine.
27. Gadelha: cabelo.

dendo ao número prodigioso de poetas nefelibatas[28] que a infestam de cabelos e de versos. Um dia resolveu chamar-se do Ouvidor sem que o senado da câmara fosse ouvido. Chamou-se como calunia e elogia, como insulta e aplaude, porque era preciso denominar o lugar em que todos falam de lugar do que ouve; e parece que cada nome usado foi como a antecipação moral de um dos aspectos atuais dessa irresponsável artéria da futilidade.

A Rua da Misericórdia, ao contrário, com as suas hospedarias lôbregas, a miséria, a desgraça das casas velhas e a cair, os corredores bafientos,[29] é perpetuamente lamentável. Foi a primeira rua do Rio. Dela partimos todos nós, nela passaram os vice-reis malandros, os gananciosos, os escravos nus, os senhores em redes; nela vicejou a imundície, nela desabotoou a flor da influência jesuítica. Índios batidos, negros presos a ferros, domínio ignorante e bestial, o primeiro balbucio da cidade foi um grito de misericórdia, foi um estertor, um ai! tremendo atirado aos céus. Dela brotou a cidade no antigo esplendor do Largo do Paço, dela decorreram, como de um corpo que sangra, os becos humildes e os coalhos de sangue, que são as praças, ribeirinhas do mar. Mas, soluço de espancado, primeiro esforço de uma porção de infelizes, ela continuou pelos séculos afora sempre lamentável, e tão augustiosa[30] e franca e verdadeira na sua dor que os patriotas lisonjeiros e os governos, ninguém, ninguém se lembrou nunca de lhe tirar das esquinas aquela muda prece, aquele grito de mendiga velha: — Misericórdia!

Há ruas que mudam de lugar, cortam morros, vão acabar em certos pontos que ninguém dantes imaginara — a Rua dos Ourives; há ruas que, pouco honestas no passado, acabaram tomando vergonha — a da Quitanda. Essa tinha mesmo a mania de mudar de nome. Chamou-se do Açougue Velho, do Inácio Castanheira, do Sucusarrará, do Tomé da Silva, que sei eu? Até mesmo Canto do Tabaqueiro. Acabou Quitanda do Marisco, mas, como certos indivíduos que organizam o nome conforme a posição que ocupam, cortou o marisco e ficou só Quitanda. Há ruas, guardas tradicionais da fidalguia, que deslizam como matronas conservadoras — a das Laranjeiras; há ruas lúgubres, por onde passais

---

28. Nefelibata: forma figurada para aquele que anda com a cabeça nas nuvens, mas também o avoado, o idealista e, no sentido literário, aquele que não obedece às regras ou aos processos conhecidos para produção textual, seja em prosa ou verso. Todas essas acepções fazem sentido no trecho.
29. Bafiento: com cheiro de mofo.
30. Augustioso: solene; genuíno.

com um arrepio, sentindo o perigo da morte — o Largo do Moura por exemplo. Foi sempre assim. Lá existiu o necrotério e antes do necrotério lá se erguia a Forca. Antes da autópsia, o enforcamento. O velho largo macabro, com a alma de Tropmann e de Jack, depois de matar, avaramente guardou anos e anos, para escalpelá-los, para cheirá-los, para gozá-los, todos os corpos dos desgraçados que se suicidam ou morrem assassinados. Tresanda[31] a crime, assusta. A Prainha também. Mesmo hoje, aberta, alargada com prédios novos e a trepidação contínua do comércio, há de vos dar uma impressão de vago horror. À noite são mais densas as sombras, as luzes mais vermelhas, as figuras maiores. Por que terá essa rua um aspecto assim? Oh!, Porque foi sempre má, porque foi ali o Aljube,[32] ali padeceram os negros dos três primeiros trapiches[33] do sal, porque também ali a Forca espalhou a morte!

Há entretanto outras ruas, que nascem íntimas, familiares, incapazes de dar um passo sem que todas as vizinhas não o saibam. As ruas de Santa Teresa estão nestas condições. Um cavalheiro salta no Curvelo, vai a pé até o França, e quando volta já todas as ruas perguntam que deseja ele, se as suas tenções[34] são puras e outras impertinências íntimas. Em geral, procura-se o mistério da montanha para esconder um passeio mais ou menos amoroso. As ruas de Santa Teresa, é descobrir o par e é deitar a rir proclamando aos quatro ventos o acontecimento. Uma das ruas, mesmo, mais leviana e tagarela do que as outras, resolveu chamar-se logo Rua do Amor, e a Rua do Amor lá está na freguesia de São José. Será exatamente um lugar escolhido pelo Amor, deus decadente? Talvez não. Há também na freguesia do Engenho Velho uma rua intitulada Feliz Lembrança e parece que não a teve, segundo a opinião respeitável da poesia anônima:

Na Rua Feliz Lembrança
Eu escapei por um triz
De ser mandado à tábua.
Ai! que lembrança infeliz
Tal nome pôr nesta rua!

---

31. Tresandar: cheirar (mal).
32. Aljube: cárcere sombrio.
33. Trapiche: estabelecimento comercial com acesso ao mar que servia como um eixo logístico rudimentar e por onde mais rapidamente desembarcavam-se, embarcavam-se e distribuíam-se mercadorias; com o tempo, passou também a designar os armazéns na costa.
34. Tenção: intenção.

Há ruas que têm as blandícias[35] de Goriot e de Shylock para vos emprestar a juro, para esconder quem pede e paga o explorador com ar humilde. Não vos lembrais da Rua do Sacramento, da rua dos penhores? Uma aragem fina e suave encantava sempre o ar. Defronte à igreja, casas velhas guardavam pessoas tradicionais. No Tesouro, por entre as grades de ferro, uma ou outra cara desocupada. E era ali que se empenhavam as joias, que pobres entes angustiados iam levar os derradeiros valores com a alma estrangulada de soluços; era ali que refluíam todas as paixões e todas as tristezas, cujo lenitivo dependesse de dinheiro...

Há ruas oradoras, ruas de *meeting*[36] — o Largo do Capim que assim foi sempre, o Largo de São Francisco; ruas de calma alegria burguesa, que parecem sorrir com honestidade — a Rua de Haddock Lobo; ruas em que não se arrisca a gente sem volver os olhos para trás a ver se nos veem — a Travessa da Barreira; ruas melancólicas, da tristeza dos poetas; ruas de prazer suspeito próximas do centro urbano e como que dele muito afastadas; ruas de paixão romântica, que pedem virgens loiras e luar.

Qual de vós já passou a noite em claro ouvindo o segredo de cada rua? Qual de vós já sentiu o mistério, o sono, o vício, as ideias de cada bairro?

A alma da rua só é inteiramente sensível a horas tardias. Há trechos em que a gente passa como se fosse empurrada, perseguida, corrida — são as ruas em que os passos reboam, repercutem, parecem crescer, clamam, ecoam e, em breve, são outros tantos passos ao nosso encalço. Outras que se envolvem no mistério logo que as sombras descem — o Largo do Paço. Foi esse largo o primeiro esplendor da cidade. Por ali passaram, na pompa dos pálios[37] e dos baldaquins[38] de ouro e púrpura, as procissões do Enterro, do Triunfo, do Senhor dos Passos; por ali, ao lado da Praia do Peixe, simples vegetação de palhoças, o comércio agitava as suas primeiras elegâncias e as suas ambições mais fortes. O largo, apesar das reformas, parece guardar a tradição de dormir cedo. À noite, nada o reanima, nada o levanta. Uma grande

---

35. Blandícia: brandura; mimo.
36. *Meeting*: reunião pública ou comício.
37. Pálio: cobertura portátil que protege, em procissões, imagens veneradas ou os responsáveis por elas; em cortejos, as pessoas dignas da honraria.
38. Baldaquim: estrutura com quatro colunas e cobertura em formato de coroa que emoldura uma imagem objeto de adoração; também um tipo de cobertura acortinada que envolve camas, tronos, altares e andores.

revolução morre no seu bojo como um suspiro; a luz leva a lutar com a treva; os próprios revérberos[39] parecem dormitar, e as sombras que por ali deslizam são trapos da existência almejando o fim próximo, ladrões sem pousada, imigrantes esfaimados...[40] Deixai esse largo, ide às ruelas da Misericórdia, trechos da cidade que lembram a Amsterdã sombria de Rembrandt. Há homens em esteiras, dormindo na rua como se estivessem em casa. Não nos admiremos. Somos reflexos. O Beco da Música ou o Beco da Fidalga reproduzem a alma das ruas de Nápoles, de Florença, das ruas de Portugal, das ruas da África, e até, se acreditarmos na fantasia de Heródoto, das ruas do Antigo Egito. E por quê? Porque são ruas da proximidade do mar, ruas viajadas, com a visão de outros horizontes. Abri uma dessas pocilgas que são a parte do seu organismo. Haveis de ver chineses bêbados de ópio, marinheiros embrutecidos pelo álcool, feiticeiras ululando[41] canções sinistras, toda a estranha vida dos portos de mar. E esses becos, essas betesgas[42] têm a perfídia[43] dos oceanos, a miséria das imigrações, e o vício, o grande vício do mar e das colônias...

Se as ruas são entes vivos, as ruas pensam, têm ideias, filosofia e religião. Há ruas inteiramente católicas, ruas protestantes, ruas livre-pensadoras e até ruas sem religião. Trafalgar Square, dizia o mestre humorista Jerome, não tem uma opinião teológica definitiva. O mesmo se pode dizer da Praça da Concórdia de Paris ou da Praça Tiradentes. Há criatura mais sem miolos que o Largo do Rocio? Devia ser respeitável e austero. Lá, Pedro I, trepado num belo cavalo e com um belo gesto, mostra aos povos a carta da independência, fingindo dar um grito que nunca deu. Pois bem: não há sujeito mais pândego[44] e menos sério do que o velho ex-Largo do Rocio. Os seus sentimentos religiosos oscilam entre a depravação e a roleta. Felizmente, outras redimem a sociedade de pedra e cal, pelo seu culto e o seu fervor. A Rua Benjamin Constant está neste caso, é entre nós um tremendo exemplo de confusão religiosa. Solene, grave, guarda três templos, e parece dizer com circunspecção e o ar compenetrado de certos senhores de todos nós conhecidos:

---

39. Revérbero: lampião empregado na iluminação pública.
40. Esfaimado: faminto.
41. Ulular: produzir som triste semelhante a um uivo.
42. Betesga: via estreita e/ou sem saída.
43. Perfídia: deslealdade, falsidade.
44. Pândego: aqui, no sentido de dissimulado, falso.

— Faço as obras de Coração de Jesus, creio em Deus, nas orações, nos bentinhos[45] e só não sou positivista porque é tarde para mudar de crença. Mas respeito muito e admiro Teixeira Mendes...

Nós, os homens nervosos, temos de quando em vez alucinações parciais da pele, dores fulgurantes, a sensação de um contato que não existe, a certeza de que chamam por nós. As ruas têm os rolos, as casas mal-assombradas, e há até ruas possessas, com o diabo no corpo. Em São Luís do Maranhão há uma rua sonâmbula muito menos cacete[46] que a ópera célebre do mesmo nome. Essa rua é a Rua de Santa Ana, a lady Macbeth da topografia. Deu-se lá um crime horrível. Às dez horas, a rua cai em estado sonambúlico e é só gritos, clamores: sangue! Sangue!

Ruas assim ainda mostram o que pensam. Talvez as outras tenham maiores delírios, mas são como os homens normais — guardam dentro do cérebro todos os pensamentos extravagantes. Quem se atreveria a resumir o que num minuto pensa de mal, de inconfessável, o mais honesto cidadão? Entre as ruas existem também as falsas, as hipócritas, com a alma de Tartufo e de Iago. Por isso os grandes mágicos do interior da África Central, que dos sertões adustos[47] levavam às cidades inglesas do litoral sacos de ouro em pó e grandes macacos tremendos, têm uma cantiga estranha que vale por uma sentença breve de Catão:

> O di ti a uê, chê
> F'u, a uá ny
> Odê, odá, bi ejô
> Sa lo dê

Sentença que em eubá, o esperanto das hordas selvagens, quer dizer apenas isto: rua foi feita para ajuntamentos. Rua é como cobra. Tem veneno. Foge da rua!

Mas o importante, o grave, é ser a rua a causa fundamental da diversidade dos tipos urbanos. Não sei se lestes um curioso livro de E. Demolins, *Comment la route crée le type social*. É uma revolução no ensino

---

45. Bentinho: objeto de devoção que se pendura no pescoço.
46. Cacete: chata, enfadonha.
47. Adusto: ressequido, abrasado.

da geografia. "A causa primeira e decisiva da diversidade das raças, diz ele, é a estrada, o caminho que os homens seguirem. Foi a estrada que criou a raça e o tipo social. Os grandes caminhos do globo foram, de qualquer forma, os alambiques poderosos que transformaram os povos. Os caminhos das grandes estepes asiáticas, das tundras siberianas, das savanas da América ou das florestas africanas insensivelmente e fatalmente criaram o tipo tártaro-mongol, o lapão-esquimó, o pele-vermelha, o índio, o negro".

A rua é a civilização da estrada. Onde morre o grande caminho começa a rua, e, por isso, ela está para a grande cidade como a estrada está para o mundo. Em embrião, é o princípio, a causa dos pequenos agrupamentos de uma raça idêntica. Daí, em muitos sítios da terra as aldeias terem o único nome de rua. Quando aumentam e crescem depois, ou pela devoção da maioria dos habitantes ou por uma impressão de local, acrescentam ao substantivo rua o complemento que das outras as deve diferençar. Em Portugal esse fato é comum. Há uma aldeia de 700 habitantes no Minho que se chama modestamente Rua de São Jorge, uma outra no Douro que é a Rua da Lapela, e existem até uma Rua de Cima e uma Rua de Baixo.

Nas grandes cidades a rua passa a criar o seu tipo, a plasmar o moral dos seus habitantes, a inocular-lhes misteriosamente gostos, costumes, hábitos, modos, opiniões políticas. Vós todos deveis ter ouvido ou dito aquela frase:

— Como estas meninas cheiram a Cidade Nova!

Não é só a Cidade Nova, sejam louvados os deuses! Há meninas que cheiram a Botafogo, a Haddock Lobo, a Vila Isabel, como há velhas em idênticas condições, como há homens também. A rua fatalmente cria o seu tipo urbano como a estrada criou o tipo social. Todos nós conhecemos o tipo do rapaz do Largo do Machado: cabelo à americana, roupas amplas à inglesa, lencinho minúsculo no punho largo, bengala de volta, pretensões às línguas estrangeiras, calças dobradas como Eduardo VII e toda a esnobópolis do universo. Esse mesmo rapaz, dadas idênticas posições, é no Largo do Estácio inteiramente diverso. As botas são de bico fino, os fatos em geral justos, o lenço no bolso de dentro do casaco, o cabelo à meia cabeleira com muito óleo. Se formos ao Largo do Depósito, esse mesmo rapaz usará lenço de seda preta, forro na gola do paletó, casaquinho curto e calças obedecendo ao molde corrente na navegação aérea — calças à balão.

Esses três rapazes da mesma idade, filhos da mesma gente honrada, às vezes até parentes, não há escolas, não há contatos passageiros, não há academias que lhes transformem o gosto por certa cor de gravatas, a maneira de comer, as expressões, as ideias — porque cada rua tem um estoque especial de expressões, de ideias e de gostos. A gente de Botafogo vai às "primeiras" do Lírico, mesmo sem ter dinheiro. A gente de Haddock Lobo tem dinheiro mas raramente vai ao Lírico. Os moradores da Tijuca aplaudem Sarah Bernhardt como um prodígio. Os moradores da Saúde amam enternecidamente o Dias Braga. As meninas das Laranjeiras valsam ao som das valsas de Strauss e de Berger, que lembram os cassinos da Riviera e o esplendor dos *kursaals*.[48] As meninas dos bailes de Catumbi só conhecem as novidades do senhor Aurélio Cavalcante. As conversas variam, o amor varia, os ideais são inteiramente outros, e até o namoro, essa encantadora primeira fase do eclipse do casamento, essa meia ação da simpatia que se funde em desejo, é absolutamente diverso. Em Botafogo, à sombra das árvores do parque ou no grande portão, Julieta espera Romeu, elegante e solitária; em Haddock Lobo Julieta garruleia[49] em bandos pela calçada; e nas casas humildes da Cidade Nova, Julieta, que trabalhou todo o dia pensando nessa hora fugaz, pende à janela o seu busto formoso...

Oh!, sim, a rua faz o indivíduo, nós bem o sentimos. Um cidadão que tenha passado metade da existência na Rua do Pau-Ferro não se habitua jamais à Rua Marquês de Abrantes! Os intelectuais sentem esse tremendo efeito do ambiente, menos violentamente, mas sentem. Eu conheci um elegante barão da monarquia, diplomata em perpétua disponibilidade que a necessidade forçara a aceitar de certo proprietário o quarto de um cortiço da Rua Bom Jardim. O pobre homem, com as suas poses à Brummell, sempre de monóculo entalado, era o escândalo da rua. Por mais que saudasse as damas e cumprimentasse os homens, nunca ninguém se lembrava de o tratar senão com desconfiança assustada. O barão sentia-se desesperado e resumira a vida num gozo único: sempre que podia, tomava o bonde de Botafogo, acendia um charuto, e ia por ali, altivo, airoso, com a velha redingote[50] abotoada,

---

48. *Kursaal*: em russo, significa algo como centro de entretenimento.
49. Garrulear: tagarelar.
50. Redingote: sobrecasaca.

a "caramela"[51] de cristal cintilante... Estava no seu bairro. Até parece, dizia ele, que as pedras me conhecem!

As pedras! As pedras são a couraça da rua, a resistência que elas apresentam ao novo transeunte. Refleti que nunca pisastes pela primeira vez uma rua de arrabalde sem que o vosso passo fosse hesitante como que, inconscientemente, se habituando ao terreno; refleti nessas coisas sutis que a vida cria, e haveis de compreender então a razão por que os humildes limitam todo o seu mundo à rua onde moram, e por que certos tipos, os tipos populares, só o são realmente em determinados quarteirões.

As ruas são tão humanas, vivem tanto e formam de tal maneira os seus habitantes, que há até ruas em conflito com outras. Os malandros e os garotos de uma olham para os de outra como para inimigos. Em 1805, há um século, era assim: os capoeiras da Praia não podiam passar por Santa Luzia. No tempo das eleições mais à navalha que à pena, o Largo do Machadinho e a Rua Pedro Américo eram inimigos irreconciliáveis. Atualmente a sugestão é tal que eles se intitulam *povo*. Há o *povo* da Rua do Senado, o povo da Travessa do mesmo nome, o *povo* de Catumbi. Haveis de ouvir, à noite, um grupo de pequenos valentes armados de vara:

— Vamos embora! O *povo* da Travessa está conosco.

É a Rua do Senado que, aliada à Travessa, vai sovar a Rua Frei Caneca...

Como outrora os homens, mais ou menos notáveis, tomavam o nome da cidade onde tinham nascido — Tales de Mileto, Luciano de Samósata, Epicarmo de Alexandria — os chefes da capadoçagem[52] juntam hoje ao nome de batismo o nome da *sua* rua. Há o José de Senado, o Juca da Harmonia, o Lindinho do Castelo, e ultimamente, nos fastos[53] do crime, tornaram-se célebres dois homens, Carlito e Cardosinho, só temidos em toda a cidade, cheia de Cardosinhos e de Carlitos, porque eram o Carlito e o Cardosinho da Saúde. Direis que é uma observação puramente local? Não, cem vezes não! Em Paris, a Ville-Lumière, os bandos de assassinos tomam frequentemente o nome da rua onde se organizaram; em Londres há ruas dos bairros trágicos com esse predomínio, e na própria história de Bizâncio haveis

---

51. Caramela: peça de roupa larga ou folgada.
52. Capadoçagem: grupo dos que fingem ser importantes.
53. Fasto: registro público.

de encontrar ruas tão guerreiras que os seus habitantes as juntavam ao nome como um distintivo.

E assim os tipos populares...

Tive o prazer de conhecer dois desses tipos, em que mais vivamente se exteriorizava a influência psicológica da rua: o Pai da Criança e a Perereca.

O Pai da Criança estava deslocado, na decadência. Esse ser repugnante nascera como uma depravação da Rua do Ouvidor. Quando o vi doente, nas tascas da Rua Frei Caneca, como já não estava na sua rua não era mais notável. Os garotos já não riam dele, ninguém o seguia, e o nojento sujeito conversava nas bodegas, como qualquer mortal, da gatunice dos governos. Só fui descobrir a sua celebridade quando o vi em plena Ouvidor, cheio de fitas, vaiado, cuspindo insolências, inconcebível de descaro[54] e de náusea. A Perereca, ao contrário. Na Rua do Ouvidor seria apenas uma preta velha. Na Rua Frei Caneca era o regalo, o delírio, a extravagância. Os malandrins corriam-lhe ao encalço atirando-lhe pedras, os negociantes chegavam às portas, todas as janelas iluminavam-se de gargalhadas. E por quê? Porque esses tipos são o riso das ruas, e assim como não há duas pessoas que riam do mesmo modo, não há duas ruas cujo riso seja o mesmo.

Se a rua é para o homem urbano o que a estrada foi para o homem social, é claro que a preocupação maior, a associada a todas as outras ideias do ser das cidades, é a rua. Nós pensamos sempre na rua. Desde os mais tenros anos ela resume para o homem todos os ideais, os mais confusos, os mais antagônicos, os mais estranhos, desde a noção de liberdade e de difamação — ideias gerais — até a aspiração de dinheiro, de alegria e de amor, ideias particulares. Instintivamente, quando a criança começa a engatinhar, só tem um desejo: ir para a rua! Ainda não fala e já a assustam: se você for para a rua encontra o bicho! Se você sair apanha palmadas! Qual! Não há nada! É pilhar um portão aberto que o petiz[55] não se lembra mais de bichos nem de pancadas!

Sair só é a única preocupação das crianças até uma certa idade. Depois continuar a sair só. E quando já para nós esse prazer se usou,

---

54. Descaro: descaramento.
55. Petiz: pequeno.

a rua é a nossa própria existência. Nela se fazem negócios, nela se fala mal do próximo, nela mudam as ideias e as convicções, nela surgem as dores e os desgostos, nela sente o homem a maior emoção.

> Quando se encontra o amor
> Na rua, sem o saber...

— Ponho-o no olho da rua! — brada o pai ao filho no auge da fúria.

Aí está a rua como expressão da maior calamidade.

— Você está em casa, venha para a rua se é gente!

Aí temos a rua indicando sítio livre para a valentia a substituir o campo de torneio medieval.

— É mais deslavado que as pedras da rua!

Frase em que se exprime uma vergonhice[56] inconcebível.

— É mais velho que uma rua!

Conceito talvez errado porque há ruas que morrem moças.

Às vezes até a rua é a arma que fere e serve de elogio conforme a opinião que dela se tem.

— Ah! minha amiga! Meu filho é muito comportado. Já vai à rua sozinho...

— Ah! meninas, o filho de dona Alice está perdido! Pois se até anda sozinho na rua!

E a rua, impassível, é o mistério, o escândalo, o terror...

Os políticos vivem no meio da rua aqui, na China, em Tombuctu, na França; os presidentes de república, os reis, os papas, no pavor de uma surpresa da rua — a bomba, a revolta; os chefes de polícia são os alucinados permanentes das ruas; todos quantos querem subir, galgar a inútil e movediça montanha da glória, anseiam pelo juízo da rua, pela aprovação da via pública, e há na patologia nervosa uma vasta parte em que se trata apenas das moléstias produzidas pela rua, desde a neurastenia até a loucura furiosa. É que a rua chega a ser a obsessão em que se condensam todas as nossas ambições. O homem, no desejo de ganhar a vida com mais abundância ou maior celebridade, precisava interessar à rua. Começou pois fazendo discursos em plena *ágora*,[57]

---

56. Vergonhice: sem-vergonhice.
57. Ágora: lugar público de reunião.

discursos que, desde os tempos mais remotos aos *meetings* contemporâneos da estátua de José Bonifácio, falam sempre de coisas altivas, generosas e nobres. Um belo dia, a rua proclamou a excelente verdade: que as palavras leva-as o vento. Logo, nós, assustados, imaginamos o homem-sanduíche, o cartaz ambulante; mandamos pregar-lhe, enquanto dorme, com muita goma e muita ingenuidade, os cartazes proclamando a melhor conserva, o vinho mais austero, o doce mais gostoso, o ideal político mais generoso, não só em letras impressas, mas com figuras alegóricas, para poupar-lhe o trabalho de ler, para acariciar-lhe a ignorância, para alegrá-la. Como se não bastassem o cartaz, a lanterna mágica, o homem-sanduíche, desveladamente, aos poucos, resolvemos compor-lhe a história e fizemos o jornal — esse formidável folhetim-romance permanente, composto de verdades, mentiras, lisonjas, insultos e da fantasia dos Gaboriau que somos todos nós...

Há uma estética da rua, afirmou Bulls. Sim. Há. Porque as atrizes de fama, os oradores mais populares, os hércules mais cheios de força, os produtos mais evidentes dos blocos comerciais vivem de procurar agradá-la. Desse orgulho transitório surgiu para a rua a glória policroma da arte. O temor de serem esquecidos criou para cada uma a roupagem variada, encheu-as como melusinas[58] de pedra, como fadas cruéis que se teme e se satisfaz, de vestidos múltiplos, de cores variegadas, de fanfreluches[59] de papel, da ardência fulgurante das montras de cambiantes luzentes; deu-lhes uma perpétua apoteose de sacrifício à espera do milagre do lucro ou da popularidade. A estética, a ornamentação das ruas, é o resultado do respeito e do medo que lhes temos...

No espírito humano a rua chega a ser uma imagem que se liga a todos os sentimentos e serve para todas as comparações. Basta percorrer a poesia anônima para constatar a flagrante verdade. E quase sempre na rua que se fala mal do próximo. Folheemos uma coleção de fados. Lá está a ideia:

> Adeus, ó Rua Direita
> Ó Rua da Murmuração.

---

58. Melusina: fada da água doce que faz parte do folclore europeu.
59. Fanfreluche: adorno pouco valioso.

Onde se faz audiência
Sem juiz nem escrivão.

Aliás muito tímida, como devendo ser cantada por quem tem culpa no cartório. Mas, se um apaixonado quer descrever o seu peito, só encontra uma comparação perfeita.

O meu peito é uma rua
Onde o meu bem nunca passa,
É a rua da amargura
Onde passeia a desgraça.

Se sente o apetite de descrever, os espécimens são sem conta.

Na rua do meu amor
Não se pode namorar:
De dia, velhas à porta,
De noite, cães a ladrar.

E é suave lembrar aquele sonhador que, defronte da janela da amada e desejando realizar o impossível para lhe ser agradável, só pôde sussurrar esta vontade meiga:

Se esta rua fosse minha
Eu mandava ladrilhar
De pedrinhas de brilhante
Para meu bem passar.

O povo observa também, e diz mais numa quadra do que todos nós a armar o efeito de períodos brilhantes. Sempre recordarei um tocador de violão a cantar com lágrimas na voz como diante do inexorável Destino:

Vista Alegre é rua morta
A Formosa é feia e brava
A Rua Direita é torta
A do Sabão não se lava...

Toda a psicologia das construções e do alinhamento em quatro versos! A rua chega a preocupar os loucos. Nos Hospícios, onde esses cavalheiros andam doidos por se verem cá fora, encontrei planos de ruas ideais, cantores de rua, e um deles mesmo chegou a entregar-me um longo poema que começava assim:

> A rua...
> Cumprida, cumprida, aluá...
> Olé! complicada, complicada, aluá
> A rua
> Nua!

Essa ideia reflete-se nas religiões, nos livros sagrados, na arte de todos os tempos, cada vez mais afiada, cada vez mais sensível. Na literatura atual a rua é a inspiração dos grandes artistas, desde Victor Hugo, Balzac e Dickens, até às epopeias de Zola, desde o funambulismo[60] de Banville até o humorismo de Mark Twain. Não há um escritor moderno que não tenha cantado a rua. Os sonhadores levam mesmo a exagerá-la, e hoje, devido certamente à corrente socialista, há toda uma literatura em que a alma das ruas soluça. Os poetas refinados levam a mórbida inspiração a cantar os aspectos parciais da rua. Como os românticos cantavam os pés, os olhos, a boca e outras partes do corpo das apaixonadas, eles cantam o semblante das casas vazias, os revérberos de gás como Rodenbach:

> *Le dimanche, en semaine, et par tous les temps*
> *L'un est debout, un autre, il semble, s'agenouille.*
> *Et chacun se sent seul comme dans une foule...*
> *Les réverbères des banlieues*
> *Sont des cages où les oiseaux déplient leurs queues.*[61]

Os pregões, as calçadas, e houve até um — Mário Pederneiras — que nos deu a sutilíssima e admirável psicologia das árvores urbanas:

---

60. Funambulismo: ofício daquele que se equilibra na corda bamba; de forma figurada, comportamento daquele que apresenta ideias inconstantes.
61. Aos domingos, nos dias de semana e em todos os climas, / um está em pé, outro, ao que parece, está ajoelhado. / E todo mundo se sente sozinho como numa multidão... / Luzes de rua nos subúrbios / são gaiolas onde os pássaros desdobram as caudas.

Com que magoado encanto
Com que triste saudade
Sobre mim atua
Esta estranha feição das árvores da rua...
E elas são, entretanto,
A única ilusão rural de uma cidade!

As árvores urbanas
São, em geral, conselheirais e frias
Sem as grandes expansões e as grandes alegrias
Das provincianas.

Não têm sequer os plácidos carinhos
Dessas largas manhãs provinciais e enxutas.
Nem a orquestra dos ninhos
Nem a graça vegetal das frutas...

Os artistas modernos já não se limitam a exprimir os aspectos proteiformes da rua, a analisar traço por traço o perfil físico e moral de cada rua. Vão mais longe, sonham a rua ideal, como sonharam um mundo melhor. Williams Morris, por exemplo, imaginou nas *Novelas de parte alguma* a rua socialista e rara, com edifícios magníficos, sem mendigos e sem dinheiro. Rimbaud, nas *Illuminations*, teve a ideia da rua babélica, reproduzindo nos edifícios, sob o céu cinzento, todas as maravilhas clássicas da arquitetura. Bellamy, no *Locking Bockward*, já sonhava o agrupamento dos grandes armazéns; e hoje, entre essas ruas de sonho, que Gustavo Khan considera as ruas utópicas e que talvez se tornem realidade um dia, é o estranho e infernal sulco descrito por Wells na *História dos tempos futuros*, rua em que tudo dependerá de sindicatos formidáveis, em que tudo será elétrico, em que os homens, escravos de meia dúzia, serão como os elos de uma mesma corrente arrastados pelo trabalho através dos casarões.

Mas, a quem não fará sonhar a rua? A sua influência é fatal na palheta dos pintores, na alma dos poetas, no cérebro das multidões. Quem criou o reclamo? A rua! Quem inventou a caricatura! A rua! Onde é a expansão de todos os sentimentos da cidade? Na rua! Por isso, para dar a expressão da dor funda, o grande poeta Bilac fez um dia:

A Avenida assombrada e triste da saudade
Onde vem passear a procissão chorosa
Dos órfãos do carinho e da felicidade.

E certo poeta árabe, reconhecendo com a presciência[62] dos vates[63] que só a rua nos pode dar a expressão do sofrimento absoluto como da alegria completa, escreveu a celebrada Praça do Riso ao nascer da aurora: o riso de cristal das crianças, o riso perlado[64] das mulheres, o riso grave dos homens a formar um conjunto de tanta harmonia que as árvores também riam no canto dos pássaros, e a própria umbela[65] azul do céu se estriava de ouro no imenso riso do sol...

Neste elogio, talvez fútil, considerei a rua um ser vivo, tão poderoso que consegue modificar o homem insensivelmente e fazê-lo o seu perpétuo escravo delirante, e mostrei mesmo que a rua é o motivo emocional da arte urbana mais forte e mais intenso. A rua tem ainda um valor de sangue e de sofrimento: criou um símbolo universal. Há ainda uma rua, construída na imaginação e na dor, rua abjeta e má, detestável e detestada, cuja travessia se faz contra a nossa vontade, cujo trânsito é um doloroso arrastar pelo enxurro de uma cidade e de um povo. Todos acotovelam-se e vociferam aí, todos, vindos da Rua da Alegria ou da Rua da Paz, atravessando as betesgas do Saco do Alferes ou descendo de automóvel dos bairros civilizados, encontram-se aí e aí se arrastam, em lamentações, em soluços, em ódio à Vida e ao Mundo. No traçado das cidades ela não se ostenta com as suas imprecações e os seus rancores. É uma rua esconsa[66] e negra, perdida na treva, com palácios de dor e choupanas de pranto, cuja existência se conhece não por um letreiro à esquina, mas por uma vaga apreensão, um irredutível sentimento de angústia, cuja travessia não se pode jamais evitar. Correi os mapas de Atenas, de Roma, de Nínive ou da Babilônia, o mapa das cidades mortas. Termas, canais, fontes, jardins suspensos, lugares onde se fez negócio, onde se amou, lugares onde se cultuaram os deuses — tudo desapareceu. Olhai o mapa das cidades modernas. De século em século a transformação é quase radical. As ruas são perecíveis como os homens. A outra, porém, essa horrível rua de todos conhecida e odiada, pela qual diariamente passamos, essa é eterna como

---

62. Presciência: aqui, no sentido de pressentimento.
63. Vate: profeta; vidente.
64. Perlado: perolado.
65. Umbela: objeto ou estrutura em forma de sombrinha ou guarda-chuva.
66. Esconsa: inclinada ou escorregadia.

o medo, a infâmia, a inveja. Quando Jerusalém fulgia no seu máximo esplendor, já ela lá existia. Enquanto em Atenas artistas e guerreiros recebiam ovações, enquanto em Roma a multidão aplaudia os gladiadores triunfais e os césares devassos, na rua aflitiva cuspinhava o opróbrio[67] e chorava a inocência. Cartago tinha uma rua assim, e ainda hoje Paris, Nova York, Berlim a têm, cortando a sua alegria, empanando o seu brilho, enegrecendo todos os triunfos e todas as belezas. Qual de vós não quebrou, inesperadamente, o ângulo em arestas dessa rua? Se chorastes, se sofrestes a calúnia, se vos sentistes ferido pela maledicência, podeis ter a certeza de que entrastes na obscura via! Ah! Não procureis evitá-la! Jamais o conseguireis. Quanto mais se procura dela sair, mais dentro dela se sofre. E não espereis nunca que o mundo melhore enquanto ela existir. Não é uma rua onde sofrem apenas alguns entes, é a rua interminável, que atravessa cidades, países, continentes, vai de polo a polo; em que se alanceiam todos os ideais, em que se insultam todas as verdades, onde sofreu Epaminondas e pela qual Jesus passou. Talvez que extinto o mundo, apagados todos os astros, feito o universo treva, talvez ela ainda exista, e os seus soluços sinistramente ecoem na total ruína, rua das lágrimas, rua do desespero — interminável rua da Amargura...

---

67. Opróbrio: aquilo que desonra e degrada.

O QUE SE VÊ NAS RUAS

PEQUENAS PROFISSÕES

O cigano aproximou-se do catraieiro.[68] No céu, muito azul, o sol derramava toda a sua luz dourada. Do cais via-se para os lados do mar, cortado de lanchas, de velas brancas, o desenho multiforme das ilhas verdejantes, dos navios, das fortalezas. Pelos boulevards sucessivos que vão dar ao cais, a vida tumultuária da cidade vibrava num rumor de apoteose, e era ainda mais intensa, mais brutal, mais gritada, naquele trecho do Mercado, naquele pedaço da rampa, viscoso de imundícies e de vícios. O cigano, de *frack* e chapéu mole, já falara a dois carroceiros moços e fortes, já se animara a entrar numa taberna de freguesia retumbante. Agora, pelos seus gestos duros, pelo brilho do olhar, bem se percebia que o catraieiro seria a vítima, a vítima definitiva, que ele talvez procurasse desde manhã, como um milhafre[69] esfomeado.

Eduardo e eu caminhamos para a rampa, na aragem fina da tarde que se embebia de todos aqueles cheiros de maresia, de gordura, de aves presas, de verduras. O catraieiro batia negativamente com a cabeça.

— Uma calça, apenas uma, em muito bom estado.

— Mas eu não quero.

— Ninguém lhe vende mais barato, palavra de honra. E a fazenda? Veja a fazenda.

Desenrolou com cuidado um embrulho de jornal. De dentro surgiu um pedaço de calça cor de castanha.

— Para o serviço! Dois mil-réis, só dois!... Eu tenho família, mãe, esposa, quatro filhos menores. Ainda não comi hoje! Olhe, tenho aqui uns anéis... não gosta de anéis?

O catraieiro ficara, sem saber como, com o embrulho das calças, e o seu gesto fraco de negativa bem anunciava que iria ficar também com um dos anéis. O cigano desabotoara o *frack*, cheio de súbito receio.

— É um anel de ouro que eu achei, ouro legítimo. Vendo barato: oito mil-réis apenas. Tudo dez mil-réis, conta redonda!

---

68. Catraieiro: condutor de catraia, um pequeno barco.
69. Milhafre: nome dado a diversas espécies europeias de gavião.

O catraieiro sorria, o cigano estava preso em uma agitação estranha, agarrando a vítima pelo braço, pela camisa, dando pulos, para lhe cochichar ao ouvido palavras de maior tentação; ninguém naquele perpétuo tumulto, ninguém no rumor do estômago da cidade, olhava sequer para o negócio desesperado de cigano. Eduardo, que nessa tarde passeava comigo, arrastou-me pelo ex-Largo do Paço, costeando o cais até a velha estação das barcas.

— Admiraste aquele negociante ambulante?

— Admirei um refinado "vigarista"...

— Oh!, meu amigo, a moral é uma questão de ponto de vista. Aquele cigano faz parte de um exército de infelizes, a que as condições da vida ou do próprio temperamento, a fatalidade, enfim, arrasta muita gente. Lembras-te de *La romera de Santiago*, de Velez de Guevara? Há lá uns versos que bem exprimem o que são essas criaturas:

> *Estos son algunos hombres*
> *De obligaciones, que pasan*
> *Necesidad, y procuran*
> *De esta suerte remediarla*
> *Saliendose a los caminos...*[70]

É quanto basta como moral. Não sejamos excessivos para os humildes.

O Rio tem também as suas pequenas profissões exóticas, produto da miséria ligada às fábricas importantes, aos adelos,[71] ao baixo comércio; o Rio, como todas as grandes cidades, esmiúça no próprio monturo[72] a vida dos desgraçados. Aquelas calças do cigano, deram-lhas ou apanhou-as ele no cisco,[73] mas como o cigano não faz outra coisa na sua vida senão vender calçar velhas e anéis de *plaquet*,[74] aí tens tu uma profissão da miséria, ou se quiseres, da malandrice — que é sempre a pior das misérias. Muito pobre diabo por aí pelas praças parece sem ofício, sem ocupação. Entretanto, coitados! O ofício, as ocupações, não

---

70. Estes são alguns homens / das obrigações, que passam / necessidade e buscam / dessa forma remediar / pegando as estradas.
71. Adelo: estabelecimento comercial de compra e venda de roupas e trapos, e geral, usados.
72. Monturo: onde se deposita lixo ou coisas repugnantes.
73. Cisco: lixo.
74. Plaquê: metal dourado de baixa qualidade utilizado na fabricação de bijuterias.

lhes faltam, e honestos, trabalhosos, inglórios, exigindo o faro dos cães e a argúcia dos repórteres.

Todos esses pobres seres vivos tristes vivem do cisco, do que cai nas sarjetas, dos ratos, dos magros gatos dos telhados, são os heróis da utilidade, os que apanham o inútil para viver, os inconscientes aplicadores à vida das cidades daquele axioma de Lavoisier: nada se perde na natureza. A polícia não os prende, e, na boemia das ruas, os desgraçados são ainda explorados pelos adelos, pelos ferros-velhos, pelos proprietários das fábricas...

— As pequenas profissões!... É curioso!

As profissões ignoradas. Decerto não conheces os trapeiros sabidos, os apanha-rótulos, os selistas, os caçadores, as ledoras de *buena-dicha*.[75] Se não fossem o nosso horror, a Diretoria de Higiene e as *blagues* das revistas de ano, nem os ratoeiros seriam conhecidos.

— Mas, senhor Deus! É uma infinidade, uma infinidade de profissões sem academia! Até parece que não estamos no Rio de Janeiro...

— Coitados! Andam todos na dolorosa academia da miséria, e, vê tu, até nisso há vocações! Os trapeiros, por exemplo, dividem-se em duas especialidades — a dos trapos limpos e a de todos os trapos. Ainda há os cursos suplementares dos apanhadores de papéis, de cavacos e de chumbo. Alguns envergonham-se de contar a existência esforçada. Outros abundam em pormenores e são um mundo de velhos desiludidos, de mulheres gastas, de garotos e de crianças, filhos de família, que saem, por ordem dos pais, com um saco às costas, para cavar a vida nas horas da limpeza das ruas.

De todas essas pequenas profissões a mais rara e a mais parisiense é a dos caçadores, que formam o sindicato das goteiras e dos jardins. São os apanhadores de gatos para matar e levar aos restaurantes, já sem pele, onde passam por coelho. Cada gato vale dez tostões no máximo. Uma só das costelas que os fregueses rendosos trincam, à noite, nas salas iluminadas dos hotéis, vale muito mais. As outras profissões são comuns. Os trapeiros existem desde que nós possuímos fábricas de papel e fábricas de móveis. Os primeiros apanham trapos, todos os trapos encontrados na rua, remexem o lixo, arrancam da poeira e do esterco os pedaços de pano, que serão em pouco alvo papel; os outros têm o serviço mais especial de procurar panos limpos, trapos em

---

75. *Buena-dicha*: destino; sorte; sina.

perfeito estado, para vender aos lustradores das fábricas de móveis. As grandes casas desse gênero compram em porção a traparia limpa. A uns não prejudica a intempérie, aos segundos a chuva causa prejuízos enormes. Imagina essa pobre gente, quando chove, quando não há sol, com o céu aberto em cataratas e, em cada rua, uma inundação!

— Falaste, entretanto, dos sabidos?

— Ah! os sabidos dedicam-se a pesquisar nos montes de cisco as botas e os sapatos velhos, e batem-se por duas botas iguais com fúria, porque em geral só se encontra uma desirmanada.[76] Esses infelizes têm preço fixo para o trabalho, uma tarifa geral combinada entre os compradores, os italianos remendões. Um par de botas, por exemplo, custa 400 réis, um par de sapatos, 200 réis. As classes pobres preferem as botas aos sapatos. Uma bota só, porém, não se vende por mais de 100 réis.

— Mas é bem pago!

— Bem pago? Os italianos vendem as botas, depois de consertadas, por seis e sete mil-réis! É o mesmo que acontece aos molambeiros ambulantes como o cigano que acabamos de ver — os belchiores[77] compram as roupas para vendê-las com quatrocentos por cento de lucro. Há ainda os selistas e os ratoeiros. Os selistas não são os mais esquadrinhadores, os agentes sem lucro do desfalque para o cofre público e da falsificação para o burguês incauto. Passam o dia perto das charutarias pesquisando as sarjetas e as calçadas à cata de selos dos maços de cigarros e selos com anéis e os rótulos de charutos. Um cento de selos em perfeito estado vende-se por 200 réis. Os das carteiras de cigarros têm mais um tostão. Os anéis dos charutos servem para vender uma marca por outra nas charutarias e são pagos cem por 200 réis. Imagina uns cem selistas à cata de selos intactos das carteirinhas e dos charutos; avalia em 5% os selos perfeitos de todos os maços de cigarros e de todos os charutos comprados neste país de fumantes; e calcula, após este pequeno trabalho de estatística, em quanto é defraudada a fazenda nacional diariamente só por uma das pequenas profissões ignoradas...

— Gente pobre a morrer de fome, coitados...

---

76. Desirmanada: aqui, no sentido de não ter um par.
77. Belchior: dono de brechó ou de sebo; negociante de roupas e outros produtos velhos e usados.

— Oh!, não. O pessoal que se dedica ao ofício não se compõe apenas do doloroso bando de pés descalços, da agonia risonha dos pequenos mendigos. Trabalham também na profissão os malandros de gravata e roupa alheia, cuja vida passa em parte nos botequins e à porta das charutarias.

— E é rendoso?

— Rendoso, propriamente, não; mas os selistas contam com o natural sentimento de todos os seres que, em vez de romperem, preferem retirar o selo do charuto e rasgar a parte selada das carteirinhas sem estragar o selo.

— Mas os anéis dos charutos?

— Oh!, isso então é de primeiríssima. Os selistas têm lugar certo para vender os rótulos dos charutos Bismarck — em Niterói, na Travessa do Senado. Há casas que passam caixas e caixas de charutos que nunca foram dessa marca. A mais nova, porém, dessas profissões, que saltam dos ralos, dos buracos, do cisco da grande cidade, é a dos ratoeiros, o agente de ratos, o entreposto entre as ratoeiras das estalagens e a Diretoria de Saúde. Ratoeiro não é um cavador — é um negociante. Passeia pela Gamboa, pelas estalagens da Cidade Nova, pelos cortiços e bibocas da parte velha da urbe, vai até o subúrbio, tocando uma cornetinha com a lata na mão. Quando está muito cansado, senta-se na calçada e espera tranquilamente a freguesia, soprando de espaço a espaço no cornetim.

Não espera muito. Das rótulas há quem os chame; à porta das estalagens afluem mulheres e crianças.

— Ô ratoeiro, aqui tem dez ratos!

— Quanto quer?

— Meia pataca.

— Até logo!

— Mas, ô diabo, olhe que você recebe mais do que isso por um só lá na Higiene.

— E o meu trabalho?

— Uma figa! Eu cá não vou na história de micróbio no pelo do rato.

— Nem eu. Dou dez tostões por tudo. Serve?

— Hein?

— Serve?

— Rua!

— Mais fica!

E quando o ratoeiro volta, traz o seu dia fartamente ganho...

Tínhamos parado à esquina da Rua Fresca. A vida redobrava aí de intensidade, não de trabalho, mas de deboche.

Nos botequins, fonógrafos roufenhos[78] esganiçavam canções picarescas;[79] numa taberna escura com turcos e fuzileiros navais, dois violões e um cavaquinho repinicavam. Pelas calçadas, paradas às esquinas, à beira do quiosque, meretrizes de galho de arruda atrás da orelha e chinelinho na ponta do pé, carregadores espapaçados,[80] rapazes de camisa de meia e calça branca bombacha com o corpo flexível dos birbantes,[81] marinheiros, bombeiros, túnicas vermelhas de fuzileiros — uma confusão, uma mistura de cores, de tipos, de vozes, onde a luxúria crescia.

De repente o meu amigo estacou. Alguns metros adiante, na Rua Fresca, um rapaz doceiro arriara a caixa, e sentado num portal, entregava o braço aos exercícios de um petiz da altura de um metro. Junto ao grupo, o cigano, com outro embrulho, falava.

— Vês? Aquele pequeno é marcador, faz tatuagens, ganha a sua vida com três agulhas e um pouco de graxa, metendo coroas, nomes e corações nos braços dos vendedores ociosos. O cigano molambeiro aproveita o estado de semidor e semi-inércia do rapaz para lhe impingir qualquer um dos seus trapos... um psicólogo, como todos os da sua raça, psicólogo como as suas irmãs que leem a *buena-dicha* por um tostão e amam por dez com consentimento deles...

Oh!, essas pequenas profissões ignoradas, que são partes integrantes do mecanismo das grandes cidades!

O Rio pode conhecer muito bem a vida do burguês de Londres, as peças de Paris, a geografia da Manchúria e o patriotismo japonês. A apostar, porém, que não conhece nem a sua própria planta, nem a vida de toda essa sociedade, de todos esses meios estranhos e exóticos, de todas as profissões que constituem o progresso, a dor, a miséria da vasta Babel que se transforma. E entretanto, meu caro, quanto soluço,

---

78. Roufenho: que tem som áspero.
79. Picaresca: ridícula, burlesca.
80. Espapaçado: sem graça.
81. Birbante: sem brio, indigno; patife.

quanta ambição, quanto horror e também quanta compensação na vida humilde que estamos a ver.

> *Estos son algunos hombres*
> *De obligaciones, que pasan*
> *Necesidad, y procuran*
> *De esta suerte remediarla*
> *Saliendose a los caminos...*

Mas o meu amigo não continuou o fio luminoso de sua filosofia. O catraieiro apareceu rubro de cólera, e sutilmente cosia-se com as paredes, ao aproximar-se do cigano.

De repente deu um pulo e caiu-lhe em cima de chofre.

— Apanhei-te, gatuno!

O cigano voltara-se lívido. Ao grito do catraieiro acudiam, numa sarabanda[82] de chinelas, fúfias,[83] rufiões, soldados, ociosos, vendedores ambulantes.

— Gatuno! Então vendes como ouro um anel de *plaquet*? Espera que te vou quebrar os queixos. — Sacudiu-o, atirou-o no ar para apanhá-lo com uma bofetada. O cigano porém caiu num bolo, distendeu-se e partiu como um raio por entre a aglomeração da gentalha, que ria. O catraieiro, mais corpulento, mais pesado, precipitou-se também.

Os vagabundos, com o selvagem instinto da caça, que persiste no homem — acompanharam-no. E pelos *boulevards*, onde se acendiam os primeiros revérberos, à disparada entre os quarteirões sucessivos, a ralé dos botequins, aos gritos, deitou na perseguição do pobre cigano molambeiro, da pobre profissão ignorada, que, como todas as profissões, tem também malandros.

Então Eduardo sentenciou.

— Tu não conhecias as pequenas profissões do Rio. A vida de um pobre sujeito deu-te todos esses úteis conhecimentos. Mas, se esse pobre sujeito não fosse um malandro, não conhecerias da profissão até mesmo os birbantes.

---

82. Sarabanda: grande agitação.
83. Fúfia: mulher ridícula e pretensiosa.

A moral é uma questão de ponto de vista. Para julgar os homens basta a gente defini-los segundo os seus sucessivos estados. Se te aprouver definir os profissionais humildes pela tua última impressão, emprega os mesmos versos de Guevara com uma pequena modificação:

Estos son algunos hombres
De obligaciones, que pasan
Necesidad, y procuran
De esta suerte remediarla
Corriendo por los caminos...

OS TATUADORES

— Quer marcar?

Era um petiz de doze anos talvez. A roupa em frangalhos, os pés nus, as mãos pouco limpas e um certo ar de dignidade na pergunta. O interlocutor, um rapazola louro, com uma dourada carne de adolescente, sentado a uma porta, indagou:

— Por quanto?

— É conforme, continuou o petiz. É inicial ou coroa?

— É um coração!

— Com nome dentro?

O rapaz hesitou. Depois:

— Sim, com nome: Maria Josefina.

— Fica tudo por uns seis mil-réis.

Houve um momento em que se discutiu o preço, e o petiz estava inflexível, quando vindo do quiosque da esquina um outro se acercou.

— Ó moço, faço eu; não escute embromações!

— Pagará o que quiser, moço.

O rapazola sorria. Afinal resignou-se, arregaçou a manga da camisa de meia, pondo em relevo a musculatura do braço. O petiz tirou do bolso três agulhas amarradas, um pé de cálix com fuligem e começou o trabalho. Era na Rua Clapp, perto do cais, no século XX... A tatuagem! Será então verdade a frase de Gautier: "o mais bruto homem sente que o ornamento traça uma linha indelével de separação entre ele e o animal, e quando não pode enfeitar as próprias roupas recama a pele"?

A palavra tatuagem é relativamente recente. Toda a gente sabe que foi o navegador Loocks que a introduziu no Ocidente, e esse escrevia *tattou*, termo da Polinésia de *tatou* ou *to tahou*, desenho. Muitos dizem mesmo que a palavra surgiu do ruído perceptível da agulha na pele: tac, tac. Mas como é ela antiga! O primeiro homem, decerto, ao perder o pelo, descobriu a tatuagem.

Desde os mais remotos tempos vemo-la a transformar-se: distintivo honorífico entre uns homens, ferrete de ignomínia entre outros, meio de assustar o adversário para os bretões, marca de uma classe para selvagens das Ilhas Marquesas, vestimenta moralizadora para os íncolas[84] da Oceania, sinal de amor, de desprezo, de ódio, bárbara tor-

---

84. Íncola: habitante.

tura do Oriente, baixa usança do Ocidente. Na Nova Zelândia é um enfeite; a Inglaterra universaliza o adorno dos selvagens que colhem o *phormium tenax*[85] para lhe aumentar a renda, e Eduardo com a âncora e o dragão no braço esquerdo é só por si um problema de psicologia e de atavismo.

Da tatuagem no Rio faz-se o mais variado estudo da crendice. Por ele se reconstrói a vida amorosa e social de toda a classe humilde, a classe dos ganhadores, dos viciados, das fúfias de porta aberta, cuja alegria e cujas dores se desdobram no estreito espaço das alfurjas[86] e das chombergas,[87] cujas tragédias de amor morrem nos cochicholos[88] sem ar, numa praga que se faz de lágrimas. A tatuagem é a inviolabilidade do corpo e a história das paixões. Esses riscos nas peles dos homens e das mulheres dizem as suas aspirações, as suas horas de ócio e a fantasia da sua arte e a crença na eternidade dos sentimentos — são a exteriorização da alma de quem os traz.

Há três casos de tatuagem no Rio, completamente diversos na sua significação moral: os negros, os turcos com o fundo religioso e o bando das meretrizes, dos rufiões e dos humildes, que se marcam por crime ou por ociosidade. Os negros guardam a forma fetiche; além dos golpes sarados com o pó preservativo do mau-olhado, usam figuras complicadas. Alguns, como o Romão da Rua do Hospício, têm tatuagens feitas há cerca de vinte anos, que se conservam nítidas, apesar da sua cor — com que se confunde a tinta empregada.

Quase todos os negros têm um crucificado. O feiticeiro Ononenê, morador à Rua do Alcântara, tem do lado esquerdo do peito as armas de Xangô, e Felismina de Oxum, a figura complicada da santa d'água doce. Esses negros explicam ingenuamente a razão das tatuagens. Na coroa imperial hesitam, coçam a carapinha e murmuram, num arranco de toda a raça, num arranco mil vezes secular de servilismo inconsciente:

— Eh! Eh! Pedro II não era o dono?

E não se fotografam com um pavor surdo, como se fosse crime usar essas marcas simbólicas.

---

85. *Phormium tenax*: planta costeira da qual se extrai uma fibra muito resistente.
86. Alfurja: viela estreita onde se despejava o lixo das casas.
87. Chomberga: casa humilde.
88. Cochicholo: quarto apertado e muito pequeno.

Os turcos são muçulmanos, maronitas, cismáticos, judeus, e nestas religiões diversas não há gente mais cheia de abusões,[89] de receios, de medos. Nas casas da Rua da Alfândega, Núncio e Senhor dos Passos, existem, sob o soalho, feitiçarias estranhas, e a tatuagem forra a pele dos homens como amuletos. Os maronitas pintam iniciais, corações; os cismáticos têm verdadeiros ícones primitivos nos peitos e nos braços; os outros trazem para o corpo pedaços de paramentos sagrados. É por exemplo muito comum turco com as mãos franjadas de azul, cinco franjas nas costas da mão, correspondendo aos cinco dedos. Essas cinco franjas são a simbolização das franjas da talete,[90] vestimenta dos *Khasan*, nas quais está entrançado a fio de ouro o grande nome de Ihaveh.[91]

A outra camada é a mais numerosa, é toda a classe baixa do Rio — os vendedores ambulantes, os operários, os soldados, os criminosos, os rufiões, as meretrizes. Para marcar tanta gente a tatuagem tornou- -se uma indústria com chefes, subchefes e praticantes.

Quase sempre as primeiras lições vieram das horas de inatividade na cadeia, na penitenciária e nos quartéis; mas eu contei só na Rua Barão de São Félix, perto do Arsenal de Marinha, e nas ruelas da Saúde, cerca de trinta marcadores. Há pequenos de dez, doze anos, que saem de manhã para o trabalho, encontram os carregadores, os doceiros sentados nos portais.

— Quer marcar? — perguntam; e tiram logo do bolso um vidro de tinta e três agulhas.

Muitos portugueses, cujos braços musculosos guardam coroas da sua terra e o seu nome por extenso, deixaram-se marcar porque não tinham que fazer.

— Que quer Vossa Senhoria? — O pequeno estava a arreliar.

— Marca, moço, marca! — e tanto pediu que pôs para aí os risquinhos.

Os pequenos, os outros marcadores ambulantes, têm um chefe, o Madruga, que só no mês de abril deste ano fez trezentas e dezeno- ve marcações. Madruga é o exemplo da versatilidade e da significa- ção miriônima[92] da tatuagem. Tem estado na cadeia várias vezes por questões e barulhos, vive nas Ruas da Conceição e São Jorge, tem

---

89. Abusão: superstição.
90. Talete: véu que os judeus usam em cima dos ombros enquanto oram em sinagogas.
91. Ihaveh: Javé ou Jeová, derivação do hebraico para denominar o deus das tradições bíblicas.
92. Miriônima: pode ser uma derivação de "merônima" (merônimo); teria o sentido de ser uma parte de um todo, ou, no caso, uma parte abrangente, ou, ainda, algo parcial ou particular.

amantes, compõe modinhas satíricas e é poeta. É dele este primor, que julga verso:

> Venha quanto antes dona Elisa
> Enquanto o Chico Passos não atiça
> Fogo na cidade...

Homem tão interessante guarda no corpo a síntese dos emblemas das marcações — um Cristo no peito, uma cobra na perna, o signo de Salomão, as cinco chagas, a sereia, e no braço esquerdo a campa[93] das próprias conquistas. Esse braço é o prolongamento ideográfico do seu monte de Vênus onde a quiromancia vê as batalhas do amor. Quando a mulher lhe desagrada e acaba com a chelpa,[94] Madruga emprega leite de mulher e sal de azedas, fura de novo a pele, fica com o braço inchado, mas arranca de lá a cor do nome.

Enquanto andou a fornecer-me o seu profundo saber, Madruga teve três dessas senhoras — a Jandira, a Josefa e a Maria. A primeira a figurar debaixo de um coração foi a Jandira. Um belo dia a Jandira desaparecia, dando lugar à Josefa, que triunfava em cima, entre as chamas. Um mês depois a letra J sumira-se e um M dominava no meio do coração.

Os marcadores têm uma tabela especial, o preço fixo do trabalho. As cinco chagas custam 1$000, uma rosa, 2$000, o signo de Salomão, o mais comum e o menos compreendido porque nem um só dos que interroguei o soube explicar, 3$000, as armas da Monarquia e da República, 6$ e 8$, e há Cristos para todos os preços.

Os tatuadores têm várias maneiras de tatuar: por picadas, incisão, por queimadura subepidérmica.[95] As conhecidas entre nós são as incisivas nos negros que trouxeram a tradição da África e, principalmente, as por picadas que se fazem com três agulhas amarradas e embebidas em graxa, tinta, anil ou fuligem, pólvora, acompanhando o desenho prévio. O marcador trabalha como as senhoras bordam.

Lombroso diz que a religião, a imitação, o ócio, a vontade, o espírito de corpo ou de seita, as paixões nobres, as paixões eróticas e o atavismo são as causas mantenedoras dessa usança. Há uma outra — a sugestão do ambiente. Hoje toda a classe baixa da cidade é tatuada

---

93. Campa: lousa que cobre a sepultura.
94. Chelpa: dinheiro.
95. Subepidérmico: abaixo da epiderme.

— tatuam-se marinheiros, e em alguns corpos há o romance imageográfico de inversões dramáticas; tatuam-se soldados, vagabundos, criminosos, barregãs, mas também portugueses chegados da aldeia com a pele sem mancha, que influência do meio obriga a incrustar no braço coroas do seu país.

Andei com o Madruga três longos meses pelos meios mais primitivos, entre os atrasados morais, e nesses atrasados a camada que trabalha braçalmente, os carroceiros, os carregadores, os filhos dos carroceiros deixaram-se tatuar porque era bonito, e são no fundo incapazes de ir parar na cadeia por qualquer crime. A outra, a perdida, a maior, o oceano malandragem e da prostituição é que me proporcionou o ensejo de estudar ao ar livre o que se pode estudar na abafada atmosfera das prisões. A tatuagem tem nesse meio a significação do amor, do desprezo, do amuleto, posse, do preservativo, das ideias patrióticas do indivíduo, da sua qualidade primordial.

Quase todos os rufiões e os rufistas do Rio têm na mão direita, entre o polegar e o indicador, cinco sinais que significam as chagas. Não há nenhum que não acredite derrubar o adversário dando-lhe uma bofetada com a mão assim marcada. O marinheiro Joaquim tem um Senhor crucificado no peito e uma cruz negra nas costas. Mandou fazer esse símbolo por esperteza. Quando sofre castigos, os guardiões sentem-se apavorados e sem coragem de sová-lo.

— Parece que estão dando em Jesus!

A sereia dá lábia, a cobra, atração, o peixe significa ligeireza na água, a âncora e a estrela, o homem do mar, as armas da República ou da Monarquia, a sua compreensão política. Pelo número de coroas da Monarquia que eu vi, quase todo esse pessoal é monarquista.

Os lugares preferidos são as costas, as pernas, as coxas, os braços, as mãos. Nos braços estão em geral os nomes das amantes, frases inteiras, como por exemplo esta frase de um soldado de um regimento de cavalaria: *viva o marechal de ferro!...*, desenhos sensuais, corações. O tronco é guardado para as coisas importantes, de saudade, de luxúria ou de religião. Hei de lembrar sempre o Madruga tatuando um funileiro, desejoso de lhe deixar uma estrela no peito.

— No peito não! — cuspiu o mulato —, no peito eu quero Nossa Senhora!

A sociedade, obedecendo à corrente das modernas ideias criminalistas, olha com desconfiança a tatuagem. O curioso é que — e esses estranhos problemas de psicologia talvez não sejam nunca explicados — o curioso é que os que se deixam tatuar por não terem mais que fazer, em geral, o elemento puro das aldeias portuguesas, o único quase incontaminável da baixa classe do Rio, mostram sem o menor receio os braços, enquanto os criminosos, os assassinos, os que já deixaram a ficha no gabinete de antropometria, fazem o possível para ocultá-los e escondem os desenhos do corpo como um crime. Por quê? Receio de que sejam sinais por onde se faça o seu reconhecimento? Isso com os da polícia talvez. Mas mesmo com pessoas, cujos intentos conhecem, o receio persiste, porque decerto eles consideram aquilo a marca de fogo da sociedade, de cuja tentação foram incapazes de fugir, levados pela inexorável fatalidade.

Há tatuagens religiosas, de amor, de nomes, de vingança, de desprezo, de profissão, de beleza, de raça, e tatuagens obscenas.

A vida no seu feroz egoísmo é o que mais nitidamente ideografa a tatuagem.

As meretrizes e os criminosos nesse meio de becos e de facadas têm indeléveis ideias de perversidade e de amor. Um corpo desses, nu, é um estudo social. As mulheres mandam marcar corações com o nome dos amantes, brigam, desmancham a tatuagem pelo processo do Madruga, e marcam o mesmo nome no pé, no calcanhar.

— Olha, não venhas com presepadas, meu macacuano. Tenho-te aqui, desgraça! — E mostram ao malandro, batendo com o chinelo, o seu nome odiado.

É a maior das ofensas: nome no calcanhar, roçando a poeira, amassado por todo o peso da mulher...

Há ainda a vaidade imitativa. As barregãs das vielas baratas têm sempre um sinalzinho azul na face. É a pacholice,[96] o *grain de beauté*,[97] a gracinha, principalmente para as mulatas e as negras fulas que o consideram o seu maior atrativo. Quando envelhecem, as pobres mulheres mandam apagar os sinais — porque querem ir limpas para o outro mundo, e a Florinda, há pouco falecida, que rolara quarenta anos nos bordéis de São Jorge e da Conceição, dizia-me antes de morrer:

— Ai, meu senhor, isto é para os homens! Quando se fica velha arranca-se, porque a terra não vê e Deus não perdoa.

---

96. Pacholice: vaidade; presunção.
97. *Grain de beauté*: sinal.

Grande parte desses homens e dessas mulheres tem o delírio mais sensual, fazem os nomes queridos em partes melindrosas, marcam os membros delicados com punhais, lâmpadas e outros símbolos. Neste caso eu tenho o Antônio Doceiro, um lindo rapazito que foi bombeiro depois de ter rolado pelo mundo, e a Anita Pau. Ambos têm desenhos curiosos por todo o corpo, e a pobre Anita mostra no calcanhar por extenso o nome do pai de seus filhos e traz em cada seio a inicial dos dois pequenos como numa eterna oferenda — a sua única oferenda de mãe aos desgraçados perdidos...

Num meio de tão fraca ilusão, onde as miçangas substituem os pendentes de arte e a vida ruge entre o desejo e o crime, depois de muito ver os pobres entes marcados como uma cavalhada — a cavalhada da luxúria e do assassínio —, começa a gente a sentir uma concentrada emoção e a imaginar com inveja o prazer humano, o prazer carnal, que eles terão ao sentir um nome e uma figura debaixo da pele, inalteráveis e para todo o sempre.

Aquele pequeno impressionou-me de novo na sua profissão estranha. Indaguei.

— Quanto fizeste hoje?

— Hoje fiz doze mil-réis.

E eu compreendi que afinal tatuador deve ser uma profissão muito mais interessante que a de amanuense[98] de secretaria...

---

98. Amanuense: escrevente.

ORAÇÕES

— Que está você a vender?

— Orações, sim senhor.

— Novas?

— Uma nova, sim — a oração dos nove.

Era num canto de rua, por uma tarde de chuva. O pobre garoto, muito magro, com o pescoço muito comprido, sobraçava o maço de orações, a sorrir.

— Mas, criatura, a oração dos nove foi desmoralizada!

— E agora é que se vende mais. Olhe, eu hoje vendi quatrocentos folhetos. Só de oração dos nove, trezentos e vinte e cinco.

Eu acredito nos prodígios. É uma opinião individual mas definitiva. Se a oração dos nove, depois de assustar toda a cidade e de incomodar o arcebispo, ainda continuava com um tão grande número de crentes, era porque tinha prodigiosas virtudes. Comprei a oração e estuguei[99] o passo. Que é afinal uma oração? É um levantamento da alma a Deus com o desejo de o servir e gozar, e São João de Damasco já a definia um pedido de coisas convenientes, com medo de que os fiéis pedissem também inconveniências. Aquele menino magro, naquela esquina de rua, era um dos insignificantes agentes desse tremendo micróbio da alma.

> *Si l'on en croit les savants*
> *Pour qui toute la Nature*
> *N'est qu'un bouillon de culture*
> *Mortel aux pauvres vivants.*[100]

Quantas orações andam por aí impressas em folhetinhos maus, vendidas nas grandes livrarias e nos alfarrabistas,[101] exportadas para a província em grossos maços, ou simplesmente manuscritas, de mão em mão, amarradas ao pescoço dos mortais em forma de breve![102]

---

99. Estugar: neste caso, apressar, ou, como se diz, apertar o passo.

100. Caso acreditemos nos cientistas / para quem toda a Natureza / é apenas um terreno fértil / mortal para os pobres seres vivos.

101. Alfarrabista: quem compra e vende alfarrábios e livros usados; dono de sebo. No caso, aqui, seriam os próprios sebos.

102. Breve: bentinho; objeto pequeno de devoção.

Há nessa estranha literatura edições raras, exemplares únicos que se compram a peso de ouro; orações árabes dos negros muçulmanos, cuja tradução não se vende nem por cinquenta mil-réis; orações de pragas africanas, para dizer três vezes com um obi[103] na boca; orações para todas as coisas possíveis e impossíveis. O homem é o animal que acredita — principalmente no absurdo. Levei muito tempo a colecionar essas súplicas bizarras. Há mais de mil: de São Bento, de Santa Luzia, de Santa Helena, Monserrate, São João Batista, Milagre de Jesus Cristo, Maria Eterna, Santa Bárbara, Menino Deus, Santa Catarina, Senhora do Socorro, Santa Teresa, Santo Antônio, São Jorge, Nossa Senhora da Guia, São Marcos, São Benedito, Santo Sepulcro, Nossa Senhora do Rosário, Magnificat, Anjo Custódio, São Lourenço, São Joaquim, Santo Estevão, Bom Parto, Anunciação para defumar a casa, Santa Filomena, Conceição, São Roque, São Sebastião, Santo Anastácio, São Simão, Menino Deus contra o sol e o mar salgado, Maria Madalena, Dores, São Pedro e São Paulo, Santo Emídio, São Tiago pelos agonizantes, Sonhos de Nossa Senhora, Juízo Divinal, Perdão Eterno, Senhor dos Passos, São Cosme e São Damião, Nossa Senhora da Glória, que sei eu? Há até orações a santos que o Papa desconhece e nunca foram canonizados, como a oração de São Gurmim, boa para a dor de calos, e a de São Puiúna, infalível nas nevralgias. Os homens vivem no mistério das palavras conciliadoras.

Antes de nascer tem logo a oração do Bom Parto, em que se suplica à Virgem, apelando para o nascimento de Jesus, um bom sucesso. Toda a mulher que trouxer consigo esta oração no pescoço, rezando todos os dias 7 ave-marias, e uma salve-rainha, 7 dias antes de parir, terá sempre junto a seu leito a Virgem Santíssima do Bom Parto.

Acompanham-na a oração para a dentição e a de Nossa Senhora dos Remédios, logo depois de nascido. Quando já fala, decora a *oração para ao deitar na cama*: "Nesta cama me deito, desta cama me levanto, a Virgem Nossa Senhora me cubra com o seu manto. Se eu coberto com ele for não terei medo nem pavor, nem coisa que deste ou outro mundo for", e a *oração para levantar da cama*, que se pronuncia mesmo ao ruminar os mais horrendos delitos.

---

103. Obi: noz-de-cola; semente das plantas do gênero *Cola*, que contém alcaloides como a cafeína, usada como tônico, em refrigerantes, ou na forma mastigada como estimulante, revigorante ou com outras finalidades medicinais.

Depois começam os contratos extravagantes, as rezas covardes em que se lisonjeiam os santos para obter deles altos favores e até clamorosas maldades. Têm a forma de padre-nossos, são às vezes assinados por homenzinhos que os precedem de palavras contando o milagre do seu achado. Não há em todo esse baixo mundo de crença uma oração inteiramente altruística ou desfeita dos egoísmos terrenos. Só duas existem defendendo apenas a Igreja — a de São Pedro e São Paulo e a de São Miguel, que por sinal começa neste violento estilo:

> Ó arcanjo São Miguel, meu poderoso protetor, a quem Deus onipotente encarregou a defesa geral de todos os homens, apesar de terem o Anjo da Guarda, e que sois capitão dos nove casos angélicos, cuja prerrogativa me animo a suplicar-vos que me perdoeis o atrevimento com que vos falo apontando-vos a relaxação, atrevimento, altivez e desenvoltura, falta de religião e vícios de que estão possuídos os corações cristãos...

As outras pedem pelo menos o céu, e estão neste caso modesto a do Rosário e a de São Benedito. Os autores, porém, prudentemente, numa nota à parte, comunicam aos crentes os bens de tais rezas:

> Quem usar desta oração e rezar com viva fé, ao menos uma vez por semana, não será mordido por cão danado; se for à guerra não morrerá nem será vencido, não se afogará nem morrerá queimado, sua casa estará em paz, tudo lhe irá bem, os invejosos, os maus olhos, os mal-intencionados, nem os que usam de malefícios e feitiçarias lhe farão dano algum.

E ainda por cima, se rezar umas ave-marias, *terá indulgências*.

As outras são verdadeiros requerimentos ou cartas de empenho. O sujeito reza como vai ao ministro do Interior pedir um lugar de guarda-civil. A bajulação é quase idêntica. Diante do altar, a humanidade trata de viver da mesma maneira por que vive diante dos césares, dos senhores feudais ou do chefe de polícia.

> Ó incomparável Senhora da Conceição Aparecida, mãe de meu Deus, Rainha dos Anjos, Advogada dos Pecadores. Refúgio e Consolação dos Aflitos e dos Atribulados, ó Virgem Santíssima cheia de bondade, lançai sobre nós um olhar favorável.

E como um poeta sem emprego diante de um oligarca estadual:

> Lembrai-vos, Clementíssima Mãe Aparecida, não constar de todos que a vós têm recorrido e implorado vossa singular proteção, fosse por vós algum abandonado. Animado por esta confiança, a vós recorro e vos tomo de hoje para sempre por minha mãe, minha protetora, minha consolação, meu guia...

Algumas, talvez duvidando do poder dos santos no ócio perpétuo do paraíso, vão diretamente a Deus, levando-os como simples advogados. Há, por exemplo, a oração de São Elesbão e Santa Efigênia reunidas não sei por quê. Pois bem. A oração começa assim:

> Atendei, ó Deus onipotente, às nossas súplicas, e porque nos confessar réus de muitos pecados, permiti que sejamos absolvidos deles pelas intercessões dos gloriosos mártires Santo Elesbão e Santa Efigênia e que pelo precioso sangue de Nosso Senhor Jesus Cristo fiquemos lavados e relavados das nossas culpas; limpos e puros mais do que quando nascemos.

Esta petição é um modelo de lisonjearia, de adulação, de humildade postiça, de engrossamento ao velho potentado de todos os tempos, infinitamente multiplicado nesta democrática época de potentados! É o suprassumo do rés do chão, é a flor perfeita da maneira de pedir!

Não são, entretanto, Santa Efigênia e Santo Elesbão os únicos atirados ao secundário papel de advogados, São Jerônimo, advogado contra os tremores subterrâneos, também o é, tendo como compensação um hino.

> Jerônimo santo, máximo penitente,
> Rogai por nós a Deus eficazmente.
> Jerônimo santo, sábio e forte,
> Assiste-nos agora e na hora da morte.

E São Simão, que livra do raio, não faz outra coisa senão pedir a Deus que fulmine apenas os para-raios, e Santa Bárbara, coitada, logo que começa a trovejar tem que pedir a Deus menos barulho para não ouvir este hino fantástico:

Salve, virgem gloriosa
E Bárbara generosa
Do paraíso fresca rosa
Lírio de castidade
Salve ó virgem toda formosa
Lavada na fonte da castidade.

Mas as orações são antes de tudo um meio de remediar o mal. Que faz a oração de São Luís Gonzaga, praticada pelas meninas do Rio desde o tempo em que a Rua Teófilo Otoni era musicalmente a Rua das Violas? Remedeia os males de amor. Quando uma rapariga cai de joelhos e soluça:

> Ó Luís santo, adorado de angélicos costumes, eu, indigníssima devota vossa, vos recomendo singularmente a castidade da minha alma e do meu corpo. Rogo por vossa angélica pureza que intercedais por mim ante o cordeiro imaculado Cristo Jesus e sua mãe Santíssima Virgem e que me preserveis de todo o passado grave, não permitindo que eu saia manchada com alguma nódoa de impureza...

Podeis ter a certeza, ó mortais, que a tentação anda no coração da donzela de tal forma que São Luís, apesar de angélico e de santo, chegará fatalmente tarde para a salvar. E assim uma velha senhora solteira que recitar convictamente a oração de São Lourenço:

> Onipotente Deus, que ao Vosso bem-aventurado mártir São Lourenço destes esforço para triunfar dos incêndios e dos seus tormentos, concedei que se extinga em nós o fogo...

Ah! Deus de bondade!, esta pobre senhora, assim velha e assim solteira, está muito mal!

São Luís e São Lourenço, entretanto, gozam da relativa liberdade de vir quando querem. Santo Onofre, porém, pequeno e barbadinho, vive estrangulado no cós das saias das senhoras para ouvir todas as manhãs esta suprema ironia súplice:

Meu glorioso Santo Onofre bispo, confessor de meu senhor Jesus Cristo, em Roma fostes aos pés do padre santo vos ajoelhar, pedistes pão para as solteiras, pão para as casadas, pão para as viúvas, pão para as donzelas. Pedi para mim também que sou sua inquilina. Meu glorioso Santo Onofre, vos peço que me deis comida para comer, roupa para vestir, dinheiro para gastar e graça para vos servir. Amém!

E Santo Onofre não protesta, não grita, não foge, como São Silvestre, educado na humildade evangélica, tolera este lamentável pedido:

Valha-me o senhor São Silvestre, pelas três camisas que veste, no ano de trinta e sete, matastes e feristes e abrandastes os corações dos mouros, as bocas das serpentes. Assim eu abrandarei o coração dos meus inimigos que venham ajoelhar-se aos meus pés, porque Deus que é Deus pode e acaba com tudo que quer, traga teu coração debaixo de teu pé esquerdo...

Que diz o venerável Santo a esse coração sem concordância pronominal metido miseravelmente debaixo de um pé? Talvez nem saiba a mísera crendice, e ande lá por cima, no azul, esquecido da maldade humana... As almas, apesar de benditas, porém, já por aqui andaram, já sentiram o amor, o ciúme e o medo, e a oração que as incensa é também velhaca e cheia de sandices:

Minhas almas santas benditas, aquelas que são do mesmo senhor Jesus Cristo, por aquelas que morreram enforcadas, por aquelas três almas que morreram degoladas, por aquelas três almas que morreram a ferro frio, juntas todas três, todas seis a todas nove, para darem três pancadas no coração dos inimigos, que eles ficarão humildes a mim debaixo de paz e consolação, a ponto de terem olhos e não me ver, pernas e não me alcançarem, braços e não me agarrarem — para sempre e sem fim.

Os homens, à solta, no recato das alcovas deliram calmamente. Há gente que antes de sair reza a oração de São Jorge, para não ser ofendida pelos seus inimigos, e a de Santa Catarina para alcançar o perdão dos pecados; há senhoras que aspergem os cantos da casa com água-benta, dizendo a oração da bênção das casas, que consta de 382 palavras, e a oração de Santo Anastácio contra os demônios; há seres pensantes que trazem ao pescoço a oração de São Roberto contra os feitiços, oração que, segundo o editor, estava junto a uma "milagrosa carta, achada em um lugar três léguas distante de São Marcos, escrita com letras de ouro e pela mão de Deus Nosso Senhor, Filho da Virgem Maria"!

É pois natural que as almas não se ofendam com um mau pedido e que São Marcos — pobre santo! sorria quando ouvia à meia-noite esta tremenda oração *brava*, que lembra as cenas de enfeitiçamento medievo:

> Chamo São Marcos e São Manços e seu confidente o anjo mau em meu auxílio para se apoderar do meu espírito e vida, juntamente com a pessoa que desejo fazer o mal, ou bem e com o dedo polegar da mão esquerda faço três vezes o Sinal da Cruz e com uma faca de ponta espetada na porta da rua ou mesa, com um lenço ou guardanapo bem alvo direi as seguintes palavras: Cristo morreu, Cristo sofreu, Cristo padeceu: assim peço-vos meu glorioso São Marcos e São Manços que sofra e padeça os maiores tormentos e torturas deste mundo a pessoa que eu quero para mim e pegando na faca com toda a fé e coragem que me dá esta Oração darei quatro golpes na porta ou mesa e pela quarta vez chamarei São Marcos e São Manços e o anjo mau, para me dar força e coragem de dizer: "Credo em Cruz" em círculo onde se acha a faca! Amém."

Oh!, o poder da palavra pronunciada misteriosamente! Os homens de todos os países, de todas as terras, têm-lhe um terror sagrado. Essas orações ainda guardam um sentido mais ou menos claro. A maior parte porém é apenas um estranho jogo de disparates, uma trapalhada alucinante. Há uma oração contra o sol, que ao lê-la sente a gente a vertigem do desequilíbrio:

> Deus quando pelo mundo andou muito sol e calor apanhou, encontrou com Nossa Senhora com que o sol se tiraria com um guardanapo de olhos e um copo de água fria. Sim, como falo verdade torna o sol a seu lugar, vai esta Senhora pelo mar abaixo com o copinho de água fria, o mal que ela tem no corpo e na cabeça tire de Deus e da Virgem Maria.

E exatamente a maneira rítmica, o disparate deduzido dos literatos do hospício, e até hoje, se eu percebi que tais palavras são contra o calor, não me foi possível ainda saber o que quer dizer esta formidável oração do mar sagrado:

Mar sagrado, eu te venho salvar, a tua água te venho pedir para fortuna por Deus para minha casa levar; para que me dê ouro para guardar e prata para gastar, cobre para dar aos pobres.

Como exemplo de estilo desvairado há, entretanto, outras quase tão lindas como as poesias nefelibatas, pela sua dolorosa e obtusa ingenuidade. Está neste caso *O Perdão Eterno*.

São José que caminhava com a Virgem Maria
Tanto caminha de noite como de dia
Abre a porta, porteiro
Que aqui está a Virgem Maria
Não quis parir na cama
Nem na cortina.
Pariu na manjedoura
Onde o bento boi comia.
Desceram os anjos dos céus, cantando Ave Maria
Subiu para o céu rezando Santa Maria.
O eterno lhe perguntou, como ficou a parida?
Ficou coberta de ouro e seu bento filho
E o berço em que ele embalava era de ouro e latão
Aqui se acaba esta santa oração.
Quem esta oração rezar sete sextas-feiras, de paixão,
E outras tantas carnais,
Tem cem anos de perdão,
Se for seu pai, sua mãe, mais toda a sua geração.

Há na *Ilíada* um trecho muito citado e rico de verdades. Homero fala das orações e diz "As orações são filhas do grande Zeus, filho de Cronos. Capengas, zarolhas, feiarronas ocupam-se em seguir a fatalidade. A fatalidade é robusta e ágil. Vai muito adiante fazendo aos homens um mal que as orações remedeiam". É destino do homem rezar, pedir o auxílio do desconhecido para o bem e para o mal, é sina deste pobre animal, mais carregado de trabalhos que qualquer outro bicho da terra ou do mar, ter medo e desconfiar das próprias forças. A fatalidade o vai conduzindo por caminhos que são despenhadeiros às vezes e campos de risos raramente. O homem chora, ergue os olhos para o azul do céu, a menor das suas ilusões povoa-o de forças invisíveis e fala, e pede, e suplica. Que importa que diga tolices ou frases lapidares, horrores ou pensamentos suaves? É preciso remediar a fatalidade.

E é por isso que enquanto existir na Terra um farrapo de humanidade, esse farrapo será um moinho de orações.

É por isso, talvez, que os vendedores de orações acabam mais ou menos supersticiosos dessa superstição teimosa que acredita apesar de tudo; é por isso que um pobrezinho vendedor dessas fantasias do pavor ignorante não sai de casa sem recitar à *estrela dos pastores* estas precavidas frases:

> Desta casa me
> aparto em boa
> paz, boa viagem.
> Deus adiante,
> a bela cruz atrás, eu no meio,
> altos e montes para mim tensejam.[104]
> Oremos,
> bocas de cães e lobos sejam fechadas,
> tenham olhos e não me vejam,
> tenham pernas e não me sigam,
> tenham boca e não me falem,
> tenham braços e não me peguem,
> tão guardado
> me vejam como
> a Virgem Maria
> guardou o seu
> amado filho
> desde as portas
> de Belém até
> Jerusalém. —
> Amém...

---

104. Tensejam: na edição de 1910 da obra, a palavra é grafada desta maneira. É comumente "corrigida" para "sejam" em reimpressões, embora a regência indique "ensejam". Não se pode descartar a possibilidade de que "tensejam" ou "te ensejam" caracterizem usos que se perderam ao longo do tempo.

OS URUBUS

— Estou esperando!

— Não quero!

— Deixá-lo passar!

— Naufragou!

Eu vinha vindo com o frescor da manhã por aquele trecho da praia de Santa Luzia, tão suave e tão formoso, onde se amontoam as coisas lúgubres da cidade — a santa casa, o necrotério, o serviço de enterramentos. Entre as árvores fronteiras ao hospital, vendedores ambulantes vociferavam os pregões de canjica, de mingau, de pães doces; dos bondes pejados de gente saltavam criaturas doentes, paralíticas algumas, de óculos outras. Pelas escadas de pedra lavada formigava constantemente a turba doente, mostrando as mazelas, como um insulto e uma afronta aos que estavam sãos, entre os enfermeiros do hospital, de calça de zuarte[105] azul e dólmã[106] pardo, nédios[107] e sadios. Eu vinha precisamente pensando como gozam saúde os enfermeiros, e aquelas frases maçônicas fizeram-me mal. Parei, consultei o relógio. Os quatro tipos não se ralavam mais com a minha presença. Dois olhavam com avidez os bondes que vinham da Rua do Passeio; dois estavam totalmente voltados para o lado da faculdade. Ao aparecer um bonde, um magrinho bradou:

— Largo!

Prestei atenção. Do *tramway*[108] em movimento saltou um cavalheiro defronte do necrotério.

— De cima! — bradou outro tipo.

— Última! — regougou[109] o terceiro.

E cercaram o cavalheiro.

— Vossa senhoria há de aceitar um cartãozinho da nossa casa. Não precisa de se incomodar. Tratamos de tudo! Faça negócio comigo!

A um tempo falavam todos, e o cavalheiro, coberto de luto, com o lenço empapado de suor e de lágrimas, murmurava, como se estivesse a receber pêsames:

---

105. Zuarte: tecido de algodão grosseiro.
106. Dólmã: aqui, significa jaleco.
107. Nédio: reluzente.
108. *Tramway*: bonde.
109. Regougar: resmungar.

— Muito obrigado! Muito obrigado!

Aproximei-me de um dos funcionários do serviço mortuário.

— Que espécie de gente é essa?

— Oh!, não conhece? São os urubus!

— Urubus?

— Sim, os corvos... É o nome pelo qual são conhecidos aqui os agenciadores de coroas e fazendas para luto. Não é muito numerosa a classe, mas que faro, que atividade!

Totalmente interessado, tive uma dessas exclamações de pasmo que lisonjeiam sempre os informantes e nada exprimem de definitivo. Ele sorriu, tossiu e falou. Foi prodigioso.

— Os agenciadores de coroas levantam-se de madrugada e compram todos os jornais para ver quais os homens importantes falecidos na véspera. Defunto pobre não precisa de luxo, e coroa é luxo. Logo que tomam as notas disparam para a casa do morto e propõem adiantar o que for necessário para o enterro, com a condição de se lhes comprarem as coroas. Algumas casas têm mesmo nos cartões os seguintes dizeres: — encarregam-se de tratar de enterros sem cobrar comissão de espécie alguma. E os títulos dessas casas davam para um tratado de psicologia recreativa. Há os poéticos, os delicados, os floridos, os babosos, os fúnebres — "Tributo da Saudade, "Coroa de Violetas", "Flor de Lis", "Bogari", "A Jardineira", "Coroa de Rosas"...

— Mas... e estes homens aqui?

— Estes homens são os urubus de Santa Luzia, serviço especial e maçônico. Três ficam à entrada principal da Santa Casa. Quando avistam um tipo, brada o primeiro: — Estou esperando!

Se o tipo não tem cara de enterro: — Não quero! Deixa-o passar.

— Se o homem vem de tílburi,[110] correm até aqui a acompanhá-lo. Se o tílburi segue, bradam: — Naufragou! — e voltam ao lugar donde não saíram os outros. É interessante ouvir-lhes o diálogo. Tu é que não correste! Conheço o homem; antes fosse, era meu o negócio...

— Mas é horrível!

— É a vida, meu caro. Aqui estacionam sete agentes; o assalto ao freguês vai pela vez, como aos sábados, nos barbeiros. Quatro oferecem grinaldas aos passageiros que saltam dos bondes; três aos que vêm a pé. Ao ver o bando ao longe há a frase: De cima! — que é o sinal.

---

110. Tílburi: carruagem pequena.

— Do lado de lá! — quando ele salta do lado oposto. — Última! — quando salta no necrotério. Se um dos urubus acerta, grita: — Estou empregado! — E, feito o negócio, o outro avança, dizendo: — Grinalda! — Para obter como resposta: — A tua é minha...

Quando aparece, por acaso, algum freguês conhecido de um dos agenciadores, dá-se o "combate". Os três que ficaram "desempregados", desejando "furar" o agenciador amigo, quando não conseguem convencê-lo, arranjam meio de o cacetear até que o negócio não se realize. Nessa ocasião assistimos a cenas calorosas, a conflitos sérios, em que se faz sentir a intervenção da polícia. Mas à noite, graças aos deuses, acabado o trabalho, vão todos para a venda do Antônio, à Rua da Misericórdia, beber cerveja.

— São estes, então? — fiz, voltando-me.

— Estes só, não. Há outros, os que fazem ponto no Largo da Batalha e rendem estes à hora do almoço e que só têm o posto depois de ter todas as notas dos tipos que estão na secretaria a tratar de enterros.

— Como os agentes de polícia?

— Tal qual. E terminam sempre com a nota policial: quarenta anos presumíveis.

Rimos ambos. O sol está brilhante, e o céu, inteiramente azul, dá-nos desejos de viver e de compreender a vida pelos seus mais ridentes aspectos.

— Os urubus devem ter nome?

— Têm, são urubus urbanos. Vê o senhor aquele? É o Chico Basílio. Há cerca de 30 anos exerce a profissão. Está vendo aquele grupo? Encontra lá o Brasilino, o Caranguejo, o Bilu, o Espanhol da Saúde, o Mangonga. Os outros são o Joaquim, o Tatuí, o Paulino, o Cá e Lá, o Buriti, o Manduca...

Neste momento, um mocinho de lápis e linguado de papel na mão indagou, entrando:

— Alguma coisa de novo?

— Sim, pode entrar.

O mocinho desapareceu. O complacente informante sorria.

— Outro urubu.

— Outro?

— São os que parecem repórteres. Vêm para a secretaria da Santa Casa munidos de tiras de almaço para copiar dos livros os nomes e residências das pessoas mortas, isto é, só copiam os daquelas cujo enterro custar mais de 100$. Saem daqui para o lugar indicado e ficam às portas à espera que o corpo saia, um, dois, cinco às vezes. Quando o cadáver sai e a família ainda está aos soluços, embarafustam[111] com as amostras de luto. Contaram-me que chegam à concorrência, a ver quem faz o luto em 24 horas mais em conta. Neste serviço conheço o Ferraz, o Saul, o Guedes, o Matos, o Araújo, o Campos, o Mesquita.

Eu ouvia o meu informante um pouco melancólico. Que diabo! Por que urubus naquele pedaço da cidade que cheira a cadáveres e a morte?

Não há terra onde prospere como nesta a flora dos sem ofício e dos parasitas que não trabalham. Esses sujeitinhos se vestem bem, dormem bem, chegam a ter opiniões, sistema moral, ideias políticas. Ninguém lhes pergunta a fonte inexplicável do seu dinheiro. Aqueles pobres rapazes, lutando pela vida, naquele ambiente atroz da morte, vestindo a libré[112] das pompas fúnebres, impingindo com um sorriso à tristeza coroas e crepes, só para ganhar honestamente a vida, eram dignos de respeito. Por que urubus? Maçonaria da má sorte, pelotão dos tristes, seres sem o conforto de uma simpatia, no limite do nada, encarregados de fornecer os símbolos de uma dor que cada vez a humanidade sente menos.

Despedi-me, comecei a andar devagar. Um dos urubus aproximou-se.

— Estiveram contando coisas a nosso respeito?

— Não, absolutamente.

— Que se há de fazer? A comissão é tão pequena! Quando quiser uma coroa...

— Deus queira que não! — fiz assustado.

E apertei a mão do homem urubu com um tremor de superstição e de susto.

---

111. Embarafustar: entrar com ímpeto.
112. Libré: aqui, roupagem, vestimenta.

OS MERCADORES DE LIVROS
E A LEITURA DAS RUAS

Exatamente na esquina do Teatro São Pedro, há dez anos, Arcanjo, italiano, analfabeto, vende jornais e livros. É gordo, desconfiado e pançudo. Ao parar outro dia ali, tive curiosidade de ver os volumes dessa biblioteca popular. Havia algumas patriotadas, a *Questão da bandeira*, o *Holocausto*, a *Dona Carmen* de B. Lopes, a *Vida do mercador e de Antônio de Pádua*, o *Evangelho de um triste* e os *Desafogos líricos*. Estavam em exposição, cheios de pó, com as capas entortadas pelo sol.

— Vende-se tudo isso?

— Oh!, não. Há quase um ano que os tenho. Os outros, sim —modinhas, orações, livros de sonhos, a *História da Princesa Magalona*, o *Carlos Magno*, os testamentos dos bichos...

Levantei as mãos para o céu como que pedindo testemunho do alto. As obras vendáveis ao povo deste começo de século eram as mesmas devoradas pelo povo dos meados do século passado!

— Mas não é possível...

— Pode perguntar aos outros vendedores.

Atirei-me a esse inquérito psicológico. Os vendedores de livros são uma chusma incontável que todas as manhãs se espalha pela cidade, entra nas casas comerciais, sobe aos morros, percorre os subúrbios, estaciona nos lugares de movimento. Há alguns anos, esses vendedores não passavam de meia dúzia de africanos, espapaçados preguiçosamente como o João Brandão na Praça do Mercado. Hoje, há de todas as cores, de todos os feitios, desde os velhos maníacos aos rapazolas indolentes e aos propagandistas da fé. A venda não é franca senão em alguns pontos onde se exibem os tabuleiros com as edições falsificadas do *Melro* de Junqueiro e da *Noite na taverna*. Os outros batem a cidade oferecendo as obras. E há então toda uma gama de maneiras para passar a fazenda. Os mais atilados, os mais argutos, os mais incansáveis são os vendedores de Bíblias protestantes, com os bolsos das velhas sobrecasacas ajoujados[113] de brochuras edificantes.

— Ó, rapaz, por que não fica com esta Bíblia? Dou-lha por dez tostões. É o livro de Deus, onde estão as eternas verdades. E se ficar

---

113. Ajoujado: muito carregado.

com ela, vai mais este volume de quebra sobre as feras que devoram o homem, as feras morais...

Os outros não pairam em regiões tão espirituais. Há os solenes — o velho Maia, que aprecia as encadernações vermelhas; foi guarda-livros e virou para a infelicidade quando, um dia, se lembrou de decorar todo o dicionário latino de Saraiva. Há os que têm apelido — *Espelho de Psyché*, pobre homem, negociante, que a má sorte faz andar agora de cesta ao braço, com uma fita verde no chapelinho. Há os escandalosos relapsos — o Conegundes, negralhão de cavanhaque, gritador. Há os que durante o trabalho percorrem as tabernas e, para impingir aos caixeiros um dos volumes, ingerem em cada uma dois da *branca* — o Artur. Há os que têm admirações literárias — o Camões, zanaga, que vos recita o I Canto dos *Lusíadas* de cor. Há os alegres, um turbilhão deles, que apregoam dois dias na semana para descansar os outros cinco. Há os que têm a arte do pregão e, longe de ir com um embrulhinho perguntar à casa do comprador se quer ficar com a *História de Carlos Magno*, soltam a voz em gorjeios estentóricos,[114] como o *Noite Sonorosa*:

> Meu Deus, que noite sonorosa!
> O céu está todo estrelado.
> Eu com o cavaquinho na mão.
> E a morena ao lado.

Isto em pleno dia.

Cada sujeito desses pode passar a vida bem. As livrarias vendem baratíssimo os livrecos procurados. Em cada um, os vendedores ganham, no mínimo, seiscentos por cento. Há alguns que, trabalhando com vontade e sabendo lançar — as orações, as modinhas ou a inefável *História da Donzela Teodora*, arranjam uma diária de dez mil-réismil-réis, sem grande esforço. Daí, todo dia aumentar o número de camelôs de livros, vir começando a formar-se essa próspera profissão da miséria que todas as cidades têm, ávida e lamentável, num arregimentar de pobres propagandistas do Evangelho e do Espiritismo, de homens que a sorte deixou de proteger, de malandros cínicos, de rapazes vadios.

Os livros, porém, de grande venda ficam sempre os mesmos.

---

114. Estentórico: que tem muita força na voz.

Nós não gostamos de mudar em coisa nenhuma, nem no teatro, nem na paisagem, nem na literatura. É provável que o divórcio tenha caído por esse inveterado e extraordinário amor de não mudar, que nos obceca. Desde 1840, o fundo das livrarias ambulantes, as obras de venda dos camelôs têm sido a *Princesa Magalona*, a *Donzela Teodora*, a *História de Carlos Magno*, a *Despedida de João Brandão* e a *Conversação do Pai Manuel com o Pai José* — ao todo, uns vinte folhetos sarrabulhentos[115] de crimes e de sandices. Como esforço de invenção e permanente êxito, apareceram, exportados de Portugal, os testamentos dos bichos, o *Conselheiro dos Amantes* e uma sonolenta *Disputa divertida das grandes bulhas que teve um homem com sua mulher por não lhe querer deitar uns fundilhos nos calções velhos*.

Essa literatura, vorazmente lida na detenção, nos centros de vadiagem, por homens primitivos, balbuciada à luz dos candeeiros de querosene nos casebres humildes, piegas, hipócrita e malfeita, é a sugestionadora de crimes, o impulso à exploração de degenerações sopitadas,[116] o abismo para a gentalha. Contam na penitenciária que o Carlito da Saúde, preso a primeira vez por desordens, ao chegar ao cubículo, mergulhou na leitura do *Carlos Magno*. Sobreveio-lhe uma agitação violenta. Ao terminar a leitura, anunciou que mataria um homem ao deixar a detenção. E, no dia da saída, alguns passos adiante, esfaqueou um tipo inteiramente desconhecido. Só esse *Carlos Magno* tem causado mais mortes que um batalhão em guerra. A leitura de todos os folhetos deixa, entretanto, a mesma impressão de sangue, de crime, de julgamento, de tribunal. Há, por exemplo, uma obra cuja tiragem deixa numa retaguarda lamentável as consecutivas edições do *Cyrano de Bergerac*. Intitula-se *Maria José, ou a filha que assassinou, degolou e esquartejou sua própria mãe, Matilde do Rosário da Luz*, e começa como nas feiras: — Atendei, e vereis um crime espantoso, um crime novo, o maior de todos os crimes! — Essa Maria ainda era só a matar uma só pessoa. No *Carlos Magno* um tal Reinaldos, ensanduichado em frases de louvor a Nosso Senhor, mete-se num rolo doido com os turcos, e o livro louva-o por ir degolando a cada passo um homem.

Tudo quanto é inferior — a calúnia, o falso testemunho, o ódio — serve de entrecho a esses romances mal escritos. Quando a coisa

---

115. Sarrabulhento: áspero.
116. Sopitada: reprimida.

é em verso, toma proporções de pufe[117] carnavalesco. A *Despedida do João Brandão à sua mulher, filhos e colegas*, com um apêndice em que se convence o leitor de que João podia ser um herói cristão, é lida nos cortiços com temor e pena. A primeira quadra da despedida é assim:

> Andando eu a passear,
> Com amiga do coração.
> Dois passos à retaguarda:
> Estais preso, João Brandão.

Que se há de fazer diante destes quatro versos nefelibatas? A *Despedida* tem quarenta e nove quadras, fora a resposta da esposa. Uma mistura paranoica de remorso, de tolices de religião, saudade e covardia, faz destas quadras o suprassumo da estética emotiva da turba — cujos sentimentos oscilam entre o temor e a ambição. João Brandão soluça:

> Adeus, João Brandão,
> Espelho de eu me vestir,
> Tu mataste o menino
> Que para ti se ficou a rir.

> Agora vou degredado,
> A paixão é que me mata;
> Adeus, Carolina Augusta,
> Já não vale a tua prata.

Para alegrar os leitores, esses criminosos anônimos cultivaram o testamento dos bichos. Já testamento é uma ideia inteiramente lúgubre. O testamento da pulga, do mosquito ou da saracura, não seria para fazer rebentar de riso os mortais, nem mesmo agora, neste mortal período de desinfecções e higiene à *outrance*.[118] Mas que pensam os senhores dessas quadrinhas, das quais já se venderam mais de cem mil folhetos, das quais diariamente e perpetuamente se vendem mais volumes que da *Canaã* de Graça Aranha? Os testamentos são uma lamentável relação de legados, sem uma graça, sem uma piada, sem um riso.

O galo leva quarenta quadras a deixar coisas; a saracura diz que levava, prazenteira, a cantar todo o dia dentro do brejo; o macaco fala

---

117. Pufe: anúncio ou notícia atrevidos ou de duplo sentido.
118. À *outrance*: excessiva.

de hora extrema sem uma careta. Só no testamento do papagaio há esta observação pessoal, sempre aplicável às câmaras:

Há no mundo papagaios
Que falam todos os dias
E nunca sofrem desmaios
Comendo grossas maquias.[119]
Estes são de Pernambuco,
Falam muito, são mitrados;[120]
Eu falei, mas fui maluco,
Logo paguei meus pecados.

E falam do veneno da literatura francesa, que perde o cérebro das meninas nervosas e aumenta o nosso crescido número de poetas! Que se dirá dessa literatura — pasto mental dos caixeiros de botequim, dos rapazes do povo, dos vadios, do grosso, enfim, da população? Que se dirá desses homens que vão inconscientemente ministrando em grandes doses aos cérebros dos simples a admiração pelo esfaqueamento e o respeito da tolice?

Como eu clamasse contra essa teimosa mania de não mudar as suas predileções, um dos vendedores ambulantes, o cantante *Meu Deus que noite sonorosa*, esticou a perna e disse-me:

— Talvez fosse para pior...

Parei convencido, o curso das interrogações. Já outro filósofo seu rival, Montaigne, assegurava que mudar é quase sempre uma probabilidade para o pior. Os vendedores de testamentos passaram a vendê-los como palpites do jogo do bicho, transformando a saracura em avestruz e a mosca em borboleta. Os jogadores não leem, mas arruínam as algibeiras. E de qualquer forma o mal continua a florescer neste baixo mundo, na literatura e fora dela, como o mais gostoso dos bens. Se nas obras populares aparecer alguma coisa de novo, com certeza teremos tolices maiores que as anteriores...

---

119. Maquia: unidade de medida para grãos e farinha; porção de alguma coisa. Em sentido figurado, ganho, lucro ou gorjeta.
120. Mitrado: astucioso.

A PINTURA DAS RUAS

Há duas coisas no mundo verdadeiramente fatigantes: ouvir um tenor célebre e conversar com pessoas notáveis. Eu tenho medo de pessoas notáveis. Se a notabilidade reside num cavalheiro dado à poesia, ele e Lecomte de Lisle, ele e Baudelaire, ele e Apolonius de Rodes desprezam a crítica e o senhor José Veríssimo; se o sucesso acompanha o indivíduo dado à crítica, este país é uma cavalariça sem palafreneiros;[121] e se por acaso a fama, que os romanos sábios confundiam com o falso boato, louva os trabalhos de um pintor, ele como Mantegna, ele como Leonardo Da Vinci, ele como todos os grandes, tem uma vida de tormentos, de sacrifícios, de ataque aos seus processos; e jamais se julga recompensado pelo governo, pelo país, pelos contemporâneos, de ter nascido numa terra de bugres e numa época de revoltante mercantilismo. É fatigante e talvez pouco útil. Um homem absoluta e totalmente notável só é aceitável através do cartão-postal — porque afinal fala de si, mas fala pouco. Foi, pois, com susto que ontem, domingo, recebi a proposta de um amigo:

— Vamos ver as grandes decorações dos pintores da cidade?

— Hein? Estás decididamente desvairando. As grandes decorações? Uma visita aos ateliês?

— Não; a outros locais.

— E havemos de encontrar celebridades?

— Pois está claro. Não há cidade no mundo onde haja mais gente célebre que a cidade de São Sebastião. Mas não penses que te arrasto a ver algum Vítor Meireles, alguns Castagnetto apócrifos ou os trabalhos aclamados pelos jornais. Não! Não é isso. Vamos ver, levemente e sem custo, os pintores anônimos, os pintores da rua, os heróis da tabuleta, os artistas da arte prática. É curiosíssimo. Há lições de filosofia nos borrões sem perspectiva e nas "botas" sem desenho. Encontrarás a confusão da populaça, os germes de todos os gêneros, todas as escolas e, por fim, muito menos vaidade que na arte privilegiada.

Era domingo, dia em que o trabalho é castigar o corpo com as diversões menos divertidas. Saí, devagar e a pé, a visitar bodegas reles, lugares bizarros, botequins inconcebíveis, e vim arrasado de confusão cerebral e de encanto. Quantos pintores pensa a cidade que possui?

---

121. Palafreneiro: cuidador de cavalos.

A estatística da escola é falsíssima. Em cada canto de rua depara a gente com a obra de um pintor, cuja existência é ignorada por toda a gente.

O meu amigo começou por pequenas amostras da arte popular, que eu vira sempre sem prestar atenção: os macacos trepados em pipas de parati, homens de olho esbugalhado mostrando, sob o verde das parreiras, a excelência de um quinto de vinho, umas mulheres com molhos de trigo na mão apainelando interiores de padarias e talvez recordando Ceres, a fecunda. Depois iniciou a parte segunda:

— Vamos entrar agora nas composições das marinhas. Os pintores populares afirmam a sua individualidade pintando a Guanabara e a praia de Icaraí. Por essas pinturas é que se vê quanto o "ponto de vista" influi. Há o Pão de Açúcar redondo como uma bola, no Estácio; há o Pão de Açúcar do feitio de uma valise no Andaraí; e encontras o mesmo Pão, comprido e fino, em São Cristóvão. O povo tem uma alta noção dos nossos destinos navais; a sua opinião é exatamente a mesma que a do ministro da marinha — *rumo ao mar!* Por isso, não há Guanabara pintada pelos cenógrafos da calçada que não tenha à entrada da barra um vaso de guerra. A parreira com o bêbado tem uma conclusão fatal: carga ao mar!

— E depois?

— Depois entramos nas grandes telas, as grandes telas que a cidade ignora.

Estávamos na Rua do Núncio. O meu excelente amigo fez-me entrar num botequim da esquina da Rua de São Pedro, e os meus olhos logo se pregaram na parede da casa, alheio ao ruído, ao vozear, ao estrépito da gente que entrava e saía. Eu estava diante de uma grande pintura mural comemorativa. O pintor, naturalmente agitado pelo orgulho que se apossou de todos nós ao vermos a Avenida Central, resolveu pintá-la, torná-la imorredoura, da Rua do Ouvidor à Prainha. A concepção era grandiosa, o assunto era vasto — o advento do nosso progresso estatelava-se ali para todo o sempre, enquanto não se demolir a Rua do Núncio. Reparei que a Casa Colombo e o Primeiro Barateiro eram de uma nitidez de primeiro plano e que aos poucos, em tal arejamento, os prédios iam fugindo numa confusão precipitada.

Talvez esse grande trabalho tivesse defeitos. Os dos "salões" de toda a parte do mundo também os têm. Mas quantos artigos admiráveis um crítico poderia escrever a respeito! Havia decerto naquele deboche de casaria o início da pintura moral, da pintura intuitiva, da pintura política, da pintura alegórica... Indaguei, rouco:

— Quem fez isto?

— O Paiva, pintor cuja fama é extraordinária entre os colegas.

Voltei-me e de novo fiquei maravilhado. Aquele café não era café, era uma catedral dos grandes fatos. Na parede fronteira, entre ondas tremendas de um mar muito cinzento rendado de branco, alguns *destroyers* rasgavam o azul denso do céu com projeções de holofotes colossais.

— Há coisas piores nos museus.

— Mas isto é digno de uma pinacoteca naval.

O amador, que é o dono do botequim, e o artista cheio de imaginação, que é o Paiva, não se haviam contentado, porém, com essas duas visões do progresso: a avenida e o holofote. Na outra parede havia mais uma verdadeira orgia de paisagem: grutas, cascatas, rios marginados de flores vermelhas, palmas emaranhadas, um pandemônio de cores.

Quando me viu inteiramente assombrado, esse excelente amigo levou-me ao café Paraíso, na Avenida Floriano.

— Já viste a arte reclamo, a arte social. Vamos ver a arte patriótica.

— E depois?

— Depois ainda hás de ver os artistas que se repetem, a arte romântica e infernal.

A arte patriótica, ou antes regional, dos pintores da calçada é o desejo, aliás louvável, de reproduzir nas paredes trechos de aldeia, trechos do estado, trechos da terra em que o proprietário da casa, ou o pintor, viu a luz. No café Paraíso, o artista, que se chama Viana, pintou a cidade de Lourenço Marques, vista em conjunto, mas, como qualquer sentimento de amor naquela elaboração difícil brotasse de súbito no seu coração, Viana colocou à entrada de Lourenço Marques um couraçado desfraldando ao vento africano o pavilhão do Brasil. Dessas pinturas há uma infinidade — e eu vi não sei quantas pontes metálicas do Douro ao atravessar algumas ruas.

— Entremos neste botequim, aqui à esquina da Rua da Conceição. Vais conhecer o Colon, pintor espanhol. Colon tem estilo: este painel é um exemplo. Que vês? Uma paisagem campestre, arvoredo muito verde, e lá ao fundo um castelo com a bandeira da nacionalidade do dono da casa. É sempre assim. Há outros mais curiosos. O Oliveira completa os trabalhos sempre com cortinas iguais às que se usavam nos antigos panos de boca dos teatros. O trabalho é o abuso do azul, desde o azul-claro ao azul-negro.

— Mas estás a contar os tiques de grandes pintores.

— São parecidos. Eu conheço muitos mais: o velho Marcelino, que tem a especialidade de pintar os homens no pifão;[122] o Henrique da Gama, o primeiro dos nossos fingidores, que faz um metro de mármore em cada cinco minutos; o Francisco de Paula, que adora os papagaios e faz caricaturas; o Malheiros, que reúne gatos, cachorros, cascatas e caboclos em cada tela... É o ideal da arte! São eles os autores dos estandartes dos cordões; são eles que enriquecem! Já entraste num desses ateliês, no Cunha dos PP, no Garcia Fernandes da Rua do Senhor dos Passos? Pois é como um desses estúdios da Flandres antiga, em que os grandes artistas assinavam os trabalhos dos discípulos, é como se entrasse na grande manufatura da pintura assinada. Vamos ao Cunha.

— Não, não, por hoje basta...

— Mas pelo menos vem admirar na Rua Frei Caneca 166 o famoso trabalho do Xavier.

— O famoso trabalho?

Se os outros, que não eram famosos e não eram de Xavier, tanta admiração me haviam causado, imaginem esse, sendo de Xavier e sendo famoso. Precipitei-me num bonde, saltei comovido como se me assegurassem que eu iria ver a *Jaconda* de Da Vinci, e, quando os meus olhos sôfregos pousaram na criação do pintor, uma exclamação abriu-me os lábios e os braços. Era simplesmente um incêndio, o incêndio de uma cidade inteira, a chama ardente, o fogo queimando, torcendo, destruindo, desmoronando a cidade do vício. Tudo desaparecia numa violentação rubra de fornalha candente. Seria o fogo sagrado, a purificar como em Gomorra, ou o fogo da luxúria, o símbolo devastador das paixões carnais, a reprodução alegórica de como a licença dos instintos devora e queima a vida?

Xavier fora mais longe. Aquele mar de incêndio, aquele braseiro desesperado e perene era a fixação do fogo maldito da luxúria, era o fogo de Satanás, porque Satanás, em pessoa, no primeiro plano, completamente cor de pitanga, com as pernas tortas e o ar furioso, abatia a seus pés, vestida de azul-celeste, uma pobre senhora.

---

122. Pifão: bebedeira.

Esse último painel punha-me inteiramente tonto. Mas não é uma das grandes preocupações da arte comover os mortais, comovê-los até mais não poder? Xavier comovia, eu estava comovido. Nem sempre é possível obter tanta coisa nas exposições anuais. O meu amigo levou o excesso a apresentar-me o ilustre artista.

— Aqui está o Xavier.

Voltei-me.

— Os meus sinceros cumprimentos. Há sopro romântico, há imaginação, há ardência nesta decoração — fiz com o ar dogmático dos críticos ignorantes de pintura.

Ingenuamente, Xavier olhou para mim e, primeiro homem que não se julga célebre neste país, balbuciou:

— Eu não sei nada... Isso está para aí... Se soubesse fazer alguma coisa de valor, até ficava triste — só com a ideia de que um dia talvez a levassem do meu país...

TABULETAS

Foi um poeta que considerou as tabuletas — os brasões da rua. As tabuletas não eram para a sua visão apurada um encanto, uma faceirice, que a necessidade e o reclamo incrustaram na via pública; eram os escudos de uma complicada heráldica urbana, do armorial da democracia e do agudo arrivismo dos séculos. Desde que um homem realiza a sua obra — a terminação de uma epopeia ou a abertura de uma casa comercial —, imediatamente o homem batiza-a. No começo da vida, por instinto, guiado pelos deuses, a sua ideia foi logo a tabuleta. Quem inventou a tabuleta? Ninguém sabe.

É o mesmo que perguntar quem ensinou a criança a gritar quando tem fome. Já no Oriente elas existiam, já em Atenas, já em Roma, simples, modestas, mas sempre reclamistas. Depois, como era de se prever, evoluíram: evoluíram de acordo com a evolução do homem, e hoje, que se fazem concursos de tabuletas e há tabuletas compostas por artistas célebres, hoje, na época em que o reclamo domina o asfalto, as tabuletas são como reflexos de almas, são todo um tratado de psicologia urbana. Que desejamos todos nós? Aparecer, vender, ganhar.

A doença tomou proporções tremendas, cresceu, alastrou-se, infeccionou todos os meios, como um poder corrosivo e fatal. Os próprios doentes também a exploram numa fúria convulsiva de contaminação. Reparai nos jornais e nas revistas. Andam repletos de fotogravuras e de nomes —nomes e caras, muitos nomes e muitas caras! A geração faz por conta própria a sua identificação antropométrica para o futuro. Mas o curioso é ver como a publicação desses nomes é pedida, é implorada nas salas das redações. Todos os pretextos são plausíveis, desde a festa a que se não foi até a moléstia inconveniente de que foi operada com feliz êxito a esposa. O interessante é observar como se almeja um retrato nas folhas, desde as escuras alamedas do jardim do crime até as *garden parties*[123] de caridade, desde os criminosos às almas angélicas que só pensam no bem. Aparecer! Aparecer!

E na rua, que se vê? O senhor do mundo, o reclamo. Em cada praça onde demoramos os nossos passos, nas janelas do alto dos telhados, em mudos jogos de luz, os cinematógrafos e as lanternas mágicas gri-

---

123. *Garden party*: festa ao ar livre que ocorre, na maior parte das vezes, em jardins.

tam através do écran[124] de um pano qualquer o reclamo do melhor alfaiate, do melhor livreiro, do melhor revólver. Basta levantar a cabeça. As tabuletas contam a nossa vida. E nessa babel de apelos à atenção, ressaltam, chocam, vivem estranhamente os reclamos, extravagantes, as tabuletas disparatadas. Quantas haverá no Rio? Mil, duas mil, que nos fazem rir. Vai um homem num bonde e vê de repente, encimando duas portas em grossas letras, estas palavras: *Armazém Teoria.*

Teoria de quê, senhor Deus? Há um outro tão bizarro quanto este: *Casa Tamoio, Grande Armazém de líquidos comestíveis e miudezas.* Como saber que líquidos serão esses comestíveis, de que a falta de uma vírgula fez um assombro? Faltou a esse pintor o esmero da padaria do mesmo nome que fez a sua tabuleta em letras de antigo missal para mostrar como se esmera, ou talvez o descaro deste outro: *o maduro cura infalivelmente todas as moléstias nervosas...*

Mas as tabuletas extravagantes são as do pequeno comércio, sem a influência de Paris, a importação direta e caixeiros elegantes de lenço no punho: as vendas, esta criação nacional, os botequins baratos, os açougues, os bazares, as hospedarias... Na Rua do Catete há uma venda que se intitula *O Leão na Gruta.* Por quê? Que tem a batata com o leão que nem ao menos é conhecido de Daniel? Defronte dessa venda há, entretanto, um café que é apenas *Café de Ambos Mundos.* E se não vos bastar um café tão completo, aí temos um mais modesto, na Rua da Saúde, o *Café B. T. Q.* E sabem que vem a ser o *B. T. Q.*, segundo o proprietário? Botequim pelas iniciais! Essa nevrose das abreviações não atacou felizmente o dono da casa de pasto da Rua de São Cristóvão, que encheu a parede com as seguintes palavras: *Restaurante dos Dois Irmãos Unidos Por...*

Unidos por... Pelo quê? Pelo amor, pelo ódio, pela vitória? Não! Unidos portugueses. Apenas faltou a parede e ficou só o *por* — para atestar que havia boa vontade. A questão, às vezes, é de haver muita coisa na parede. Assim é que uma casa da Rua do Senhor dos Passos tem este anúncio: *Depósito de aves de penas.* É pouco? Um outro assegura: *Depósito de galinhas, ovos e outras aves de penas* — o que é, evidentemente, muito mais. Tal excesso chega a prejudicar, e andasse a higiene a olhar tabuletas, ofício de vadiagem incorrigível, mandaria

---

124. *Écran*: tela; neste caso, mais precisamente, tela de cinema.

fechar uma casa de frutas da Rua Sete, que pespegou esta inconveniência: *Grande sortimento de frutas verdes e secas.*

A origem desses títulos é sempre curiosa. Uma casa chama-se *Príncipe da Beira* porque o seu proprietário é da Beira, uma venda de Campo Grande tem o título feroz de *Grande Cabaceiro*, porque perto há uma plantação de cabaças; há açougue *Aliança e Fidelidade*, porque é um hábito pôr aliança como título com duas mãos apertadas e fidelidade com um cachorro de língua de fora, bem no meio da parede. Muitos tomam o título de peças de teatro: *Colchoaria Rio Nu*, *Casa Guanabarina*, venda *Cabana do Pai Tomás*. A coisa, porém, toma proporções assombrosas quando o proprietário é pernóstico. Assim, na Rua Visconde do Rio Branco, há um armazém *Planeta Provisório*, e noutra rua, *Planeta dos Dois Destinos*, um título ocultista sibilino; no Catete, um *Açougue Celestial*. Essa dependência do firmamento na Terra produz um péssimo efeito, e os anjos têm cada braço de meter medo a uma legião da polícia. Outro, porém, é o *Açougue Despique dos Invejosos*, e há na Rua da Constituição uma casa de bilhetes intitulada *Casa Idealista*, naturalmente porque quem compra bilhetes vive no mundo da lua, e há uma casa de coroas, o *Lírio Impermeável*, e uma outra, *Ao Vulcão das 49 Flores*. Não é só. Uns madeireiros puseram no seu depósito este letreiro filosófico, que naturalmente incomodará o arcebispado: *Madeireiros e Materialistas*; e há uma taberna muito ordinária, centro de malandrões, em Sapopemba, que se apossou de um título exclusivamente nefelibata: *A Tebaida...*[125]

E os afrancesados que denominam as casas de *Au Bijou de la mode*; *Au Dernier Chic, Queima Chefe, Maison Moderne da Cidade Nova*? E os patrióticos que fazem questão de a casa de pasto ser *1º de Dezembro*, de o açougue ser *1º de Janeiro*? de o restaurante ser *Luís de Camões* ou *Fagundes Varela*? E os engrossadores[126] que intitulam as casas de *Afonso Pena* durante quatro anos? E os engraçados, os da laracha[127] boa, que fazem as tabuletas propositalmente erradas, como um negociante da Rua Chile: *Colxoaria de primera Colxães contra purgas e precevejos*?

Mas as tabuletas têm uma estranha filosofia; as tabuletas fazem pensar. Há, por exemplo, na Rua Senador Eusébio, perto da ex-ponte

---

125. Tebaida: solidão profunda; lugar ermo.
126. Engrossador: bajulador, adulador.
127. Laracha: conversa informal.

dos Marinheiros, uma hospedaria com este título: *Hotel Livre Câmbio*. Quanta coisa pensa a gente conhecendo o negócio e olhando a tabuleta!

A série é nesse ramo curiosíssima. Há o *Locomotora*, que é naturalmente rápido; há *Os Dois Destinos*, há a *Lua de Prata*, há o irônico *Fidelidade*, tendo pintado uma senhora a pender dos lábios de um senhor... Quantos!

Na Rua Doutor João Ricardo há um restaurante com este título: *Restauração da Vitória*.

— Por que "restauração da vitória"? — indagamos do proprietário, o senhor Colaço.

— Eu explico — diz ele. — Há cerca de 30 anos, os espanhóis invadiram a Ilha Terceira. Como eram poucos os soldados para repelirem o castelhano, os lavradores soltaram todos os touros bravos na Praia da Vitória e, dessa maneira, os espanhóis fugiram. Os paraguaios resistiram também tanto tempo por causa dos touros importados da Argentina.

— Tudo tem uma explicação neste mundo!

— *All right!*[128]

All right, sim! Os títulos das casas, por mais absurdos, como *Filhos do Céu*, por exemplo, têm uma explicação que convence. Há os nefelibatas, os patrióticos *1º de Janeiro*, *D. Carlos*; o diplomático *União Ibérica*; os que engrossam uma certa classe, e até um, na Rua Frei Caneca, pertencente ao riquíssimo Pinho, cujo título é uma profunda lição filosófica. O hotel intitula-se *Comércio e Arte*...

Os pintores desse gênero criaram uma especialidade: são os moralistas da decadência e usam também tabuletas. Um mesmo, talvez por ter sofrido muito de cara alegre, pôs na Rua de São Pedro este anúncio: *Fulano de Tal, Pintor de Fingimentos*. E realmente eles aturam tanto dos proprietários! Um deles, rapazito inteligente, era encarregado de fazer a fachada da *Casa do Pinto*. Fez as letras e pintou um pintainho.[129] O proprietário enfureceu-se:

— Que tolice é esta?

— Um pinto.

— E que tenho eu com isso?

— O senhor não é Pinto?

---

128. *All right*: tudo certo.
129. Pintainho: pintinho.

— O meu nome é Pinto, mas eu sou galo, muito galo. Pinte-me aí um galo às direitas!

E outro, encarregado de fazer as letras de uma casa de móveis, *vendem-se móveis* quando o negociante veio a ele:

— Você está maluco ou a mangar comigo!

— Por quê?

— Que plural é esse? Vendem-se, vendem-se... Quem vende sou eu e sem sócios, ouviu? Corte o *m*, ande!

As letras custam dinheiro, custam aos pobres pintores... O rapaz ficou sem o *m* que fizera com tanta perícia. Mas também, por que estragar? Em São Cristóvão havia uma *Farmácia São Cristóvão*. Desapareceu. Foi a primeira que fez isso na Terra, desde que há farmácias. Foram para lá outros negociantes. Como aproveitar algumas letras? Lembraram foco, e, como a Academia não chega os seus cuidados ortográficos às tabuletas, arrumaram Phoco de São Cristóvão. Estava uma tabuleta nova só com três letras novas.

Os pintores de tabuletas resignam-se. Eles, os escritores desse grande livro colorido da cidade, têm a paciência lendária dos iluministas medievos, eles fazem parte da grande massa para que o reclamo foi criado — são pobres. Talvez por isso, um mais ousado, de acordo com certo açougueiro antigo da Praça da Aclamação, pintando uma vez o letreiro *Açougue Pai dos Pobres*, pôs bem no meio uma cabeça de boi colossal, arregalando os olhos, que Homero achava belos, como o símbolo de todas as resignações...

E é decerto este o lado mais triste das tabuletas — brasões da democracia, escudos bizarros da cidade.

VISÕES D'ÓPIO

— Os comedores de ópio?

Era às seis da tarde, defronte do mar. Já o sol morrera e os espaços eram pálidos e azuis. As linhas da cidade se adoçavam na claridade de opala da tarde maravilhosa. Ao longe, a bruma envolvia as fortalezas, escalava os céus, cortava o horizonte numa longa barra cor de malva e, emergindo dessa agonia de cores, mais negros ou mais vagos, os montes, o Pão de Açúcar, São Bento, o Castelo apareciam num tranquilo esplendor. Nós estávamos em Santa Luzia, defronte da Misericórdia, onde tínhamos ido ver um pobre rapaz eterômano,[130] encontrado à noite com o crânio partido numa rua qualquer. À aragem rumorejava em cima a trama das grandes mangueiras folhudas, dos tamarindeiros e dos flamboaiãs, e a paisagem tinha um ar de sonho. Não era a praia dos pescadores e dos vagabundos tão nossa conhecida, era um trecho de Argel, de Nice, um panorama de visão sob as estrelas douradas.

— Sim — dizia-me o amigo com quem eu estava —, o éter é um vício que nos evola, um vício de aristocracia. Eu conheço outros mais brutais — o ópio, o desespero do ópio.

— Mas aqui!

— Aqui. Nunca frequentou os chins[131] das ruas da cidade velha, nunca conversou com essas caras cor de goma que param detrás do necrotério e são perseguidas, à pedrada, pelos ciganos exploradores? Os senhores não conhecem esta grande cidade que Estácio de Sá defendeu um dia dos franceses. O Rio é o porto de mar, é cosmópolis num caleidoscópio, é a praia com a vaza que o oceano lhe traz.

Há de tudo — vícios, horrores, gente de variados matizes, niilistas[132] rumaicos, professores russos na miséria, anarquistas espanhóis, ciganos debochados… Todas as raças trazem qualidades que aqui desabrocham numa seiva delirante. Porto de mar, meu caro! Os chineses são o resto da famosa imigração, vendem peixe na praia e vivem entre a Rua da Misericórdia e a Rua Dom Manuel. Às 5 da tarde deixam

---

130. Eterômano: viciado em éter.
131. *Chins*: chineses.
132. Niilista: aqui, no sentido de pessimista.

o trabalho e metem-se em casa para as tremendas *fumeries*.[133] Quer vê-los agora?

Não resisti. O meu amigo, a pé, num passo calmo, ia sentenciando:

— Tenho a indicação de quatro ou cinco casas. Nós entramos como fornecedores de ópio. Você veio de Londres, tem um quilo, cerca de 600 gramas de ópio de Bombaim. Eu levo as amostras.

Caminhávamos pela Rua da Misericórdia àquela hora cheia de um movimento febril, nos corredores das hospedarias, à porta dos botequins, nas furnas das estalagens, à entrada dos velhos prédios em ruínas.

O meu amigo dobrou uma esquina. Estávamos no Beco dos Ferreiros, uma ruela de cinco palmos de largura, com casas de dois andares, velhas e a cair. A população desse beco mora em magotes em cada quarto e pendura a roupa lavada em bambus nas janelas, de modo que a gente tem a perene impressão de chitas festivas a flamular no alto. Há portas de hospedarias sempre fechadas, linhas de fachadas tombando, e a miséria besunta de sujo e de gordura as antigas pinturas. Um cheiro nauseabundo paira nessa ruela desconhecida.

O meu amigo para no número 19, uma rótula,[134] bate. Há uma complicação de vozes no interior, e, passados instantes, ouve-se alguém gritar:

— Que quer?

— João, João está aí?

João e Afonso são dois nomes habituais entre os chins ocidentalizados.

— João não mora mais...

— Venha abrir — brada o meu guia com autoridade.

Imediatamente a rótula descerra-se e aparece, como tapando a fenda, uma figura amarela, cor de gema de ovo batida, com um riso idiota na face, um riso de pavor que lhe deixa ver a dentuça suja e negra.

— Que quer, senhor?

Tomamos um ar de bonomia[135] e falando como a querer enterrar as palavras naquele crânio já trabucado.[136]

— Chego de Londres, com um quilo de ópio, bom ópio.

---

133. *Fumerie*: lugar em que se fuma; no caso, ópio.
134. Rótula: grade de ripas de madeira utilizada em vãos de portas e janelas.
135. Bonomia: que indica bondade e simplicidade nos modos.
136. Trabucado: aqui, no sentido de enganado.

— Ópio?... Nós compramos em farmácia... Rua São Pedro...

— Vendo barato.

Os olhos do celeste arregalam-se amarelos, na amarelidão da face.

— Não compreende.

— Decida, homem...

— Dinheiro, não tem dinheiro.

Desconfiará ele de nós, não acreditará nas nossas palavras? O mesmo sorriso de medo lhe escancara a boca, e lá dentro há cochichos, vozes lívidas... O meu amigo bate-lhe no ombro.

— Deixa ver a casa.

Ele recua trêmulo, agarrando a rótula com as duas mãos, dispara para dentro um fluxo cuspinhado de palavrinhas rápidas. Outras palavrinhas em tonalidades esquisitas respondem como pizicato[137] de instrumentos de madeira, e a cara reaparece com o sorriso emplastrado:

— Pode entrar, meu senhor...

Entramos de esguelha, e logo a rótula se fecha num quadro inédito. O nº 19 do Beco dos Ferreiros é a visão oriental das lôbregas bodegas de Xangai. Há uma vasta sala estreita e comprida, inteiramente em treva. A atmosfera pesada, oleosa, quase sufoca. Dois renques[138] de mesas, com as cabeceiras coladas às paredes, estendem-se até o fundo cobertas de esteirinhas. Em cada uma dessas mesas, do lado esquerdo, tremeluz a chama de uma candeia de azeite ou de álcool.

A custo, os nossos olhos acostumam-se à escuridão, acompanham a candelária de luzes até o fim, até uma alta parede encardida, e descobrem em cada mesa um cachimbo grande e um corpo amarelo, nu da cintura para cima, corpo que se levanta assustado, contorcionando os braços moles. Há chins magros, chins gordos, de cabelo branco, de caras despeladas, chins trigueiros, com a pele cor de manga, chins cor de oca, chins com a amarelidão da cera nos círios.[139]

As lâmpadas tremem, esticam-se na ânsia de queimar o narcótico mortal. Ao fundo um velho idiota, com as pernas cruzadas em torno de um balde, atira com dois pauzinhos arroz à boca. O ambiente tem um cheiro inenarrável, os corpos movem-se como as larvas de

---

137. Pizicato: forma específica de tocar instrumentos de arco ou o próprio trecho em que se utiliza essa forma.

138. Renque: fileira.

139. Círio: vela grande de cera geralmente usada em igrejas e procissões.

um pesadelo, e essas quinze caras estúpidas, arrancadas ao bálsamo que lhes cicatriza a alma, olham-nos com o susto covarde de *coolies*[140] espancados. E todos murmuram medrosamente, com os pés nus, as mãos sujas:

— Não tem dinheiro... não tem dinheiro... faz mal!

Há um mistério de explorações e de horrores nesse pavor dos pobres celestes.[141] O meu amigo interroga um que parece ter 20 e parece ter 60 anos, a cara cheia de pregas, como papel de arroz machucado.

— Como se chama você?

— Tchang... Afonso.

— Quanto pode fumar de ópio?

— Só fuma em casa... um bocadinho só... faz mal! Quanto pode fumar? Duzentas gramas, pouquinho... Não tem dinheiro.

Sinto náuseas e ao mesmo tempo uma nevrose de crime. A treva da sala torna-se lívida, com tons azulados. Há na escuridão uma nuvem de fumo, e as bolinhas pardas, queimadas à chama das candeias, põem uma tontura na furna, dão-me a imperiosa vontade de apertar todos aqueles pescoços nus e exangues, pescoços viscosos de cadáver onde o veneno gota a gota dessora.[142]

E as caras continuam emplastradas pelo mesmo sorriso de susto e de súplica, multiplicado em quinze beiços amarelos, em quinze dentaduras nojentas, em quinze olhos de tormento!

— Senhor, pode ir, pode ir? Nós vamos deitar: pode ir? — suplica Tchang.

Arrasto o guia, fujo ao horror do quadro. A rótula fecha-se sem rumor. Estamos outra vez num beco infecto de cidade ocidental. Os chins pelas persianas espiam-nos. O meu amigo consulta o relógio.

— Este é o primeiro quadro, o começo. Os chins preparam-se para a intoxicação. Nenhum deles tinha uma hora de cachimbo. Agora, porém, em outros lugares, devem ter chegado ao embrutecimento, à excitação e ao sonho. Tenho duas casas no meu *booknotes*,[143] uma na

---

140. *Coolie*: como era chamado o trabalhador braçal de origem asiática.

141. Celeste: aqui, no sentido de chineses imigrantes ou oriundos do Império Celestial, ou Celeste Império, um dos antigos nomes atribuídos à China.

142. Dessorar: debilitar-se.

143. *Booknotes*: livro de notas.

Rua da Misericórdia, onde os celestes se espancam, jogando o monte[144] com os beiços rubros de mastigar folhas de bétel,[145] e à Rua Dom Manuel, número 72, onde as *fumeries* tomam proporções infernais.

Ouço com assombro, duvidando intimamente desse fervilhar de vício, de ninguém ainda suspeitado. Mas acompanho-o.

A Rua Dom Manuel parece a rua de um bairro afastado. O necrotério, com um capinzal cercado de arame, por trás do qual os ciganos confabulam, tem um ar de subúrbio. Parece que se chegou, nas pedras irregulares do mau calçamento, olhando os pardieiros seculares, ao fim da cidade. Nas esquinas, onde larápios, de lenço no pescoço e andar gingante, estragam o tempo com rameiras de galho de arruda na carapinha, veem-se pequenas ruas, nascidas dos socalcos do Castelo, estreitas e sem luz. A noite, na opala do crepúsculo, vai apagando em treva o velho casaredo.

— É aqui.

O 72 é uma casa em ruína, estridentemente caiada, pendendo para o lado. Tem dois pavimentos, degraus gastos no primeiro, uns degraus quase oblíquos, caminhamos por um corredor em que o soalho balança e range, vamos até uma espécie de caverna fedorenta, donde um italiano fazedor de botas mastiga explicações entre duas crianças que parecem fetos saídos de frascos de álcool. Voltamos à primeira porta, junto à escada, entramos num quarto forrado imoralmente com um esfarripado tapete de padrão rubro. Aí, um homenzinho, em mangas de camisa, indaga com a voz aflautada e sibilosa:

— Os moços desejam?...

— É você o encarregado?

— Para servir os moços.

— Desejamos os chins.

— Ah!, isso, lá em cima, sala da frente. Os porcos estão se opiando.

Vamos aos porcos. Subimos uma outra escada que se divide em dois lances, um para o nascente, outro para o poente. A escada dá num corredor que termina ao fundo numa porta, com pedaços de pano branco, à guisa de cortina. A atmosfera é esmagadora. Antes de entrar, é violenta a minha repulsa, mas não é possível recuar. Uma voz alegre indaga:

---

144. Monte: jogo de cartas.
145. Bétel: planta asiática aromática que, quando mastigada, causa um leve efeito inebriante.

— Quem está aí?

O guia suspende a cortina e nós entramos numa sala quadrada, em que cerca de dez chins, reclinados em esteirinhas diante das lâmpadas acesas, se narcotizam com o veneno das dormideiras.

A cena é de um lúgubre exotismo. Os chins estão inteiramente nus, as lâmpadas estrelam a escuridão de olhos sangrentos, das paredes pendem pedaços de ganga[146] rubra com sentenças filosóficas rabiscadas a nanquim. O chão está atravancado de bancos e roupas, e os chins mergulham a plenos estos[147] na estufa dos delírios.

A intoxicação já os transforma. Um deles, a cabeça pendente, a língua roxa, as pálpebras apertadas, ronca estirado, e o seu pescoço amarelo e longo, quebrado pela ponta da mesa, mostra a papeira mole, como à espera da lâmina de uma faca. Outro, de cócoras, mastigando pedaços de massa cor de azinhavre, enraivece um cão gordo, sem cauda, um cão que mostra os dentes, espumando. E há mais: um com as pernas cruzadas, lambendo o ópio líquido na ponta do cachimbo; dois outros deitados, queimando na chama das candeias as porções do sumo enervante. Estes tentam erguer-se, ao ver-nos, com um idêntico esforço, o semblante transfigurado.

— Não se levantem, à vontade!

Sussurram palavras de encanto, tombam indiferentes, esticam com o mesmo movimento a mão cadavérica para a lâmpada e fios de névoa azul sobem ao teto em espirais tênues.

Três, porém, deste bando estão no período da excitação alegre, em que todas as franquezas são permitidas. Um deles passeia agitado como um homem de negócio. É magro, seco, duro.

— Vem vender ópio? Bom, muito bom... Compro. Ópio bom que não seja de Bengala.[148] Compro.

Logo outro salta, enfiando uma camisola:

— Ah!, ah! Traz ópio? Donde?

— Da Sonda...[149]

Os três grupam-se ameaçadoramente em torno de nós, estendendo os braços tão estranhos e tão molemente mexidos naquele ambiente

---

146. Ganga: tecido de má qualidade.
147. Esto: ímpeto.
148. Bengala: região no sul da Ásia.
149. Sonda: ilha da Indonésia.

que eu recuo como se os tentáculos de um polvo estivessem se movendo na escuridão de uma caverna. Mas, do outro lado, ouve-se o soluço intercortado[150] de um dos opiados. A sua voz chora palavras vagas.

— Sapan... sapan... Hanói... tahi...

O chin magro revira os olhos:

— Ele está sonhando. Affal está sonhando. Ópio sonho... terra da gente namorada... bonito! bonito!... Deixa ver amostra.

O meu amigo recua, um corpo baqueia — o do chinês adormecido — e os outros bradam:

— Amostra... você traz amostra!

Sem perder a calma, esse meu esquisito guia mete a mão no bolso da calça, tira um pedaço de massa envolvido em folhas de dormideira, desdobra-o. Então o delírio propaga-se. O magro chin ajoelha, os outros também, raspando a massa com as unhas, mergulhando os dedos nas bocas escuras, num queixume de miséria.

— Dá a amostra... não tem dinheiro... deixa a amostra!

Miseravelmente o clamor de súplica enche o quarto na névoa parda estrelejada de hóstias sangrentas. Os chins curvam o dorso, mostram os pescoços compridos, como se os entregassem ao cutelo, e os braços sem músculos raspam o chão, pegando-nos os pés, implorando a dádiva tremenda. Não posso mais. Cãibras de estômago fazem-me um enorme desejo de vomitar. Só o cheiro do veneno desnorteia. Vejo-me nas ruas de Tien-Tsin, à porta das cagnas,[151] perseguido pela guarda imperial, tremendo de medo; vejo-me nas bodegas de Singapura, com os corpos dos celestes arrastados em riquixás,[152] entre malaios loucos brandindo *kris*[153] assassinos! Oh!, o veneno sutil, lágrima do sono, resumo do paraíso, grande Matador do Oriente! Como eu o ia encontrar num pardieiro de Cosmópolis, estraçalhando uns pobres trapos das províncias da China!

Apertei a cabeça entre as mãos, abri a boca numa ânsia.

— Vamos, ou eu morro!

---

150. Intercortado: o mesmo que entrecortado.
151. Cagna: moradia pequena.
152. Riquixá: espécie de carroça puxada por um homem na qual podem se sentar uma ou duas pessoas.
153. *Kris*: adaga de dois gumes e lâmina ondulada.

O meu amigo, então, empurrou os três chins, atirou-se à janela, abriu-a. Uma lufada de ar entrou, as lâmpadas tremeram, a nuvem de ópio oscilou, fendeu, esgueirou-se, e eu caí de bruços, a tremer diante dos chins apavorados e nus.

Fora, as estrelas recamavam de ouro o céu de verão...

MÚSICOS AMBULANTES

Músicos ambulantes! Um momento houve em que todos desapareceram, arrastados por uma súbita voragem. Os cafés viviam sem as harpas clássicas e, nas ruas, de raro em raro, um realejo aparecia. Por quê? Teriam sido absorvidos pelos cafés cantantes, dominados pelos prodígios do grafofone[154] — essa maravilha do século XIX, que não deixa de ser uma calamidade para o século XX? Não. Fora apenas uma súbita pausa tão comum na circulação das cidades.

Apesar dos grafofones nos hotéis, nos botequins, nas lojas de calçados, apesar da intensa multiplicação dos pianos, eles foram voltando, um a um ou em bandos, como as andorinhas imigrantes, e, de novo, as tascas,[155] as baiucas,[156] os cafés, os hotéis baratos, encheram-se de canções, de vozes de violão e de guitarra e, de novo, pelas ruas os realejos, os violinos, as gaitas, recomeçaram o seu triunfo.

Há já alguns meses mesmo, uma banda alemã, com instrumentos, estantes e desafinações, atormenta as grandes praças, e eu lobriguei outro dia ainda um bicho lendário por mim julgado tão desaparecido como o megatério[157] — o homem dos sete instrumentos! E esse homem, cheio de instrumentos, ia por aí fora, satisfeito e corado, como se tivesse realizado uma agradável receita.

Os músicos vieram todos! Não perde a cidade os seus foros de musical — o Rio, onde tudo é música, desde a poética música dos beijos à decisiva música de pancadaria.

Novamente à beira das calçadas a *Valsa dos Sinos* e *O Guarani* se desarticulam em velhos pianos; novamente sujeitos, que parecem cegos, rodam a manivela dos realejos, estendendo a mão súplice, numa ânsia de miséria; novamente, depois de alguns trechos da sonante *Boêmia*, um piresinho de metal se vos oferecerá, desejoso de níqueis. E todos vós, que sois bons, e todos vós, que gostais de música, haveis de deplorar os coitados que alegram os outros para viver na miséria, com a alma varada de dor, e todos vós sofrereis a crise de harmonia. Oh!, a música!

---

154. Grafofone: fonógrafo que utiliza cilindros para a reprodução sonora.
155. Tasca: restaurante ordinário.
156. Baiuca: bodega, taberna, lugar mal frequentado.
157. Megatério: preguiça-gigante.

Elle mouille comme la pluie,
Elle brûle comme le feu.

Uma sanfona faria Harpagon generoso e Lady Macbeth boa.

Esta cidade é essencialmente musical; era impossível passar sem os músicos ambulantes. A música preside a nossa vida, a música auxilia até a gestação, e, consista apenas na voz, como diz Sócrates, consista, pretende Aristóxeno, na voz e nos movimentos do corpo, ou reúna à voz os movimentos da alma e do corpo como pensa Teofrasto, tem os caracteres da divindade e comove as almas. Pitágoras, para que a sua alma constantemente estivesse penetrada de divindade, tocava cítara antes de dormir e, logo ao acordar de novo, à cítara se apegava. Asclepíades, médico, acalmava os espíritos frenéticos empregando a sinfonia, e Herófilo pretendia que as pulsações das veias se fazem de acordo com o ritmo musical. Os músicos ambulantes são os descendentes dos tocadores da flauta, caros aos deuses da Hélade.

Não pensemos, porém, romanticamente, que todos os músicos morrem de fome ao cair das ilusões. Antes pelo contrário. A biografia de cada um serve de assunto a todo boêmio desejoso de ser feliz. Quem não conhece o Saldanha, um velho português baixo, gordo e cego, que tocava viola há mais de vinte anos com um negro também cego da Ilha da Madeira, flautista emérito? Esses dois cegos eram acompanhados por um guitarrista escovado, que tocava, fazia a cobrança e ainda por cima era poeta, compunha as cançonetas. Num momento a cidade inteira cantou a sua célebre quadra:

Zás-trás, zás-trás
Malagueta no cabaz
Com jeito tudo se arranja
Com jeito tudo se faz

o que não o recomenda muito ao senso estético do Rio. Quando os cegos e esse zás-trás amolavam muito, lá havia sempre algum para gritar:

— Ó lírico ambulante!

E o Saldanha, pançudo, grave, imperturbável:

— Obrigado pelo elogio!

Pois todo o pessoal enriqueceu. O negro casou em Portugal, o *Zás-trás* conseguiu tudo com jeito, e eu fui encontrar o Saldanha aposentado, considerado como um velho artista diante de um copo de cerveja.

— Fizemos várias turnês — disse-me ele —, percorremos o Brasil, do Rio Grande ao Pará. Ajuntamos alguma coisa...

E não se trata de um caso esporádico. O resultado é geral. O José, italiano capenga, que chegou ao Rio em 1875, alugou, para não trabalhar, um piano de manivela. Em seguida, o seu espírito inventivo foi até comprar um realejo com bonecos mecânicos, entre os quais havia um de mão estendida, que engolia as moedas e punha fora outra qualquer coisa. Esse boneco, a valsa dos *Sinos de Corneville*, o *Caballero de Gracia* e o *Bendengó* deram-lhe uma fortuna. E José resolveu jogar, à farta, jogar forte.

Jogou tanto que teve de arranjar um sócio, personagem fantástico, que dá pela alcunha de *Cavalière Midaglia*.

O *Cavalière* gosta também da batota e principalmente do bicho. Até duas horas, dinheiro para o avestruz; nas primeiras horas da noite, cervejinha na fábrica Santa Maria; depois, *la mare*[158] dos baralhos e dados. Parece incrível que um realejo, moendo os *Sinos*, dê dinheiro para tantos vícios. Pois José tem ainda dinheiro para ir à Itália ver Nápoles e depois voltar. Já lá foi mais de vinte vezes.

Está claro que a música, tendo por fim adoçar os costumes, não arrasta todos os seus cultores aos desvarios do monte e da roleta. Há realejos que sustentam numerosas famílias, como o do Vicente, italiano falsamente cego, que desconfia dos filhos, joga a bisca[159] a milho[160] nos botequins das Ruas Formosa e do Areal e já adquiriu alguns prédios; há realejos escravizadores, como o do Antônio Capenga, da estação do Mangue, que espanca os dois pequenos cobradores se por acaso deixam passar um bonde sem lhes dar nada, embora o bonde vá vazio — porque Antônio tem amantes e, à custa de sons que na sua algibeira retinem em moedas, resolveu a vida epicuristamente[161] nos três

---

158. *La mare*: a maré.
159. Bisca: jogo de cartas.
160. Milho: dinheiro.
161. Epicuristamente: o mesmo que "epicuristicamente"; palavra derivada de Epicuro, personalidade grega, e de epicurismo, sua filosofia. Aqui, com o sentido de "buscar o prazer".

princípios fundamentais: mulheres, jogo e vinho; há realejos solteiros malandros, realejos virgens prontos para a fuga...

A música chega mesmo em certos casos a harmonizar dissabores num acorde feliz. É o caso do Amaral carpinteiro. Este Amaral cortou certa vez a mão com uma enxó.[162] Meteu a dita mão em ataduras e resolveu nunca mais trabalhar. Ao contrário do pastor Jacó, sete anos levantou de papo para o ar compondo versinhos; dedicou-se em seguida a vender modinhas — era o *Araruama*. E nesse serviço descobriram-se vocações musicais.

Hoje é sumidade, é o Caruso das Ruas de São Jorge e Conceição e não há botequim de café a três vinténs a xícara onde a sua voz não requebre o

> Olé lé lé
> Candonga Sinhá.

Nas mesmas condições está o Miguel de Brito. Apesar de português, foi inferior do exército. Quando deu baixa, comprou um grafofone para ganhar, como dizia, a vida na roça. Partiu para o Rio Bonito, alugou um salão e estava exatamente pregando um cartaz à porta quando ouviu na casa fronteira tocar um gramofone muito mais aperfeiçoado que o seu. Era a musa da música decerto que o prevenia, desejosa de evitar um confronto desagradável. Brito arrancou o cartaz, vendeu o grafofone, agradeceu à musa e só com sua garganta veio triunfar nas bodegas do Rio.

As bodegas, como os botequins do tom, toleram de vez em quando os músicos, com a condição de não lhes pagar nada. Em geral são sempre três — os tercetos célebres. Há na Rua do Senhor dos Passos o do Amadeu com as duas irmãs, que, por sinal, já fugiram; na Avenida Passos, o chefiado pelo Barradas, cego — terceto famoso, por ter percorrido todas as cidades de Espanha, de Portugal, do Chile, do Uruguai, da Argentina e do Brasil; o da fábrica de cerveja Oriente, o da cervejaria Minerva, cujo chefe, o Antônio rabequista, gosta de ser acompanhado de canto. A cervejaria enche-se de trabalhadores atraí-

---

162. Enxó: ferramenta do carpinteiro que consiste em um cabo curto e uma lâmina de aço.

dos pela alegria dos sons. Sempre uma canção melancólica abre um hiato sentimental entre os fandangos[163] e os *cakewalks*.[164]

> Tanto penar, tanto sofrer,
> Amor me mata,
> Amor me mata.
> Eu vou morrer.

Ninguém morre, e um português do Minho que lá passa a noite brada:

— Eu cá dinheiro não dou, mas se tocar a cana-verde,[165] pago a cerveja!

E a cana-verde conclui a canção melancólica.

Oh!, eu conheci nessas baiucas rumorejantes, onde a populaça vive atraída pela música, até um *globetrotter*![166] Era um veneziano de 23 anos, Rafael Angelo, tenor. Nos botequins em que os proprietários eram portugueses, cantava o *rebola a bola*, nos estabelecimentos espanhóis, o *caballero di gracia me llaman*,[167] e, lindo, conquistador, com olhares mortos para as mulheres, era uma delícia ouvi-lo, derreando os braços para os lados, como cansado de abraçar, a cantar:

> *Fra le donne tu sei la piú bella,*
> *Fra le rose tu sei la piú fina*
> *E nel cielo brillante stella*
> *Nella terra sei nata regina.*[168]

A segunda vez que me viu entre os carregadores descalços, Rafael inaugurou o seu mais belo gesto e disse-me:

— Noto a Vossa Excelência que isto é apenas uma extravagância boêmia. Resolvi percorrer o mundo em quatros anos, sem ter um vintém de capital. Já estive em Londres, em Nova York, em Chicago... Estou no Rio de Janeiro há um mês. *Che belleza.*

---

163. Fandango: estilo de música e dança muito popular na Espanha.

164. *Cakewalk*: estilo de dança dos afrodescendentes da região sul dos Estados Unidos.

165. Cana-verde: dança de origem hispano-portuguesa popular em vários estados brasileiros, ou a música que acompanha essa dança.

166. *Globetrotter*: pessoa que viaja mundo afora.

167. Do espanhol, "eles me chamam de cavalheiro da graça".

168. Entre as mulheres, você é a mais bonita, / Entre as rosas, você é a melhor / E no céu, uma estrela brilhante / Na terra, você nasceu rainha.

Era o Phileas Fogg da cançoneta e arranjava dez a quinze mil-réis diários, fora as paixões das damas.

Quase todos esses músicos ambulantes e aventureiros ganham rios de dinheiro, vivendo uma vida quase lamentável. No forro dos casacos velhos há maços de notas, nos cinturões sebentos, vales ao portador. O público para, olha aquela tristeza, imagina no automatismo dos gestos, na face que pede, no sorriso postiço, a fome dos artistas, a miséria dos deserdados da sorte, e sonha as agonias, como nas óperas, em que os tenores morrem ao sol, sob um céu lindo, cantando...

Por trás dessa fachada há tanto interesse como no negociante mais avaro e tanta vaidade como num artista lírico mais vaidoso — porque esses músicos ambulantes, humanos como todos nós, nascidos neste mesmo século de vaidade, regulam os seus ideais entre a pretensão, o alto juízo do próprio valor e o número de moedas da coleta. Oh!, a música, as árias perdidas no ruído das ruas... Alguém já assegurou que a alma do homem conhece sua natureza pelo canto. Cheguemos à suave conclusão de que conhece a natureza e o resto. De que serviria um realejo se não assegurasse ao seu possuidor, além do conhecimento da própria alma, a satisfação do estômago? Há talvez em outras terras, mais gastas e mais frias, a miséria dos músicos ambulantes, sem fogo, sem pão, caindo sob a neve, depois de uma dolorosa vida. Aqui não; os músicos prosperam, o realejo é uma instituição, e do alto azul, a harmonia bondosa da natureza, musa da vida e da alegria, derrama o consolo incomparável do calor e da luz...

VELHOS COCHEIROS

Outro dia, ao saltar de um tílburi no antigo Largo do Paço, vi na boleia de um *vis-à-vis*[169] pré-histórico a ventripotência[170] colossal de um velho cocheiro. As duas mãos gorduchas à altura do peito como quem vai rezar, enfiado numa roupa esverdinhada, o automedonte[171] roncava. Seria uma recordação literária ou a memória de uma fisionomia de infância? Seria o cocheiro da *Safo*, o irmão mais velho de *Simeon*, ou simplesmente um velho cocheiro que eu tivesse visto na doce idade em que todas as emoções são novas? Era difícil adivinhar. Para os cérebros cheios de literatura, a verdade obumbra-se[172] tanto que é sempre preciso perguntar por ela como o fez Poncius Pilatos diante de Deus.

Fui para perto do *vis-à-vis*, bati na perna do velho. Estava feio. O ventre, um ventre fabuloso, parecia uma talha que lhe tivessem entalhado ao tronco; as pernas, sem movimento, pendiam como traves; os braços, extremamente desenvolvidos, eram quase maiores que as pernas; e a caraça[173] vermelha, com tons violáceos, lembrava os carões alegres do Carnaval. Abriu, entretanto, uma das pálpebras com mau humor e resmungou:

— Pronto!

— Então você não me conhece mais?

— Eu não, senhor.

— Pois eu conheço você desde menino.

Ele abriu de todo as pálpebras pesadas, um sorriso de alegre bondade passou-lhe pelo lábio.

— Saiba Vossa Senhoria que bem pode ser! Toda essa gente importante de hoje eu conheci meninos de colégio!

Não sei por que estava meio emocionado.

— E já fez ponto na Estrada de Ferro?

— Há vinte anos, eu e o *Bamba*.

Encostei-me à boleia do antigo *vis-à-vis*. Havia vinte anos sim, havia vinte anos que, no passar pela estação de carros, os meus olhos de criança se fixaram curiosamente na fisionomia jocunda de um velho,

---

169. *Vis-à-vis*: nesse caso, carruagem na qual os passageiros ficam um de frente para o outro.
170. Ventripotência: aqui, no sentido de capacidade de armazenar energia.
171. Automedonte: cocheiro.
172. Obumbrar: obscurecer; disfarçar; confundir os sentidos; tornar menos intenso.
173. Caraça: cara grande.

que já naquele tempo era velho e já naquele tempo gravemente roncava na boleia de um carro! Havia vinte anos.

É como lhe digo, afirmava ele. Conhece a filha do barão de Cotegipe? Eu vi aquela santa criatura menina. Conhece o filho do grande ministro João Alfredo? É meu amigo, dá-me dinheiro sempre que vem ao Rio. Olhe, há de conhecer o doutor Fernando Mendes de Almeida e mais o irmão, o doutor Cândido. Pois quando eu servia ao pai, eles eram meninos de colégio. Há meses eu disse ao doutor Fernando tudo isso e ele foi dar um passeio no meu carro e deu-me doces, vinho do Porto, dinheiro. Estava admirado e ria...

— Como se chama você?

— Braga, eu sou o Braga.

Pobre velho cocheiro, a quem se dá como às crianças doces de confeitaria! Eu continuava encostado ao *vis-à-vis*, imensamente triste e com a mesma curiosidade de criança.

— Trabalho neste ofício desde 1870. Tinha 20 anos quando comecei. Toda a minha mocidade foi acabada aqui.

— E não estás rico?!

— Rico?

Soltou uma gargalhada sonora que lhe balançou o ventre e o envermelheceu mais. Os seus olhos pequenos olhavam-me da boleia com superioridade compassiva. É difícil encontrar um cocheiro de carro que tenha feito fortuna. Enriquecem os de carroça, os de caminhões. De carro, só se citam dois ou três em trinta anos. O ofício, longe de tornar ágeis os corpos, faz lesões cardíacas, atrofia as pernas, hipertrofia os braços, de modo que quinze anos de boleia, de visão elevada do mundo, ao sol à chuva, estragam e usam um homem como a ferrugem estraga o aço mais fino. O Braga era um velho trapo encharcado. Tanto ádipo[174] dava-me a impressão de que o pobre velho devia ter água nos tecidos.

Eu continuava a ouvi-lo. Naquela boleia falava um cultor do quietismo,[175] um renanista[176] que tivesse compreendido o nirvana. Nem uma ambição, nem um ódio: apenas um sorriso de quem não se rala

---

174. Ádipo: gordura.
175. Quietismo: forma pejorativa para designar um grupo que considerava a contemplação e a quietude da alma como formas de alcançar o divino.
176. Renanista: referente à filosofia anticlerical e nacionalista de Ernest Renan.

com a vida e vem para a rua almejando não encontrar fregueses, para dormir mais à vontade.

— Ah!, este carro! — murmurei. — Quanta história podia você contar. Quantas cenas de amor, quantos beijos, quantas angústias e quantos crimes!...

— Este carro não; outros, ou antes eu. Fui de cocheira, fui de casa particular e trabalhei por minha conta. Quando caiu o ministério João Alfredo, fui eu quem o levou ao Paço. Agora essas coisas de beijos — noutro tempo era nas berlindas.[177]

— Tinha vontade de saber a sua opinião.

Ele arregalou muito os olhos.

— A respeito de beijos? Sei lá!

— Não, a respeito da Monarquia e da República.

Ele sorriu, pensou.

— A Monarquia tinha as suas vantagens. Era mais bonito, era mais solene. Não vá talvez pensar que eu sou inimigo da República. Mas recorde por exemplo um dia de audiência pública do imperador. Que bonito! Até era um garbo levar os fregueses lá. Ó Braga, onde estiveste? Fui à Boa Vista! Hoje todo mundo entra no Palácio do Catete. Não tem importância... É verdade que o Obá entrava no Paço. Mas era príncipe. E então para conhecer homens importantes! Não precisava saber-lhes o nome. Os ministros tinham uma farda bonita, o imperador saía de papo de tucano. Bom tempo aquele! Hoje a gente tem de suar para conhecer um ministro. Parecem-se todos com os outros homens.

— Talvez não sejam, Braga.

— Quanto às capacidades não digo nada... Mas veja. Por estar perto da secretaria é que conheço o Muller, um magro, que reforma a cidade. E de todo o ministério só ele. Se isso era possível em 1880! Depois, quer saber? A República trouxe a Bolsa, uma porção de cocheiros estrangeiros, uns gringos e ingleses de cara raspada, com uns carros que até nem eu lhes sabia o nome!

Despegou as mãos de sobre o peito.

— E vão morrendo todas as pessoas notáveis, já não há mais ninguém notável. Só restam o senhor Visconde de Barbacena, o senhor Marquês de Paranaguá e mais dois outros.

---

177. Berlinda: carruagem para duas pessoas mais estreita do que um coche e fartamente ornamentada.

Houve uma longa pausa. Como este cocheiro estava do outro lado da vida! Quinze anos apenas tinham levado o seu mundo e o seu carro para a velha poeira da história! Ele falava como um eco, e estava ali, olhando o *boulevard* reformado, pensando nos bons tempos das missas na catedral e das moradas reais, hoje ocupadas pela burocracia republicana...

— O Braga é o mais velho cocheiro do Rio?

— Não, senhor; é o *Bamba*, que começou em 1864.

Neste momento, outros cocheiros moços, limpos, de grandes calças abombachadas foram aproximando os carros, com vontade de saber o que retinha um cavalheiro tanto tempo a prosar com o velho. Logo se fez um barulho de rodas e de vozes.

— Ó Braga, ó velho, despacha o freguês! Tem aqui um carro bom, Vossa Senhoria! Ó Braga, posso servir?

Braga cruzou outra vez as mãos no peito, com um sereno olhar indiferente. Que dor o havia de trespassar! Murmurei com pena:

— Bom, adeus, meu Braga. E onde para o *Bamba*?

— Na Estrada, para na Estrada. Às ordens do menino — respondeu ele do alto.

Já agora era impossível deixar de ver o outro, de conhecer o mais antigo cocheiro do Rio! Tomei um bonde da Central. A tarde morria em lento e vermelho crepúsculo. No céu brilhava a primeira estrela trêmula e luminosa, e os combustores acendiam a sua luz azul quando saltei na Praça da Aclamação. E foi um grande trabalho. Eu ia de carro em carro.

— Pode informar onde para o *Bamba*?

Uns diziam que o *Bamba* caíra e fora para o hospital, outros, os moços, riam de que se fosse procurar um cocheiro inútil como o *Bamba*, outros asseguravam que o velho não trabalhava mais. Afinal, quase defronte da porta do quartel, encontrei um landau[178] empoeirado, desses que parecem arcas e acomodam à vontade seis pessoas.

Da boleia um mulato velho falava para um gordo ancião, muito gordo, muito estragado...

— Sabe você dizer quem é e onde está o *Bamba*?

O mulato riu.

— É este, patrão...

---

178. Landau: carruagem que, entre outras características, é coberta com uma capota dupla.

O gorduchão abriu a boca, onde faltavam os dentes.

— Já não trabalho de noite: tenho 70 anos. Não vejo. Desde 1864 que estou no serviço. Outro dia quase morro; caí da boleia. Tenho as pernas duras...

— *Bamba*, meu velho...

— Sou o primeiro cocheiro, o mais velho, não há nenhum mais velho...

Eu voltei-me para o mulato, interroguei-o quase em segredo:

— Mas que diabo vem ele fazer aqui, assim?

O mulato sorriu com tristeza.

— Sei lá! É o cheiro, Vossa Senhoria, é o cheiro! Quando a gente começa nesta vida, não pode viver sem ela... É o cheiro.

A praça vibrava numa estrepitosa animação, os combustores reverberavam em iluminações fantásticas, e, só, no céu calmo, como uma hóstia de tristeza, a velha lua esticava a triste foice do seu crescente.

PRESEPES[179]

Deus vos salve casa santa
Onde Deus fez a morada
Onde mora o bento cálix
E a hóstia consagrada.

Que sabemos nós da Epifania?[180] Homens de leve erudição e de fé sem vigor, andamos a sutilizar velhos textos e antigos costumes, e tanto sutilizamos que a dúvida acomete o nosso espírito e a confusão perturba a viagem dos Três Reis com os vestígios das saturnais e das bodas de Caná. Nem os sacerdotes nos altares nem os eruditos em livros fartos, ninguém hoje conseguirá explicar claramente a suave aparição e a festa simples que o povo realiza, fazendo vir de alta montanha, guiados por uma estrela loira, Gaspar, Melquior e Baltasar com a oferenda de ouro, incenso e mirra para o menino que Herodes perseguirá.

Há os versículos de Mateus: "Jesus nasceu em Belém de Judá, nos tempos do rei Herodes. Vimos a sua estrela no Oriente e viemos adorá-lo"; sabe-se que presepe significa etimologicamente estrebaria ou jaula. Os gnósticos vêm, com esses dois elementos, simbólicos, confusos; os sábios indagam demais e, enquanto estes esterilmente escrevem páginas estéreis, os povos criam a legenda suave, e a legenda perdura, cresce, aumenta, esplende numa doce apoteose de perfumes e de bem.

Os presepes são uma criação popular. Antes dos artistas de Paris e Viena, que expõem nos salões do Campo de Marte e no Kunstlerhaus, o povo criou nos presepes o anacronismo religioso, o anacronismo que, segundo la Sizeranne, é a fé; pôs, como Breughel nos Peregrinos de Emaús e Beraud na Madalena entre os fariseus, homens de hoje nas cenas do Velho Testamento.

Os presepes, como as telas do Renascimento, são as reconstituições religiosas com a cor local contemporânea. Os psicólogos podem psicologar num reisado a alma nacional e a intensidade da crença. Cristo para os homens simples está sempre, é a perene luz salvadora. Por isso cada presepe é um mundo onde homens e animais de todas as épocas renovam anualmente a admiração de um suave milagre.

---

179. Presepe: o mesmo que presépio.
180. Epifania: aqui, tanto no sentido da visita dos três reis magos (primeiro sinal do nascimento de Jesus) como no sentido de revelação, manifestação de divindade.

Fui ver numa das últimas noites de chuva alguns desses mundos de religião e de tradição.

É impossível para os que viram o bumba meu boi realizado pelo venerável Melo Morais e o belicoso doutor Silvio Romero, quase como uma reconstituição de costumes, imaginar o número de presepes que este ano tem o Rio. Há para mais de quarenta.

Começamos pelo presepe da Rua Frei Caneca, o Centro Pastoril, que tem uma diretoria composta dos senhores Liberato Serra, presidente honorário; Manuel Novela, presidente; mais dos senhores Pedro Hugo, Faria, Alfredo Belfort, Manuel de Macedo, Francisco de Paula Azevedo e Raul Machado. Os ensaios do reisado realizaram-se na Rua Formosa, e os diretores alugaram a sala e a primeira alcova da casa da Rua Frei Caneca apenas para que a festa redobrasse de brilho.

A sala está toda enfeitada, com dois pequenos estrados feitos de madeira, onde devem se sentar a polícia e os repórteres, um defronte do outro, sempre juntos e sempre adulados.

Ao fundo ergue-se o presepe que toma toda a alcova. O céu deste ameaça chuva; grossas nuvens algodoam a sua celestial vastidão. As estrelas, entretanto, mais o sol e mais a lua, numa doce confraternização, atravessam nuvens e azul com o brilho fulgurante das malacachetas[181] e das velas — porque são de malacachetas as estrelas, e têm por trás uma vela providencial tanto a lua como o sol.

Da montanha a pico, por caminhos aspérrimos, vêm descendo os três reis lendários com um ar açodado de beduínos em fuga, e, nessa descida, os seus olhos pintados vão vendo chalés suíços, animais no pasto, militares posteriores ao império do Tetrarca, mulherinhas gordas de avental e a luz da estrela que os guia escorrendo do céu em dois grossos fios de prata. Embaixo, no primeiro plano, há um grande movimento. De um lado, ardendo na sombra do milagre e de alguns copinhos coloridos, está o estábulo, onde se dá o mistério do nascimento de Deus; de outro, uma fachada de papel de seda, em que eu imagino ver Jerusalém, cujas portas caíram ao som das trombetas.

O Centro Pastoril tem um reisado em três atos, interpretado pela senhoras Irma Serra, Georgina do Nascimento, Maria Fernandes, Elvira de Almeida, Elisa, Adelina, Esmeralda, Constança, Lauriana e outras meninas. Esse reisado é exatamente um auto como os fazia mestre

---

181. Malacacheta: pedra não preciosa, mineral também conhecido como mica.

Gil Vicente. Os personagens são o Guia, o Pastor Mestre, o Pastor, a Cigana, Diana Pastorinha, Galeguinho, Galego e Galega. O Natal é apenas o motivo da cena. Trepado na gaiola destinada à imprensa ausente, diante de gaiola policial deserta, apreciei com sabor a evolução do auto e, batendo palmas, parecia à minha alma que remontáramos quatrocentos anos, ao tempo em que Dom Manuel oferecia ao papa elefantes brancos ajaezados[182] de ouro e o povo acreditava com temor em Deus.

No primeiro ato trata-se da chegada dos pastores e há o canto do dia:

> Salve estrela radiante
> Doce infante de alegria,
> Salve infante, salve aos homens,
> E a doce Virgem Maria.

Depois a Cigana, no 2º ato, tem o papel preponderante: esmola, pede, abre a sacola para que as oferendas caiam, entre as graçolas do Galeguinho, e no fim ficam os pastores todos sabendo que Jesus nasceu.

> Mas ouço por estes montes
> Brandas vozes a cantar
> Já daqui não me vou
> Sem estes sons escutar.

Aí, no Centro Pastoril, a diretoria indica outros presepes. Há muitos: na Rua Frei Caneca, mais dois; na Rua de Santana, três, os números 130 e 27; na Rua Bom Jardim, mais dois; em São Diogo, três; e ainda em São Clemente, em São Cristovão, no Estácio, em Itapagipe, em Catumbi — pobres, humildes, cheios de pompa, modestos, numa diversidade curiosa e estranha. Conto, numa noite só, mais de quarenta.

O reisado faz-se, em geral, aos sábados, mas os proprietários, que têm Deus na sala, conservam as casas abertas e iluminadas.

— Dá-me licença?

— É a casa de Deus, pode entrar.

Em alguns, senhoras e crianças olham, sonolentas, o presepe ao fundo, em outros, a sala está inteiramente vazia ou os vigilantes dor-

---

182. Ajaezado: muito ornamentado.

mem na crepitação das velas. Oh!, a estética dos presepes! Que assombroso charivari![183] de datas, que fonte de ideias e de observações! Em São Clemente vem ao estábulo um batalhão francês, no da Rua de Santana, 130, há um lago com repuxo e peixes do tamanho dos reis magos, no da Rua da Imperatriz, alguns caçadores e um padre conversam com São José; em Itapagipe encontrei uma montanha suíça com uma vaqueira perto do rei Gaspar.

— Por que fazem presepes? — indago.

Uns respondem que por promessa, outros sorriem e não dizem palavra. São os mais numerosos. E a galeria continua a desfilar — presepes que parecem pombais, feitos de arminho e penas de aves; presepes todos de bolas de prata com bonequinhos de *biscuit*; presepes armados com folhas de latão, castiçais com velas acesas e fotografias contemporâneas, tendo por lagos pedaços de espelho, e o burro da Virgem com um selim à moderna; presepes em que no meio do capim há casas de dois andares com venezianas e caras de raparigas à janela — uma infinidade inacreditável.

O mais interessante, porém, fui encontrar na praia Formosa, centro de um cordão carnavalesco de negros baianos. Essas criaturas dão-me a honra da sua amizade. O presepe está armado no quarto da sala de visitas. É inaudito, todo verde com lantejoulas de prata.

O céu, pintado por um artista espontâneo, tem, entre nuvens, o sol com uma cara raspada de americano *truster*,[184] e a lua, maior que o sol, com a imagem da Virgem Mãe. Dois raios de filó prata bambamente pendem do azul sob o estábulo divino, iluminado *a giorno*.[185] Descendo a montanha, montados em camelos, vêm os três reis magos, vestidos à turca, e o rei mais apressado é Baltasar, o preto. Pela encosta do monte as majestades lendárias encontram, sem pasmo, ânimos imperiais quase atuais: Napoleão na trágica atitude de Santa Helena, a defunta imperatriz do Brasil, Bismarck com a sua focinheira de molosso[186] desacorrentado, uma bailarina com a perna no ar, e um boneco de cacete, calças abombachadas e chapéu ao alto... Iluminando a agradável confusão, velas de estearina[187] morrem em castiçais de cobre.

---

183. Charivari: confusão.
184. *Truster*: aquele que trabalha em conglomerados de empresas com os mesmos interesses.
185. *A giorno*: do italiano, como o dia.
186. Molosso: cão grande; pessoa violenta.
187. Estearina: substância sólida derivada de gordura utilizada na fabricação de velas.

O grupo carnavalesco chama-se Rei de Ouros. Logo que eu apareço e das janelas escancaradas a tropa me vê, entoa a canção da entrada:

Tu-tu-tu quem bate à porta
Menina vai ver quem é
É o triunfo Rei de Ouros
Com a sua pastora ao pé.

Dentro move-se, numa alegria carnavalesca, o bando de capoeiras perigosos da Rua da Conceição, de São Jorge e da Saúde. A sala tem cadeiras em roda, ornamentadas de cetim vermelho, cortinas de renda com laçarotes estridentes. As matronas espapaçam-se nas cadeiras, suando, e, em movimentos nervosos, agitam-se à sua vista mulatinhas de saiote vermelho, brutamontes de sapatos de entrada baixa e calção de fantasia de velho e de rei dos diabos. Há um cheiro impertinente de suor e éter floral.

— Uma calamistrança[188] pra seu doutô! — brada o Dudu, um negro, magro, conhecido por inventar nomes engraçados, o Bruant da populaça. E a gente do reisado logo batendo palmas, pandeiros e berimbaus:

Ora venha ver o que temos di dá
Garrafas de vinho, doce de araçá.

A manifestação satisfaz. Dudu leva-me quase à força para um lugar de honra, e eu vejo uma mulatinha com o cabelo à Cléo de Merod, enfiada numa confusa roupagem rubra.

— Quem é aquela?

— É Etelvina. Tá servindo de porta-bandeira...

Não era necessária a explicação. O pessoal, quebrando todo em saracoteios exóticos, cantava com as veias do pescoço saltadas:

Porta-bandeira deu siná,
Deu siná no Humaitá,
Porta-bandeira deu siná,
Deu siná tulou, tulou!

Aproveito a consideração do Dudu para compreender o presepe:

---

188. Calamistrar: encrespar o cabelo, frisar.

98

— Por que diabo põem vocês o retrato da imperatriz ali?
— Imperatriz era a mãe dos brasileiros e está no céu.
— Mas Napoleão, homem, Napoleão?
— Então, gente, ele não foi rei do mundo? Tudo está ali para honrar o menino Deus.
— A bailarina também?
— A bailarina é enfeite.
— Guardo religiosamente esta profunda resposta.

Os do reisado cantam agora uma certa marcha que faz cócegas. Os versinhos são errados, mas íntimos e, sibilados por aquela gente ingenuamente feroz, dão impressões de carícias:

> Sussu sossega
> Vai dromi teu sono
> Está com medo diga,
> Quer dinheiro, tome!

Que tem Sussu com a Epifania? Nada. Essas canções, porém, são toda a psicologia de um povo, e cada uma delas bastaria para lhe contar o servilismo, a carícia temerosa, o instinto da fatalidade que o amolece, e a ironia, a despreocupada ironia do malandro nacional.

— Mas por que — continuo eu curioso — põem vocês junto do rei Baltasar aquele boneco de cacete?

— Aquele é o rei da capoeiragem. Está perto do rei Baltasar porque deve estar. Rei preto também viu a estrela. Deus não esqueceu a gente. Ora não sei se Vossa Senhoria conhece que Baltasar é pai da raça preta. Os negros da Angola quando vieram para a Bahia trouxeram uma dança chamada cungu, em que se ensinava a brigar. Cungu, com o tempo, virou mandinga e São Bento.

— Mas que tem tudo isso?...

— Isso, gente, são nomes antigos da capoeiragem. Jogar capoeira é o mesmo que jogar mandinga.

Rei da capoeiragem tem seu lugar junto de Baltasar. Capoeiragem tem sua religião.

Abri os olhos pasmados. O negro riu.

— Vossa Senhoria não conhece a arte? Hoje está por baixo. Valente de verdade só há mesmo uns dez: João da Sé, Tito da Praia, Chico Bolivar, Marinho da Silva, Manuel Piquira, Ludgero da Praia, Manuel

Tolo, Moisés, Mariano da Piedade, Cândido Baianinho, outros... Esses cabras sabiam jogar mandinga como homens...

— Então os capoeiras estão nos presepes para acabar com as presepadas...

— Sim, senhor. Capoeiragem é uma arte, cada movimento tem um nome. É mesmo como sorte de jogo. Eu agacho, prendo Vossa Senhoria pelas pernas e viro: Vossa Senhoria *virou balão e eu entrei debaixo*. Se eu cair *virei boi*. Se eu lançar uma *tesoura* eu sou um *porco*, porque *tesoura* não se usa mais. Mas posso arrastar-lhe uma *tarrafa* mestra.

— *Tarrafa*?

— É uma rasteira com força. Ou esperar o degas *de galho*, assim duro, com os braços para o ar e, se for rapaz da luta, passar-lhe o *tronco* na queda, ou, se for *arara*, arrumar-lhe mesmo o *bauú*, pontapé na pança. Ah! Vossa Senhoria não imagina que porção de nomes tem o jogo. Só rasteira, quando é deitada, chama-se *banda*, quando com força, *tarrafa*, quando no ar para bater na cara do cabra, *meia-lua*.

— Mas é um jogo bonito! — fiz para contentá-lo.

— Vai até o *auô*, salto mortal, que se inventou na Bahia.

Para aquela lição intempestiva já se havia formado um grupo de temperamentos bélicos. Um rapazola falou.

— E a *encruzilhada*?

— É verdade, não disseste nada de encruzilhada?

E a discussão cresceu. Parecia que iam brigar...

Fora, a chuva jorrava torrencial. Um relógio pôs-se a bater preguiçosamente meia-noite. As mulatinhas cantavam tristes:

Meu rei de Ouros quem te matou?
Foi um pobre caçadô.

Mas Dudu saltou para o meio da sala. Houve um choque de palmas. E diante do quarto, onde se confundia o mundo em adoração a Deus, o negro cantou, acompanhado pelo coro:

Já deu meia-noite
O sol está pendente
Um quilo de carne
Para tanta gente!

Oh!, suave ironia dos malandros! Na baiuca havia alegria, parati, álcool, fantasia, talvez o amor nascido de todas aquelas danças e do insuportável cheiro do éter floral...

Não havia, porém, com que comer. Diante de Jesus, que só lhes dera o dia de amanhã, a queixa se desfazia num quase riso. Um quilo de carne para tanta gente!

Talvez nem isso! Saí, deixei o último presepe.

De longe, a casinhola com as suas iluminações tinha um ar de sonho sob a chuva, um ar de milagre, o milagre da crença, sempre eterna e vivaz, saudando o Natal de Deus através da ingenuidade dos pobres. Como seria bom dar-lhes de comer, ó Deus poderoso!

Como lhes daria eu um farto jantar se, como eles, não tivesse apenas a esperança de amanhã obter um quilo de carne só para mim!

COMO SE OUVE A MISSA DO "GALO"

A missa do "Galo" não começa precisamente à meia-noite e não tem a obrigação de acabar antes de uma da manhã. A missa só, sem galo, o divino sacrifício de que os casuístas espanhóis do século XIII faziam a anatomia — talvez tivesse em tempos remotos uma hora precisa, exata, confirmada pelo dogma. O galo, porém, varia e canta, ou adiantado ou com atraso. Ora, o chamar a missa do Natal de Cristo missa do galo é ainda um costume latino. Os romanos contavam as horas com uma certa poesia. Logo depois da *media nocte,* chamavam eles ao tempo *gallicinium,* hora em que o galo começa a cantar. A missa realizada, assim, após a *media nocte,* ficou sendo a missa do galo, e é ainda o velho e desusado *gallicinium* que se recorda quando os sacerdotes levantam a hóstia nos altares, e de capoeira em capoeira, sonoro e glorioso, se propaga o diálogo dos galos: Cristo nasceu! Onde? Em Belém...

Eu estava exatamente defronte da igreja de Santana, dispondo de um automóvel possante. Era a mais que alegre hora da meia-noite que alguns temperamentos românticos ainda julgam sinistra. Aquele trecho da cidade tinha um aspecto festivo, um estranho aspecto de anormalidade. Das ruas laterais vinham vindo, em fila, famílias da Cidade Nova, primeiro as crianças, depois as mocinhas, às vezes ladeadas de mancebos amáveis, depois as matronas agasalhadas em *fichus;*[189] vinham marchando como quem vai para a ceifa, grossos machacares,[190] de chapelão e casaco grosso; vinham gingando negrinhas de vestido gomado; "cabras" de calça bombacha, velhas pretas embrulhadas em xales. Era como uma série de procissões em que as irmandades se separavam segundo as classes. No adro, repleto, havia uma mistura de populaça em festa. Grupos de rapazes berravam graças, bondes paravam despejando gente, vendedores ambulantes apregoavam doces e comestíveis; todos os rostos abriam-se em fraterna alegria, e naquela sarabanda humana, naquele vozear estonteante, uma nota predominava: a do namoro. Os rapazes estavam ali para namorar, para aproveitar a ocasião. Os encontros tinham sido de antemão combinados. Quando um grupo familiar encontrava um rapaz: "oh!, seu Antenor! Também por aqui!". A resposta: "Oh!, Dona Belinha, então também veio!" —

---

189. *Fichu:* tecido leve, de formato triangular, para os ombros e o pescoço, usado pelas senhoras à época.
190. Machacares: deriva do espanhol, do verbo "machacar"; seria algo como "trituradores".

soavam como quem diz: "Oh!, não faltaste…". Havia de resto pares de braço dado, meninas que murmuravam frases ao lado dos mocetões,[191] sob o olhar protetor das mamães… A missa era um alegre pretexto e, se na classe burguesa o namoro tinha uma cor tão suave, nas outras irmandades o entusiasmo era maior. Entrei no templo atrás de um grupo de mocinhos entusiasmados, um dos quais teimava que havia de apertar, enquanto outro, com uma carta de alfinetes, asseverava estar disposto a pregar alguns pares. O grupo ria, a igreja estava repleta, quente, ardendo na nave de humanidade pouco crente, ardendo de doçura superior nas velas dos altares. Mocinhas irrequietas, rindo, abriam passagem; rapazes lamentavelmente espirituosos estabeleciam o arrocho, empurrando o corpo como quem vai dançar o *cakewalk* e pretalhões de pastinhas,[192] erguendo alto os chapéus de palha, violentavam a massa com os cotovelos para chegar ao altar-mor. No ar parado um sino bateu. Houve uma interjeição prolongada da multidão, ia começar a missa. Era a missa do galo nos bairros…

Saí suando, tomei o automóvel, nervoso. Ao lado da máquina, na aglomeração, uma voz de mulher fez de repente:

— Ai!

— Que é? Que foi? — bradou um vozeirão formidável.

— Cocoricó! — cantou um gaiato.

E entre as gargalhadas de mofa escandalosa, o automóvel rodou.

Parei na catedral. A enchente era tão colossal que havia gente até na rua.

O templo ardia em luzes. De fora viam-se os sacerdotes de sobrepeliz[193] dourada, a candelária luminosa, os santos, e toda a igreja vibrava das graves harmonias do órgão, realçadas por um coro abaritonado. A turba tinha outro aspecto. Senhoras de chapéu, cavalheiros sempre com esse indomável ar conquistador que o homem se arroga nas festas públicas, de mistura com fuzileiros navais, marinheiros alcoolizados, caixeirinhos do comércio de roupa nova e com os olhos cheios de sono.

Toda essa gente conseguia entrar e sair, fazer como um torvelinho à porta, onde duas senhoras vestidas de negro, esticando uma sacola, diziam maquinalmente: "para a cera! Para a cera!". Ninguém dava, ninguém se ralava. O sopro de excitação dos sentidos parecia

---

191. Mocetão: rapagão.
192. Pastinha: tipo de penteado.
193. Sobrepeliz: veste usada por padres, sobre a batina, em cerimônias religiosas.

recrudescido pelo sopro musical do órgão. Figuras que saíam da igreja vinham algumas congestas; as que entravam tinham uma violência aguçada no olhar. Na rua, como que farejando, sujeitos iam e vinham entre os grupos de malandros ébrios, de negros de capa no braço com um ar de copeiros de casa rica, de mulheres conversadeiras. Encontro um repórter de jornal.

— Oh!, tu também! Que pândega, filho! Mas espera...

Indagou com o olhar a rua, sorriu, apertou-me o braço, apressado:

— Até logo.

Dou de frente com um bando de gente de teatro. Uma das atrizes assegura:

— Estou com os braços doendo...

E logo depois, deixando a atriz, encontro o protetor.

— Viste-a por aí? Olha só aquela família com crianças. Só nesta terra! Eu não! Ceei com meus filhos: às dez horas tudo na cama, e às onze deixei de ser pai de família.

— Muito bem.

Era a missa do galo na cidade... Que tinha eu? Desgosto? Tristeza? Dor de cabeça? Sei lá! Despedi-me do ex-pai de família, tomei de novo o automóvel, que logo deslizou pela Rua da Assembleia para cair numa vertiginosa carreira pela Avenida Central.

— Que é aquilo?

— É a missa do convento da Ajuda.

Saltei. A rua estava negra de gente. Os focos elétricos da Avenida mais de sombra enchiam aquele canto — a porta tão triste onde a turba se acotovelava.

Um sujeito valente pisou três ou quatro pés, barafustou. Acompanhei-o. Era a missa lá dentro imersa em tristeza infinda. Até os altares pareciam mais agourentos, até as imagens guardavam na face uma dor mais amarga. E a missa trespassava a alma, porque, enquanto o sacerdote ia e vinha no altar, por trás, na sombra, perpetuamente na sombra, morta, enterrada, perdida para o mundo, a voz das monjas varava o ar como o som de um cristal quebrado, retorcia-se no sacrifício do louvor do Deus que nascera de um seio humano, espiralava como uma contorção histérica, soluçava cantando...

Ia mais adiante, mas na minha frente um latagão[194] bocejou:

---

194. Latagão: homem jovem, forte e grande.

104

— Que cacetada!

— É verdade, vamo-nos — respondeu a companheira.

— Ainda temos tempo de ir a Copacabana.

Consultou o relógio e começou a sair, imprimindo tal movimento à massa de gente, que eu, com outros mais, de recuar tanto, me achei de novo na porta triste e humilde.

— Ó José, vamos a Copacabana?

— Anda daí.

Copacabana devia ser divertido. Tomei de novo o automóvel e disse ao chofer:

— Para Copacabana.

Naquele delicioso percurso da Avenida Beira-Mar, toda ensopada de luz elétrica, outros automóveis de toldo arriado, outros carros, outras conduções corriam na mesma direção. Homens espapaçados nas almofadas davam vivas, mulheres de grandes chapéus estralejavam risos, era uma estrepitosa e inédita corrida para Cítera. Quando, no fim da avenida, os automóveis seguiram pelas antigas ruas, cada encontro de bonde era uma catástrofe. Os *tramways*, apesar de comboiarem três carros, iam com gente até os tejadilhos,[195] e essa gente furiosa, numa fúria que lembrava bem a vertigem de Dionísio, berrava, apostrofava, atirava bengaladas num despejo de corpos e de conveniências. Entretanto, pelas mesmas ruas, a corrida aumentava e era uma disparada louca entre vociferações, sons de corneta, *tren-ten-tens* de bondes, estalar de chicote. Quando passamos o túnel num fracasso de metralha[196] e demos nos campos de Copacabana, a velocidade foi vertiginosa, e era apenas vagamente que se divisavam, fugindo à sanha dos *fon-fons*, ao estrépito das rodas, a linha de fiéis da redondeza marginando o capinzal e, à esquerda, num diadema de estrelas, a iluminação da igrejinha. Recostei-me. O automóvel saltava como um orango ébrio, no piso mau. De repente fez uma curva e entrou numa rua cheia de gente, de carros, de outros automóveis. Estávamos no grande sítio.

— É aqui?

— É.

Cerca de três mil pessoas — pessoas de todas as classes, desde a mais alta e a mais rica à mais pobre e à mais baixa, enchia aquele

---

195. Tejadilho: o teto de qualquer veículo.
196. Metralha: conjunto dos meios eficazes para se atingir um objetivo.

trecho, subia promontório acima. E o aspecto era edificante. Grupos de rapazes apostavam em altos berros subir à igreja pela rocha; mulheres em desvario galgavam a correr por outro lado, patinhando a lama viscosa. Todos os trajes, todas as cores se confundiam num amálgama formidável, todos os temperamentos, todas as taras, todos os excessos, todas as perversões se entrelaçavam. Quis notar o elemento predominante. Num trecho havia mais pretas com soldados. Adiante logo, o domínio era de gente de serviço braçal, um pouco mais longe, a tropa se fazia de rapazelhos do comércio e, se dávamos um passo, outro grupo de mocinhas com senhores conquistadores se nos antolhava.[197] Todo esse pessoal gritava.

Logo na subida encontrei um meninote engolindo uns restos de vinho do Porto pelo gargalo da garrafa. Em meio do caminho um grupo do Clube dos Democráticos, de guarda-chuva branco e preto, tocava guitarras e assobios.

De todos os lados partiam cantos de galo. Os cocoricós clássicos vinham finos, grossos, roufenhos, em falsete: — Cocoricó! Cocoricô!

— Já ouviste cantar o galo?

— Pois hoje não é a missa dele?

— Cocoricó! Pega ele pra capar!

— Pega!

A igrejinha estava toda iluminada exteriormente a luz elétrica. Defronte de sua fachada lateral haviam armado um botequim. A turba arfava aí, presa entre a bodega e o templo. Quando eu passei, porém, a bodega fora devorada e bebida. Os caixeiros tinham trepado para os balcões no desejo de apreciar a cena. Fiz um violento esforço para entrar na igreja. À porta havia uma verdadeira luta e dentro ninguém se podia mexer. Divisei apenas como indicação humilde do dia — um presepe no lado esquerdo, um presepe com pano de fundo representando fielmente um trecho de Cascadura, e estava assim embebido quando, de repente, estalou o rolo, o rolo rápido e habitual. Um sujeito apanhara uma bengalada, levantara o guarda-chuva, uma menina gritara: — Nunca mais venho à missa! — E no roldão da turba medrosa, de novo caí na ladeira, ouvindo os cocoricós, as chufas,[198] as graças sórdidas:

---

197. Antolhar: aparecer.
198. Chufa: troça.

— Pega pra capar! Cocoricó! Já ouviste o galo?

No céu cor de chumbo, ameaçador de temporais, espocavam girândolas de foguetes. E todo aquele trecho, mais aquecido, mais feroz, mais cheio de gente redobrava de deboche, de frenesi pândego, de loucura, quebrando copos, cantando, assobiando, praguejando, ganindo.

Atirei-me dentro do automóvel, exausto. A máquina disparou outra vez, lutando agora contra a massa dos carros, dos automóveis, dos *tramways* que chegavam.

— Onde é a Lapa do Desterro?

— Quer ir lá? É uma igreja de gente pobre. E na Lapa.

— Pois vamos lá.

O automóvel quebrou pela Rua da Lapa, parou defronte da velha igreja. Eram duas horas da manhã. Havia à porta a mesma matula[199] de homens endomingados[200] à espera da conquista, a mesma sarabanda de sirigaitas. Entrei. O tapete do templo, velho, esfarripado, tinha por cima, em alguns trechos, folhas de mangueira. No altar-mor, dos lados, entre panos azuis, ardiam dois bicos *auer*, e aquela luz azul como que transfigurava o retábulo,[201] os acessórios, os ouros despolidos. A concorrência era menor, na nave, mulheres de xale formavam roda conversando. Andei por ali tristemente. Ao sair, porém, vi de joelhos um homem.

De joelhos? Na missa do galo? Deus! Quem seria aquele pobre coitado? Aproximei-me. Era um rapaz — teria no máximo 20 anos. Ao lado o seu chapelão de coco repousava junto à grossa bengala. No seu corpo ajustava-se demais um grosso fato de inverno aldeão. De mãos postas, a face ingênua voltada para o altar, esse ser, numa noite báquica,[202] era tão anormal, tão extraordinário, que eu cheguei bem perto, olhei bem, fui ao ponto de curvar-me para lhe espiar os olhos. O pobre sobressaltou-se.

— Meu senhor!

— Que está você a fazer aí?

— Que estava? Ah? Perdão... Estava a rezar, estava a pedir ao Menino Deus que dê saudinha aos pais lá na terra e que me proteja.

— Donde é você?

---

199. Matula: corja.

200. Endomingado: vestido com roupas para ir à igreja aos domingos.

201. Retábulo: em igrejas, construção ornamental que compõe o altar.

202. Báquica: aqui, no sentido de "festiva".

— Saberá Vossa Senhoria que do Douro, sim, senhor.

Falava de joelhos, a sorrir para mim; pobre alma ingênua e pura de aldeia, pobre alma que se ia putrefazer na grande cidade, único coração que adorara Deus entre as dez mil pessoas vistas por mim!

Oh! Tive um ímpeto, o desejo de abraçá-lo, a sensação de quem, após uma longa desilusão, sente viva no abismo fundo a flor maravilhosa. Mas já em torno se fazia roda de ociosos, já um sujeito surgira com um riso de troça.

— Pois faz muito bem. Adeus.

— Adeus, meu senhor!

— E continuou — ó coisa incrível! — de joelhos, voltado para Deus, lembrando a sua aldeia, lembrando os paizinhos, pedindo o bem — enquanto pela cidade inteira as ceatas[203] e as pândegas desencadeavam os ímpetos desaçaimados...[204]

---

203. Ceata: ceia farta.
204. Desaçaimado: irrefreável.

CORDÕES

Oh!, abre ala!
Que eu quero passá
Estrela-d'Alva
Do Carnavá!

Era em plena Rua do Ouvidor. Não se podia andar. A multidão apertava-se, sufocada. Havia sujeitos congestos, forçando a passagem com os cotovelos, mulheres afogueadas, crianças a gritar, tipos que berravam pilhérias. A pletora[205] da alegria punha desvarios em todas as faces. Era provável que do Largo de São Francisco à Rua Direita dançassem vinte cordões e quarenta grupos, rufassem duzentos tambores, zabumbassem cem bombos,[206] gritassem cinquenta mil pessoas. A rua convulsionava-se como se fosse fender, rebentar de luxúria e de barulho. A atmosfera pesava como chumbo. No alto, arcos de gás besuntavam de uma luz de açafrão as fachadas dos prédios. Nos estabelecimentos comerciais, nas redações dos jornais, as lâmpadas elétricas despejavam sobre a multidão uma luz ácida e galvânica, que enlividescia e parecia convulsionar os movimentos da turba, sob o panejamento multicolor das bandeiras que adejavam sob o esfarelar constante dos confetes, que, como um irisamento do ar, caíam, voavam, rodopiavam. Essa iluminação violenta era ainda aquecida pelos braços de luz *auer*, pelas vermelhidões de incêndio e as súbitas explosões azuis e verdes dos fogos de Bengala; era como que arrepiada pela corrida diabólica e incessante dos archotes e das pequenas lâmpadas portáteis. Serpentinas riscavam o ar; homens passavam empapados de água, cheios de confete; mulheres de chapéu de papel curvavam as nucas à etila[207] dos lança-perfumes, frases rugiam cabeludas, entre gargalhadas, risos, berros, uivos, guinchos. Um cheiro estranho, misto de perfume barato, futum, poeira, álcool, aquecia ainda mais o baixo instinto de promiscuidade. A rua personalizava-se, tornava-se uma e parecia, toda ela policromada de serpentinas e confete, arlequinar o pincho[208] da loucura e do deboche. Nós íamos indo, eu e o meu amigo,

---

205. Pletora: vitalidade em excesso.
206. Bombo: bumbo.
207. Etila: aqui, no sentido de éter.
208. Pincho: salto.

nesse pandemônio. Atrás de nós, sem colarinho, de pijama, bufando, um grupo de rapazes acadêmicos, futuros diplomatas e futuras glórias nacionais, berrava furioso a cantiga do dia, essas cantigas que só aparecem no Carnaval:

> Há duas coisa
> Que me faz chorá
> É nó nas tripa
> E bataião navá!

De repente, numa esquina, surgira o pavoroso *abre-alas*, enquanto, acompanhado de urros, de pandeiros, de *xequerês*,[209] um outro cordão surgia.

> Sou eu! Sou eu!
> Sou eu que cheguei aqui
> Sou eu Mina de Ouro
> Trazendo nosso Bogari.

Era intimativo, definitivo. Havia, porém, outro. E esse cantava adulçorado:[210]

> Meu beija-flor
> Pediu para não contar
> O meu segredo
> A Iaiá.
> Só conto particular.
> Iaiá me deixe descansar
> Rema, rema, meu amor
> Eu sou o rei do pescador.

Na turba compacta o alarma correu. O cordão vinha assustador. À frente um grupo desenfreado de quatro ou cinco caboclos adolescentes, com os sapatos desfeitos e grandes arcos pontudos, corria abrindo as bocas em berros roucos. Depois um negralhão todo de penas, com a face lustrosa como piche, a gotejar suor, estendia o braço musculoso

---

209. Xequerê: tipo de chocalho utilizado em cerimônias do candomblé.
210. Adulçorado: de forma doce.

e nu sustentando o tacape de ferro. Em seguida, gorgorejava[211] o grupo vestido de vermelho e amarelo com lantejoulas douradas a chispar no dorso das casacas e grandes cabeleiras de cachos, que se confundiam com a epiderme num empastamento nauseabundo. Ladeando o bolo, homens em tamancos ou de pés nus iam por ali, tropeçando, erguendo archotes, carregando serpentes vivas sem os dentes, lagartos enfeitados, jabutis aterradores com grandes gritos roufenhos.

Abriguei-me a uma porta. Sob a chuva de confete, o meu companheiro esforçava-se por alcançar-me.

— Por que foges?

— Oh!, estes cordões! Odeio o cordão.

— Não é possível.

— Sério!

Ele parou, sorriu:

— Mas que pensas tu? O cordão é o carnaval, o cordão é vida delirante, o cordão é o último elo das religiões pagãs. Cada um desses pretos ululantes tem por sob a belbutina[212] e o reflexo discrômico das lantejoulas, tradições milenares; cada preta bêbada, desconjuntando nas tarlatanas[213] amarfanhadas os quadris largos, recorda o delírio das procissões em Biblos pela época da primavera e a fúria rábida[214] das bacantes. Eu tenho vontade, quando os vejo passar zabumbando, chocalhando, berrando, arrastando a apoteose incomensurável do rumor, de os respeitar, entoando em seu louvor a "prosódia" clássica com as frases de Píndaro — salve grupos floridos, ramos floridos da vida...

Parei a uma porta, estendo as mãos.

— É a loucura, não tem dúvida, é a loucura. Pois é possível louvar o agente embrutecedor das cefalgias[215] e do horror?

— Eu adoro o horror. É a única feição verdadeira da humanidade. E por isso adoro os cordões, a vida paroxismada, todos os sentimentos tendidos, todas as cóleras a rebentar, todas as ternuras ávidas de torturas... Achas tu que haveria carnaval se não houvesse os cordões? Achas tu que bastariam os préstitos[216] idiotas de meia dúzia de senhores que se julgam engraçadíssimos ou esse pesadelo dos três dias gordos in-

---

211. Gorgorejar: trinar.
212. Belbutina: calça bufante.
213. Tarlatana: tecido utilizado em forros de vestidos e saias.
214. Rábida: amedrontadora.
215 . Cefalgia: dor de cabeça.
216. Préstito: exibição de carro alegórico.

titulado — máscaras de espírito? Mas o Carnaval teria desaparecido, seria hoje menos que a festa da Glória ou o *bumba meu boi* se não fosse o entusiasmo dos grupos da Gamboa, do Saco, da Saúde, de São Diogo, da Cidade Nova, esse entusiasmo ardente, que meses antes dos três dias vem queimando como pequenas fogueiras crepitantes para acabar no formidável e total incêndio que envolve e estorce a cidade inteira. Há em todas as sociedades, em todos os meios, em todos os prazeres, um núcleo dos mais persistentes, que através do tempo guarda a chama pura do entusiasmo. Os outros são mariposas, aumentam as sombras, fazem os efeitos.

Os cordões são os núcleos irredutíveis da folia carioca, brotam como um fulgor mais vivo e são antes de tudo bem do povo, bem da terra, bem da alma encantadora e bárbara do Rio.

Quantos cordões julgas que há da Urca ao Caju? Mais de duzentos! E todos, mais de duas centenas de grupos, são inconscientemente os sacrários da tradição religiosa da dança, de um costume histórico e de um hábito infiltrado em todo o Brasil...

— Explica-te! — bradei eu, fugindo para outra porta, sob uma avalanche de confete e velhas serpentinas varridas de uma sacada.

Atrás de mim, todo sujo, com fitas de papel velho pelos ombros, o meu companheiro continuou:

— Eu explico. A dança foi sempre uma manifestação cultual. Não há danças novas; há lentas transformações de antigas atitudes de culto religioso. O bailado clássico das bailarinas do Scala e da Ópera tem uma série de passos do culto bramânico, o minueto é uma degenerescência da reverência sacerdotal, e o *cakewalk* e o maxixe, danças delirantes, têm o seu nascedouro nas correrias de dionísios e no pavor dos orixalás[217] da África. A dança saiu dos templos; em todos os templos se dançou, mesmo nos católicos.

O meu amigo falava intercortado, gesticulando. Começava a desconfiar da sua razão. Ele, entretanto, esticando o dedo, bradava no torvelinho da rua:

— O Carnaval é uma festa religiosa, é o misto dos dias sagrados de Afrodite e Dionísio, vem coroado de pâmpanos[218] e cheirando a luxúria. As mulheres entregam-se; os homens abrem-se; os instrumentos

---

217. Orixalá: relativo ao orixá Obatalá, conhecido no Brasil como Oxalá.
218. Pâmpano: ramo de videira.

rugem; estes três dias ardentes, coruscantes, são como uma enorme sangria na congestão dos maus instintos. Os cordões saíram dos templos! Ignoras a origem dos cordões? Pois eles vêm da festa de Nossa Senhora do Rosário, ainda nos tempos coloniais. Não sei por que os pretos gostam da Nossa Senhora do Rosário. Já naquele tempo gostavam e saíam pelas ruas vestidos de reis, de bichos, de pajens, de guardas, tocando instrumentos africanos, e paravam em frente à casa do vice-rei a dançar e cantar. De uma feita, pediram ao vice-rei um dos escravos para fazer de rei. O homem recusou a lisonja que dignificava o servo, mas permitiu os folguedos. E estes folguedos ainda subsistem com simulacros de batalha, e quase transformados, nas cidades do interior.

Havia uma certa conexão nas frases do cavalheiro que me acompanhava; mas, cada vez mais receoso da apologia, eu andava agora quase a correr. Tive, porém, de parar. Era o *Grêmio Carnavalesco Destemidos do Inferno*, arrastando seis estandartes cobertos de coroas de louro. Os homens e as mulheres, vestidos de preto, amarelo e encarnado, pingando suor, zé-pereiravam:[219]

> Os rouxinóis estão a cantar
> Por cima do carramanchão
> Os *Destemidos do Inferno*
> Tenho por eles paixão.

E logo vinha a chula:

> Como és tão linda!
> Como és formosa!
> Olha os *Destemidos*
> No galho da rosa.

— Como é idiota!

— E admirável. Os poetas simbolistas são ainda mais obscuros. Ora, escuta este aqui ao lado.

Vinte e sete bombos e tambores rufavam em torno de nós com a fúria macabra de nos desparafusar os tímpanos. Voltei-me para onde me guiava o dedo conhecedor do Píndaro daquele desespero e vi que

---

219. Zé-pereirar: termo relativo a Zé-Pereira, personagem folclórico sobre o qual se diz que abre o Carnaval.

cerca de quarenta seres humanos cantavam com o lábio grosso, úmido de cuspo, estes versos:

> Três vezes nove
> Vinte e sete
> Bela morena
> Me empresta seu leque
> Eu quero conhecer
> Quem é o treme terra?
> No campo de batalha
> Repentinos dá sinal da guerra.

Entretanto, os *Destemidos* tinham parado também. Vinham em sentido contrário, fazendo letras complicadas pela rua forrada de papel policromo, sob a ardência das lâmpadas e dos arcos, o grupo da *Rainha do Mar* e o grupo dos *Filhos do Relâmpago do Mundo Novo*. Os da *Rainha* cantavam em bamboleios de onda:

> Moreninha bela
> Hei de te amar
> Sonhando contigo
> Nas ondas do mar.

Os do *Relâmpago*, chocalhando chocalhos, riscando xequerês, berravam mais apressados:

> No triná das ave
> Vem rompendo a aurora
> Ela de saudades
> Suspirando chora.

> Sou o Ferramenta
> Vim de Portugá
> O meu balão
> Chama Nacioná.

Senhor Deus! Era a loucura, o pandemônio do barulho e da sandice. O fragor porém aumentava, como se concentrando naquele ponto, e, esticando os pés, eu vi por trás da *Rainha do Mar* uma serenata, uma autêntica serenata com cavaquinhos, violões, vozes em ritornelo[220] sustentando fermatas[221] langorosas. Era a *Papoula do Japão*:

> Toda a gente pressurosa
> Procura flor em botão
> É uma flor recém-nascida
> A *Papoula do Japão*
>
> Docemente se beijava
> Uma... rola
> Atraída pelo aroma
> Da... *Papoula*...

— Vamos embora. Acabo tendo uma vertigem.

— Admira a confusão, o caos ululante. Todos os sentimentos, todos os fatos do ano reviravolteiam, esperneiam, enlanguescem, revivem nessas quadras feitas apenas para acertar com a toada da cantiga. Entretanto, homem frio, é o povo que fala. Vê o que é para ele a maior parte dos acontecimentos.

— Quantos cordões haverá nesta rua?

— Sei lá — quarenta, oitenta, cem, dançando em frente à redação dos jornais. Mas, caramba! Olha o brilho dos grupos, louva-lhes a prosperidade. O cordão da *Senhora do Rosário* passou ao cordão de *Velhos*. Depois dos *Velhos*, os *Cucumbis*. Depois dos *Cucumbis*, os *Vassourinhas*. Hoje são duzentos.

— É verdade, com a feição feroz da ironia que esfaqueia os deuses e os céus — fiz eu recordando a frase do apologista.

— Sim, porque a origem dos cordões é o *Afoxé*[222] africano, dia em que se deboCha a religião.

— O *Afoxé*? — insisti, pasmado.

— Sim, o Afoxé. É preciso ver nesses bandos mais do que uma correria alegre — a psicologia de um povo. O cordão tem antes de tudo o sentimento da hierarquia e da ordem.

— A ordem na desordem?

---

220. Em ritornelo: que se repete; refrão.
221. Fermata: na música, pausa prolongada.
222. Afoxé: aqui, no sentido de grupo semirreligioso que sai às ruas cantando e tocando instrumentos; dia em que isso acontece.

— É um lema nacional. Cada cordão tem uma diretoria. Para as danças há dois fiscais, dois mestres-salas, um mestre de canto, dois porta-machados, um *achinagú* ou homem da frente, vestido ricamente. Aos títulos dos cordões pode-se aplicar uma das leis de filosofia primeira e concluir daí todas as ideias dominantes na populaça. Há uma infinidade que são caprichosos e outros, teimosos. Perfeitamente pessoal da lira: — Agora é capricho! Quando eu teimo, teimo mesmo!

Nota depois a preocupação de maravilhar, com ouro, com prata, com diamantes, que infundem o respeito da riqueza — Caju de Ouro, Chuveiro de Ouro, Chuva de Prata, Rosa de Diamantes, e às vezes coisas excepcionais e únicas — *Relâmpago do Mundo Novo.* Mas o da grossa população é a flor da gente, tendo da harmonia a constante impressão das gaitas, cavaquinhos, dos violões, desconhecendo a palavra, talvez apenas sentindo-a como certos animais que entendem discursos e sofrem a ação dos sons. Há quase tantos cordões intitulados *Flor* e *Harmonia* como há *Teimosos* e *Caprichosos.* Um mesmo chama-se *Flor da Harmonia,* como há outro intitulado *Flor do Café.*

— É curioso.

— Não te parece? Vai-se aos poucos detalhando a alma nacional nos estandartes dos cordões. Oliveira Gomes, esse ironista sutil, foi mais longe, estudou-lhes a zoologia. Mas, se há *Flores, Teimosos, Caprichosos* e *Harmonias,* os que querem espantar com riquezas e festas nunca vistas, há também os preocupados com as vitórias e os triunfos, os que antes de sair já são *Filhos do Triunfo da Glória, Vitoriosos das Chamas, Vitória das Belas, Triunfo das Morenas.*

— Acho gentil essa preocupação de deixar vencerem as mulheres.

— A morena é uma preocupação fundamental da canalha. E há ainda mais, meu amigo, nenhum desses grupos intitula-se republicano, Republicanos da Saúde, por exemplo. E sabe por quê? Porque a massa é monarquista. Em compensação abundam os reis, as rainhas, os vassalos, reis de ouro, vassalos da aurora, rainhas do mar, há patriotas tremendos e a ode ao Brasil vibra infinita.

Neste momento tínhamos chegado a uma esquina atulhada de gente. Era impossível passar. Dançando e como que rebentando as fachadas com uma "pancadaria" formidável, estavam os do *Prazer da Pedra Encantada* e cantavam:

Tanta folia, Nenê!
Tanto namoro;

A *Pedra Encantada*, ai!, ai!
Coberta de ouro!

E o coro, furioso:

Chegou o povo, Nenê Floreada
E o pessoal, ai!, ai!
Da *Pedra Encantada*.

Mas a multidão, sufocada, ficava ao redor da *Pedra*, entaipada por outros quatro cordões que se encontravam numa confluência perigosa. Apesar do calor, corria um frio de medo; as batalhas de confete cessavam; Os gritos, os risos, as piadas apagavam-se, e só, convulsionando a rua, como que sacudindo as casas, como que subindo ao céus, o batuque confuso, epilético, dos atabaques, "xequerês", pandeiros e tambores, os pancadões dos bombos, os urros das cantigas berradas para dominar os rivais, entre trilos de apitos, sinais misteriosos cortando a zabumbada delirante como a chamar cada um dos tipos à realidade de um compromisso anterior. Eram a *Rosa Branca*, negros lantejoulantes da Rua dos Cajueiros, os *Destemidos das Chamas*, os *Amantes do Sereno* e os *Amantes do Beija-flor*! Os negros da *Rosa*, abrindo muito as mandíbulas, cantavam:

No Largo de São Francisco
Quando a corneta tocou
Era o triunfo *Rosa Branca*
Pela Rua do Ouvidô.

Os *Destemidos*, em contraposição, eram patriotas:

Rapaziada, bate,
Bate com maneira
Vamos dar um viva
À bandeira brasileira

Os *Amantes do Sereno*, dengosos, suavizavam:

Aonde vais, Sereno
Aonde vais, com teu amor?

Vou ao Campo de Santana
Ver a batalha de flô.

E no meio daquela balbúrdia infernal, como uma nota ácida de turba que chora as suas desgraças divertindo-se, que soluça cantando, que se mata sem compreender, este soluço mascarado, esta careta de Arlequim choroso elevava-se do *Beija-Flor*:

A 21 de janeiro
O "Aquidabã" incendiou
Explodiu o paiol de pólvora
Com toda gente naufragou

E o coro:

Os filhinhos choram
Pelos pais queridos.
As viúvas soluçam
Pelos seus maridos.

Era horrível. Fixei bem a face intumescida dos cantores. Nenhum deles sentia ou sequer compreendia a sacrílega menipeia[223] desvairada do ambiente, só a alma da turba consegue o prodígio de ligar o sofrimento e o gozo na mesma lei de fatalidade, só o povo se diverte não esquecendo as suas chagas, só a populaça desta terra de sol encara sem pavor a morte nos sambas macabros do Carnaval.

— Estás atristado pelos versos do *Beija-Flor*? Há uma porção de grupos que comentam a catástrofe. Ainda há instantes passou a *Mina de Ouro*. Sabes qual é a marcha dessa sociedade? Esta sandice tétrica:

Corremos, corremos
Povo brasileiro
Para salvar do "Aquidabã"
Os patriotas marinheiros.

Isto no Carnaval, quando todos nós sentimos irreparável a desgraça. Mas o cordão perderia a sua superioridade de vivo reflexo da

---

223. Menipeia: gênero literário; aqui, utilizado no sentido de sátira.

turba se não fosse esse misto indecifrável de dor e pesar. Todos os anos as suas cantigas comemoram as fatalidades culminantes.

Neste momento, porém, os *Amantes do Sereno* resolveram voltar. Houve um trilo de apito, a turba fendeu-se. Dois rapazinhos vestidos de belbutina começaram a fazer "letra" com grandes espadas de pau prateado, dando pulos e quebrando o corpo. Depois, o *achinagú*, ou homem da frente, todo coberto de lantejoulas, deu uma volta sob a luz clara da luz elétrica, e o bolo todo golfou — diabos, palhaços, mulheres, os pobres que não tinham conseguido fantasias e carregavam os archotes, os fogos de bengala, as lâmpadas de querosene. A multidão aproveitou o vazio e precipitou-se. Eu e meu amigo caímos na corrente impetuosa.

Oh!, sim! Ele tinha razão! O cordão é o Carnaval, é o último elo das religiões pagãs, é bem o conservador do sagrado dia do deboche ritual; o cordão é a nossa alma ardente, luxuriosa, triste, meio escrava e revoltosa, babando lascívia pelas mulheres e querendo maravilhar, fanfarrona, meiga, bárbara, lamentável.

Toda a rua rebentava no estridor dos bombos. Outras canções se ouviam. E, agarrado ao braço do meu amigo, arrastado pela impetuosa corrente aberta pela passagem dos *Amantes do Sereno*, eu continuei rua abaixo, amarrado ao triunfo e à fúria do cordão!...

TRÊS ASPECTOS DA MISÉRIA

AS MARIPOSAS DO LUXO

— Olha, Maria...

— É verdade! Que bonito!

As duas raparigas curvam-se para a montra, com os olhos ávidos, um vinco estranho nos lábios.

Por trás do vidro polido, arrumados com arte, entre estatuetas que apresentam pratos com bugigangas de fantasia e a fantasia policroma de coleções de leques, os desdobramentos das sedas, das plumas, das *guipures*,[224] das rendas...

É a hora indecisa em que o dia parece acabar e o movimento febril da Rua do Ouvidor relaxa-se, de súbito, como um delirante a gozar os minutos de uma breve acalmia. Ainda não acenderam os combustores, ainda não ardem à sua luz galvânica os focos elétricos. Os relógios acabaram de bater, apressadamente, seis horas. Na artéria estreita cai a luz acinzentada das primeiras sombras — uma luz muito triste, de saudade e de mágoa. Em algumas casas correm com fragor as cortinas de ferro. No alto, como o teto custoso do beco interminável, o céu, de uma pureza admirável, parecendo feito de esmaltes translúcidos superpostos, rebrilha, como uma joia em que se tivessem fundido o azul de Nápoles, o verde perverso de Veneza, os ouros e as pérolas do Oriente.

Já passaram as *professional beauties*, cujos nomes os jornais citam; já voltaram da sua hora de costureiro ou de joalheiro as damas do alto tom; e os nomes condecorados da finança e os condes do Vaticano e os rapazes elegantes e os deliciosos vestidos claros airosamente ondulantes já se sumiram, levados pelos "autos", pelas parelhas fidalgas, pelos bondes burgueses. A rua tem de tudo isso uma vaga impressão, como se estivesse sob o domínio da alucinação, vendo passar um préstito que já passou. Há um hiato na feira das vaidades: sem literatos, sem poses, sem flertes. Passam apenas trabalhadores de volta da faina e operárias que mourejaram[225] todo o dia.

---

224. *Guipure*: considerada a mais nobre das rendas, feita de linho ou seda e ornamentada com arabescos.
225. Mourejar: labutar, trabalhar.

Os operários vêm talvez mal-arranjados, com a lata do almoço presa ao dedo mínimo. Alguns vêm de tamancos. Como são feios os operários ao lado dos mocinhos bonitos de ainda há pouco! Vão conversando uns com os outros, ou calados, metidos com o próprio eu. As raparigas, ao contrário: vêm devagar, muito devagar, quase sempre duas a duas, parando de montra em montra, olhando, discutindo, vendo.

— Repara só, Jesuína...

— Ah!, minha filha. Que lindo!...

Ninguém as conhece e ninguém nelas repara, a não ser um ou outro caixeiro em mal de amor ou algum pícaro[226] sacerdote de conquistas.

Elas, coitadinhas! Passam todos os dias a essa hora indecisa e parecem sempre pássaros assustados, tontos de luxo, inebriados de olhar. Que lhes destina no seu mistério a vida cruel? Trabalho, trabalho; a perdição, que é a mais fácil das hipóteses; a tuberculose ou o alquebramento numa ninhada de filhos. Aquela rua não as conhecerá jamais. Aquele luxo será sempre a sua quimera.

São mulheres. Apanham as migalhas da feira. São as anônimas, as fulanitas do gozo, que não gozam nunca. E então, todo dia, quando céu se rocalha[227] de ouro e já andam os relógios pelas seis horas, haveis de vê-las passar, algumas loiras, outras morenas, quase todas mestiças. A mocidade dá-lhes a elasticidade dos gestos, o jeito bonito do andar e essa beleza passageira que chamam — do diabo. Os vestidos são pobres: saias escuras, sempre as mesmas; blusas de chitinha rala. Nos dias de chuva, um parágua[228] e a indefectível pelerine.[229] Mas essa miséria é limpa, escovada. As botas rebrilham, a saia não tem uma poeira, as mãos foram cuidadas. Há nos lóbulos de algumas orelhas brincos simples, fechando as blusas lavadinhas, broches "montana", donde escorre o fio de uma *chatelaine*.[230]

Há mesmo anéis — correntinhas de ouro, pedras que custam barato; coralinas, lápis-lazúli, turquesas falsas. Quantos sacrifícios essa limpeza não representa? Quantas concessões não atestam, talvez, os modestos pechisbeques![231]

---

226. Pícaro: ardiloso.
227. Rocalhar: encher de contas.
228. Parágua: guarda-chuva.
229. Pelerine: pequeno manto que cobre parte das costas.
230. *Chatelaine*: corrente.
231. Pechibesque: objeto sem valor de falso brilho ou que imita o ouro; bijuteria.

Elas acordaram cedo, foram trabalhar. Voltam para o lar sem conforto, com todas as ardências e os desejos indomáveis dos 20 anos.

A rua não lhes apresenta só o amor, o namoro, o desvio... Apresenta-lhes o luxo. E cada montra é a hipnose e cada *rayon*[232] de modas é o foco em torno do qual reviravolteiam e anseiam as pobres mariposas.

— Ali no fundo, aquele chapéu...

— O que tem uma pluma?

— Sim, uma pluma verde... Deve ser caro, não achas?

São duas raparigas, ambas morenas. A mais alta alisa instintivamente os bandós,[233] sem chapéu, apenas com pentes de ouro falso. A montra reflete-lhe o perfil entre as plumas, as rendas de dentro; e enquanto a outra afunda o olhar nos veludos que realçam toda a espetaculização do luxo, enquanto a outra sofre aquela tortura de Tântalo, ela mira-se, afina com as duas mãos a cintura, parece pensar coisas graves. Chegam, porém, mais duas. A pobreza feminina não gosta dos flagrantes de curiosidade invejosa. O par que chega, por último, para hesitante. A rapariga alta agarra o braço da outra:

— Anda daí! Pareces criança.

— Que véus, menina! Que véus!...

— Vamos. Já escurece.

Param, passos adiante, em frente às enormes vitrinas de uma grande casa de modas. As montras estão todas de branco, de rosa, de azul; desdobram-se em sinfonias de cores suaves e claras, dessas cores que alegram a alma. E os tecidos são todos leves — irlandas, *guipures*, *pongées*, rendas. Duas bonecas de tamanho natural — as deusas do "Chiffon" nos altares da frivolidade — vestem com uma elegância sem par; uma de branco, robe Empire; outra de rosa, com um chapéu cuja pluma negra deve custar talvez duzentos mil-réis.

Quanta coisa! Quanta coisa rica! Elas vão para a casa acanhada jantar, aturar as rabugices dos velhos, despir a blusa de chita — a mesma que hão de vestir amanhã... E estão tristes. São os pássaros sombrios no caminho das tentações. Morde-lhes a alma a grande vontade de possuir, de ter o esplendor que se lhes nega na polidez espelhante dos vidros.

---

232. *Rayon:* tecido sintético, muito usado à época, bem menos utilizado atualmente.
233. Bandó: faixa de pano.

Por que pobres, se são bonitas, se nasceram também para gozar, para viver?

Há outros pares gárrulos,[234] alegres, doidivanas, que riem, apontam, esticam o dedo, comentam alto, divertem-se, talvez mais felizes e sempre mais acompanhados. O par alegre entontece diante de uma casa de flores, vendo as grandes *corbeilles*,[235] o arranjo sutil das avencas, dos cravos, das angélicas, a graça ornamental dos copos-de-leite, o horror atraente das parasitas raras.

— Sessenta mil-réis aquela cesta! Que caro! Não é para enterro, pois não?

— Aquilo é para as mesas. Olhe aquela florzinha. Só uma, por vinte mil-réis.

— Você acha que comprem?

— Ora, para essa moças... os homens são malucos.

As duas raparigas alegres encontram-se com as duas tristes defronte de uma casa de objetos de luxo, porcelanas, tapeçarias. Nas montras, com as mesmas atitudes, as estátuas de bronze, de prata, de terracota, as cerâmicas de cores mais variadas repousam entre tapetes estranhos, tapetes nunca vistos, que parecem feitos de plumas de chapéu. Que engraçado! Como deve ser bom pôr os pés na maciez daquela plumagem! As quatro trocam ideias.

— De que será?

A mais pequena lembra de perguntar ao caixeiro, muito importante, à porta. As outras tremem.

— Não vá dar uma resposta má...

— Que tem?

Hesita, sorri, indaga:

— O senhor faz favor de dizer... Aqueles tapetes?...

O caixeiro ergue os olhos irônicos.

— Bonitos, não é? São de cauda de avestruz. Foram precisos quarenta avestruzes para fazer o menor. A senhora deseja comprar?

Ela fica envergonhadíssima; as outras também. Todas riem tapando os lábios com o lenço, muito coradas e muito nervosas.

Comprar! Não ter dinheiro para aquele tapete extravagante parece-lhes ao mesmo tempo humilhante e engraçado.

---

234. Gárrulo: que fala demais.
235. *Corbeille*: tipo de arranjo floral.

— Não, senhor, foi só para saber. Desculpe...

E partem. Seguem como que enleadas naquele enovelamento de coisas capitosas — montras de rendas, montras de perfumes, montras toaletes, montras de flores — a chamá-las, a tentá-las, a entontecê-las com o corrosivo desejo de gozar. Afinal, param nas montras dos ourives. Toda a atmosfera já tomou um tom de cinza-escuro. Só o céu de verão, no alto, parece um dossel[236] de paraíso, com o azul translúcido a palpitar uma luz misteriosa. Já começaram a acender os combustores na rua, já as estrelas de ouro ardem no alto. A rua vai de novo precipitar-se no delírio.

Elas fixam a atenção. Nenhuma das quatro pensa em sorrir. A joia é a suprema tentação. A alma da mulher exterioriza-se irresistivelmente diante dos adereços. Os olhos cravam-se ansiosos, numa atenção comovida, que guarda e quer conservar as minúcias mais insignificantes. A prudência das crianças pobres fá-las reservadas.

— Oh!, aquelas pedras negras!

— Três contos!

Depois, como se ao lado um príncipe invisível estivesse a querer recompensar a mais modesta, comentam as joias baratas, os objetos de prata, as bolsinhas, os broches com corações, os anéis insignificantes.

— Ah!, se eu pudesse comprar aquele!

— É só quarenta e cinco! E aquele reloginho, vês? De ouro...

Mas, lá dentro, o joalheiro abre a comunicação elétrica, e, de súbito, a vitrine, que morria na penumbra, acende violenta, crua, brutalmente, fazendo faiscar os ouros, cintilar os brilhantes, coriscar os rubis, explodir a luz veludosa das safiras, o verde das esmeraldas, as opalas, os esmaltes, o azul das turquesas. Toda a montra é um tesouro no brilho cegante e alucinante das pedrarias.

Elas olham sérias, o peito a arfar. Olham muito tempo e, ali, naquele trecho de rua civilizada, as pedras preciosas operam, nas sedas dos escrínios,[237] os sortilégios cruéis dos antigos ocultistas. As mãozinhas bonitas apertam o cabo da sombrinha como querendo guardar um pouco de tanto fulgor; os lábios pendem no esforço da atenção; um vinco ávido acentua os semblantes. Onde estará o príncipe encantador? Onde estará o velho Dom João?

---

236. Dossel: cobertura composta de copas de árvores ou qualquer outro significado no sentido de cobertura.

237. Escrínio: guarda-joias.

Um suspiro mais forte — a coragem da que se libertou da hipnose — fá-las despegar-se do lugar. É noite. A rua delira de novo. À porta dos cafés e das confeitarias, homens, homens, um estridor, uma vozeria. Já se divisam perfeitamente as pessoas no Largo de São Francisco — onde estão os bondes para a Cidade Nova, para a Rua da América, para o Saco. Elas tomam um ar honesto. Os tacões das botinas batem no asfalto. Vão como quem tem pressa, como quem perdeu muito tempo. Da Avenida Uruguaiana para diante não olham mais nada, caladas, sem comentários.

Afinal chegam ao Largo. Um adeus, dois beijos, "até amanhã!".

Até amanhã! Sim, elas voltarão amanhã, elas voltam todo dia, elas conhecem nas suas particularidades todas as montras da Feira das Tentações; elas continuarão a passar, à hora do desfalecimento da artéria, mendigas do luxo, eternas fulanitas da vaidade, sempre com a ambição enganadora de poder gozar as joias, as plumas, as rendas, as flores.

Elas hão de voltar, pobrezinhas — porque a esta hora, no canto do bonde, tendo talvez ao lado o conquistador de sempre, arfa-lhes o peito e têm as mãos frias com a ideia desse luxo corrosivo. Hão de voltar, caminho da casa, parando aqui, parando acolá, na embriaguez da tentação — porque a sorte as fez mulheres e as fez pobres, porque a sorte não lhes dá, nesta vida de engano, senão a miragem do esplendor para perdê-las mais depressa.

E haveis então de vê-las passar, as mariposas do luxo, no seu passinho modesto, duas a duas, em pequenos grupos, algumas loiras, outras morenas...

OS TRABALHADORES DE ESTIVA

Às cinco da manhã ouvia-se um grito de máquina rasgando o ar. Já o cais, na claridade pálida da madrugada, regurgitava num vai e vem de carregadores, catraieiros, homens de bote e vagabundos maldormidos à beira dos quiosques. Abriam-se devagar os botequins ainda com os bicos de gás acesos; no interior, os caixeiros, preguiçosos, erguiam os braços com bocejos largos. Das ruas que vazavam na calçada rebentada do cais, afluía gente, sem cessar, gente que surgia do nevoeiro, com as mãos nos bolsos, tremendo, gente que se metia pelas bodegas e parava à beira da grande azáfama.[238] Para o cais da alfândega, ao lado, um grupo de ociosos olhava através das frinchas de um tapume, rindo a perder; um carregador, encostado aos umbrais de uma porta, lia, de óculos, o jornal, e todos gritavam, falavam, riam, agitavam-se na frialdade daquele acordar, enquanto dos botes policrômicos homens de camisa de meia ofereciam, aos berros, um passeiozinho pela baía. Na curva do horizonte, o sol de maio punha manchas sangrentas e a luz da manhã abria, como desabrocha um lírio, no céu pálido.

Eu resolvera passar o dia com os trabalhadores da estiva e, naquela confusão, via-os vir chegando a balançar o corpo, com a comida debaixo do braço, muito modestos. Em pouco, a beira do cais ficou coalhada. Durante a última greve, um delegado de polícia dissera-me:

— São criaturas ferozes! Nem a tiro.

Eu via, porém, essas fisionomias resignadas à luz do sol e elas me impressionavam de maneira bem diversa. Homens de excessivo desenvolvimento muscular, eram todos pálidos — de um pálido embaciado como se lhes tivessem pregado à epiderme um papel amarelo, e assim, encolhidos, com as mãos nos bolsos, pareciam um baixo-relevo de desilusão, uma frisa de angústia.

Acerquei-me do primeiro, estendi-lhe a mão:

— Posso ir com vocês, para ver?

Ele estendeu também a mão, mão degenerada pelo trabalho, com as falanges recurvas e a palma calosa e partida.

— Por que não? Vai ver apenas o trabalho, fez com amarga voz.

E quedou-se, outra vez, fumando.

— É agora a partida?

---

238. Azáfama: confusão.

126

— É.

Entre os botes, dois saveiros enormes, rebocados por uma lancha, esperavam. Metade dos trabalhadores, aos pulos, bruscamente, saltou para os fardos. Saltei também. Acostumados, indiferentes à travessia, eles sentaram-se calados, a fumar. Um vento frio cortava a baía. Todo um mundo de embarcações movia-se, coalhava o mar, riscava a superfície das ondas; lanchas oficiais em disparada, com a bandeira ao vento; botes, chatas,[239] saveiros, rebocadores. Passamos perto de uma chata parada e inteiramente coberta de oleados. Um homem, no alto, estirou o braço, saudando.

— Quem é aquele?

— É o José. É chateiro-vigia. Passou todo o dia ali para guardar a mercadoria dos patrões. Os ladrões são muitos. Então, fica um responsável por tudo, toda a noite, sem dormir, e ganha seis mil-réis. Às vezes, os ladrões atacam os vigias acordados, e o homem, só, tem que se defender a revólver.

Civilizado, tive este comentário frio:

— Deve estar com sono, o José.

— Qual! Esse é dos que dobra dias e dias. Com mulher e oito filhos é preciso trabalhar. Ah!, meu senhor, há homens, por este mar afora, cujos filhos de 6 meses ainda os não conhecem. Saem de madrugada de casa. O José está à espera que a alfândega tire o termo da carga, que não é estrangeira...

Outras chatas perdiam-se paradas na claridade do sol. Nós passávamos entre as lanchas. Ao longe, bandos de gaivotas riscavam o azul do céu e o Cais dos Mineiros já se perdia distante na névoa vaga. Mas nós avistávamos um outro cais com um armazém ao fundo. À beira desse cais, saveiros enormes esperavam mercadoria; e, em cima, formando um círculo ininterrupto, homens de braços nus saíam a correr de dentro da casa, atiravam o saco no saveiro, davam a volta à disparada, tornavam a sair a galope com outro saco, sem cessar, contínuos como a correia de uma grande máquina. Eram sessenta, oitenta, cem, talvez duzentos. Não os podia contar. A cara escorrendo suor. Os pobres surgiam do armazém como flechas, como flechas voltavam. Um clamor subia aos céus apregoando o serviço:

— Um, dois, três, vinte e sete; cinco, vinte, dez, trinta!

---

239. Chata: balsa.

E a ronda continuava diabólica.

— Aquela gente não cansa?

— Qual! Trabalham assim horas a fio. Cada saco daqueles tem sessenta quilos e para transportá-lo ao saveiro pagam 60 réis. Alguns pagam menos — dão só 30 réis, mas, assim mesmo, há quem tire dezesseis mil-réis por dia.

O trabalho da estiva é complexo, variado; há a estiva da aguardente, do bacalhau, dos cereais, do algodão; cada uma tem os seus servidores, e homens há que só servem a certas e determinadas estivas, sendo por isso apontados.

— É muito — fiz.

— Passam dias, porém, sem ter trabalho, e imagine quantas corridas são necessárias para ganhar a quantia fabulosa.

A lancha fizera-se ao largo. Caminhávamos para o poço onde o navio que devia sair naquela noite fundeava, todo de branco. Era o começo do dia. A bordo ficou um terno de homens, e eu com eles. O terno divide-se assim: um no guincho, quatro na embarcação, oito no porão e quatro no convés. Isso quando a carga é seca. Carregava café o vapor.

Logo que o saveiro atracou, eles treparam pelas escadas, rápidos; oito homens desapareceram na face aberta do porão, despiram-se, enquanto os outros rodeavam o guincho e as correntes de ferro começavam a ir e vir do porão para o saveiro, do saveiro para o porão, carregadas de sacas de café. Era regular, matemático, a oscilação de um lento e formidável relógio.

Aqueles seres ligavam-se aos guinchos; eram parte da máquina; agiam inconscientemente. Quinze minutos depois de iniciado o trabalho, suavam arrancando as camisas. Só os negros trabalhavam de tamancos. E não falavam, não tinham palavras inúteis. Quando a ruma[240] estava feita, erguiam a cabeça e esperavam a nova carga. Que fazer? Aquilo tinha que ser até as cinco da tarde!

Desci ao porão. Uma atmosfera de caldeira sufocava. Era as correntes caírem do braço de ferro, um dos oito homens precipitava-se, alargava-as, os outros puxavam os sacos.

— Eh! Lá!

De novo havia um rolar de ferros no convés, as correntes subiam enquanto eles arrastavam os sacos. Do alto a claridade caía fazendo

---

240. Ruma: monte, pilha.

128

uma bolha de luz, que se apagava nas trevas dos cantos. E a gente, olhando para cima, via encostados cavalheiros de pijama e bonezinho, com ar de quem descansa do banho a apreciar a faina alheia. Às vezes, as correntes ficavam um pouco alto. Eles agarravam-se às paredes de ferro com os passos vacilantes entre os sacos e, estendendo o tronco nu e suarento, as suas mãos preênseis[241] puxavam a carga em esforços titânicos.

— Eh! Lá!

Na embarcação, fora, os mesmos movimentos, o mesmo gasto de forças, e de tal forma regular que em pouco eram movimentos correspondentes, regulados pela trepidação do guincho, os esforços dos que se esfalfavam no porão e dos que se queimavam ao sol.

Até horas tardes da manhã trabalharam assim, indiferentes aos botes, às lanchas, à animação especial do navio. Quando chegou a vez da comida, não se reuniram. Os do porão ficaram por lá mesmo, com a respiração intercortada, resfolegando, engolindo o pão, sem vontade.

Decerto pela minha face eles compreenderam que eu os deplorava. Vagamente, o primeiro falou; outro disse-me qualquer coisa e eu ouvi as ideias daqueles corpos que o trabalho rebenta. A principal preocupação desses entes são as firmas dos estivadores. Eles as têm de cor, citam de seguida, sem errar uma: Carlos Wallace, Melo e François, Bernardino Correia Albino, Empresa Estivadora, Picasso e C., Romão Conde e C., Wilson, Sons, José Viegas Vaz, Lloyd Brasileiro, Capton Jones. Em cada uma dessas casas o terno varia de número e até de vencimentos, como por exemplo —o Lloyd, que paga sempre menos que qualquer outra empresa.

Os homens com quem falava têm uma força de vontade incrível. Fizeram com o próprio esforço uma classe, impuseram-na. Há doze anos não havia malandro que, pegado na Gamboa, não se desse logo como trabalhador de estiva. Nesse tempo não havia a associação, não havia o sentimento de classe e os pobres estrangeiros pegados na Marítima trabalhavam por três mil-réis dez horas de sol a sol. Os operários reuniram-se. Depois da revolta, começou a se fazer sentir o elemento brasileiro e, desde então, foi uma longa e pertinaz conquista. Um homem preso, que se diga da estiva, é, horas depois, confrontado com um sócio da *União*, tem que apresentar o seu recibo de mês. Hoje, es-

---

241. Preênsil: capaz de segurar.

tão todos ligados, exercendo uma mútua polícia para a moralização da classe. A *União dos Operários Estivadores* consegue, com uns estatutos que a defendem habilmente, o seu nobre fim. Os defeitos da raça, as disputas, as rusgas são consideradas penas; a extinção dos tais pequenos roubos, que antigamente eram comuns, merece um cuidado extremado da *União*, e todos os sócios, tendo como diretores Bento José Machado, Antônio da Cruz, Santos Valença, Mateus do Nascimento, Jerônimo Duval, Miguel Rosso e Ricardo Silva, esforçam-se, estudam, sacrificam-se pelo bem geral.

Que querem eles? Apenas ser considerados homens dignificados pelo esforço e a diminuição das horas de trabalho, para descansar e para viver. Um deles, magro, de barba inculta, partindo um pão empapado de suor que lhe gotejava da fronte, falou-me, num grito de franqueza:

— O problema social não tem razão de ser aqui? Os senhores não sabem que este país é rico, mas que se morre de fome? É mais fácil estourar um trabalhador que um larápio? O capital está nas mãos de um grupo restrito e há gente demais absolutamente sem trabalho. Não acredite que nos baste o discurso de alguns senhores que querem ser deputados. Vemos claro e, desde que se começa a ver claro, o problema surge complexo e terrível. A greve, o senhor acha que não fizemos bem na greve? Eram nove horas de trabalho. De toda a parte do mundo os embarcadiços diziam que trabalho da estiva era só de sete!

Fizemos mal? Pois ainda não temos o que desejamos.

A máquina, no convés, recomeçara a trabalhar.

— Os patrões não querem saber se ficamos inúteis pelo excesso de serviço. Olhe, vá à Marítima, ao Mercado. Encontrará muitos dos nossos arrebentados, esmolando, apanhando os restos de comida. Quando se aproximam das casas às quais deram toda a vida, correm-nos!

Que foi fazer lá? Trabalhou? Pagaram-no; rua! Toda a fraternidade universal se cifra neste horror!

Do alto caíram cinco sacas de café mal presas à corrente. Ele sorriu, amargurado, precipitou-se, e, de novo, ouviu-se o pavor do guincho sacudindo as correntes donde pendiam dezoito homens estrompados. Até a tarde, encostado aos sacos, eu vi encher a vastidão do porão bafioso e escuro. Eles não pararam. Quando deu cinco horas, um de barba negra tocou-me no braço:

130

— Por que não se vai? Estão tocando a sineta. Nós ficamos para o serão à noite... Trabalhar até a meia-noite.

Subi. Os ferros retiniam sempre a música sinistra. Encostados à amurada, damas roçagando sedas e cavalheiros estrangeiros de *smoking* debochavam, em inglês, as belezas da nossa baía; *no bar*; literalmente cheio, ao estourar do champanhe, um moço vermelho de álcool e de calor levantava um copo dizendo:

— Saudemos o nosso caro amigo que Paris receberá...

Em derredor do paquete, lanchas, malas, cargas, imprecações, gente querendo empurrar as bagagens, carregadores, assobios, um *brouhaha*[242] formidável.

Um cavalheiro cheio de brilhantes, no portaló,[243] perguntou-me se eu não vira a Lola. Desci, meti-me num bote, fiz dar a volta para ver mais uma vez aquela morte lenta entre os pesos. A tarde caíra completamente. Ritmados pelo arrastar das correntes, os quatro homens, dirigidos do convés do *steamer*,[244] carregavam, tiravam sempre de dentro do saveiro mais sacas, sempre sacas, com as mãos disformes, as unhas roxas, suando, arrebentando de fadiga.

Um deles, porém, rapaz, quando o meu bote passava por perto do saveiro, curvou-se, com a fisionomia angustiada, golfando sangue.

— Oh!, diabo! — fez o outro, voltando-se. — O José que não pode mais!

---

242. *Brouhaha*: barulho confuso de difícil distinção.
243. Portaló: passagem lateral em navios de carga utilizada para trânsito de pessoas e cargas leves.
244. *Steamer*: barco a vapor.

A FOME NEGRA

De madrugada, escuro ainda, ouviu-se o sinal de acordar. Raros ergueram-se. Tinha havido serão até a meia-noite. Então, o feitor, um homem magro, corcovado, de tamancos e beiços finos, o feitor, que ganha duzentos mil-réis e acha a vida um paraíso, o senhor Correia, entrou pelo barracão onde a manada de homens dormia com a roupa suja e ainda empapada do suor da noite passada.

— Eh lá! Rapazes, acorda! Quem não quiser, roda. Eh lá! Fora!

Houve um rebuliço na furna sem ar. Uns sacudiam os outros amedrontados, com os olhos só a brilhar na face cor de ferrugem; outros, prostrados, nada ouviam, com a boca aberta, babando.

— Ó João, olha o café.

— Olha o café e olha o trabalho! Ai, raios me partam! Era capaz de dormir até amanhã.

Mas, já na luz incerta daquele quadrilátero, eles levantavam-se, impelidos pela necessidade como as feras de uma *ménagerie*[245] ao chicote do domador. Não lavaram o rosto, não descansaram. Ainda estremunhados, sorviam uma água quente, da cor do pó que lhes impregnava a pele, partindo o pão com escaras da mesma fuligem metálica, e poucos eram os que se sentavam, com as pernas em compasso, tristes.

Estávamos na Ilha da Conceição, no trecho hoje denominado a Fome Negra. Há ali um grande depósito de manganês e, do outro lado da pedreira que separa a ilha, um depósito de carvão. Defronte, a algumas braçadas de remo, fica a Ponta da Areia com a Cantareira, as obras do porto fechando um largo trecho coalhado de barcos. Para além, no mar tranquilo, outras ilhas surgem, onde o trabalho escorcha e esmaga centenas de homens.

Logo depois do café, os pobres seres saem do barracão e vão para a parte norte da ilha, onde a pedreira refulge. Há grandes pilhas de blocos de manganês e montes de piquiri em pó, em lascas finas. No solo, coberto de uma poeira negra com reflexos de bronze, há *rails*[246] para conduzir os vagonetes do minério até o lugar da descarga. O manganês, que a Inglaterra cada vez mais compra ao Brasil, vem de Minas até

---

245. *Ménagerie*: conjunto de animais em cativeiro.
246. *Rail*: trilho.

a Marítima em estrada de ferro; daí é conduzido em batelões e saveiros até as Ilhas Bárbaras e da Conceição, onde fica em depósito.

Quando chega vapor, de novo removem o pedregulho para os saveiros e de lá para o porão dos navios. Esse trabalho é contínuo, não tem descanso. Os depósitos cheios, sem trabalho de carga para os navios, os trabalhadores atiram-se à pedreira, à rocha viva. Trabalha-se dez horas por dia, com pequenos intervalos para as refeições, e ganha-se cinco mil-réis. Há, além disso, o desconto da comida, do barracão onde dormem, mil e quinhentos; de modo que o ordenado da totalidade é de oito mil-réis. Os homens gananciosos aproveitam então o serviço da noite, que é pago até de manhã por três mil e quinhentos e até meia-noite pela metade disso, tendo, naturalmente, o desconto do pão, da carne e do café servido durante o labor.

É uma espécie de gente essa que serve às descargas do carvão e do minério e povoa as ilhas industriais de baía, seres embrutecidos, apanhados a dedo, incapazes de ter ideias. São quase todos portugueses e espanhóis, que chegam da aldeia, ingênuos. Alguns saltam da proa do navio para o saveiro do trabalho tremendo, outros aparecem pela Marítima sem saber o que fazer e são arrebanhados pelos agentes. Só têm um instinto: juntar dinheiro, a ambição voraz que os arrebenta de encontro às pedras inutilmente. Uma vez apanhados pelo mecanismo de aços, ferros e carne humana, uma vez utensílio apropriado ao andamento da máquina, tornam-se autômatos com a teimosia de objetos movidos a vapor. Não têm nervos, têm molas; não têm cérebros, têm músculos hipertrofiados. O superintende do serviço berra, de vez em quando:

— Isto é para quem quer! Tudo aqui é livre! As coisas estão muito ruins, sujeitemo-nos. Quem não quiser é livre!

Eles vieram de uma vida de geórgicas[247] paupérrimas. Têm a saudade das vinhas, dos pratos suaves, o pavor de voltar pobres e, o que é mais, ignoram absolutamente a cidade, o Rio; limitam o Brasil às ilhas do trabalho, quando muito aos recantos primitivos de Niterói. Há homens que, dois anos depois de desembarcar, nunca pisaram no Rio, e outros que, passando quase uma existência na ilha, voltaram para a terra com algum dinheiro e a certeza da morte.

Vivem quase nus. No máximo, uma calça em frangalhos e uma camisa de meia. Os seus conhecimentos reduzem-se à marreta, à pá, ao

---

247. Geórgico: aqui, no sentido de trabalho agrícola rural.

dinheiro; o dinheiro que a pá levanta para o bem-estar dos capitalistas poderosos; o dinheiro, que os recurva em esforços desesperados, lavados de suor, para que os patrões tenham carros e bem-estar. Dias inteiros de bote, estudando a engrenagem dessa vida esfalfante, saltando nos paióis ardentes dos navios e nas ilhas inúmeras, esses pobres entes fizeram-me pensar num pesadelo de Wells, a realidade da *História dos tempos futuros*, o pobre a trabalhar para os sindicatos, máquina incapaz de poder viver de outro modo, aproveitada e esgotada. Quando um deles é despedido, com a lenta preparação das palavras sórdidas dos feitores, sente um tão grande vácuo, vê-se de tal forma só, que vai rogar outra vez para que o admitam.

À proporção que eu os interrogava e o sol acendia labaredas por toda a ilha, a minha sentimentalidade ia fenecendo. Parte dos trabalhadores atirou-se à pedreira, rebentando as pedras. As marretas caíam descompassadamente em retintins metálicos nos blocos enormes. Os outros perdiam-se nas rumas de manganês, agarrando os pedregulhos pesados com as mãos. As pás raspavam o chão, o piquiri caía pesadamente nos vagonetes, outros puxavam-nos até a beira da água, onde as tinas de bronze os esvaziavam nos saveiros.

Durante horas, esse trabalho continuou com uma regularidade alucinante. Não se distinguiam bem os seres das pedras do manganês: o raspar das pás replicava ao bater das marretas, e ninguém conversava, ninguém falava! A certa hora do dia veio a comida. Atiraram-se aos pratos de folha, onde, em água quente, boiavam vagas batatas e vagos pedaços de carne, e um momento só se ouviu o sôfrego sorver e o mastigar esfomeado.

Acerquei-me de um rapaz.

— O teu nome?

— O meu nome para quê? Não digo a ninguém.

Era a desconfiança incutida pelo gerente, que passeava ao lado, abrindo a chaga do lábio num sorriso sórdido.

— Que tal achas a sopa?

— Bem boa. Cá uma pessoa come. O corpo está acostumado, tem três pães por dia e três vezes por semana bacalhau.

Engasgou-se com um osso. Meteu a mão na goela e eu vi que essa negra mão rebentava em sangue, rachava, porejando um líquido amarelado.

— Estás ferido?

— É do trabalho. As mãos racham. Eu estou só há três meses. Ainda não acostumei.

— Vais ficar rico?

Os seus olhos brilhavam de ódio, um ódio de escravo e de animal sovado.

— Até já nem chegam os baús para guardar o ouro. Depois, numa franqueza: ganha-se uma miséria. O trabalho faz-se, o mestre diz que não há... Mas, o dinheiro mal chega, homem, vai-se todo no vinho que se manda buscar.

Era horrendo. Fui para outro e ofereci-lhe uma moeda de prata.

— Isso é para mim?

— É, mas se falares a verdade.

— Ai!, que falo, meu senhor...

Tinha um olhar verde, perturbado, um olhar de vício secreto.

— Há quanto tempo aqui?

— Vai para dois anos.

— E a cidade, não conheces?

— Nunca lá fui, que a perdição anda pelos ares...

Este também se queixa da falta de dinheiro porque manda buscar sempre outro almoço. Quanto ao trabalho, estão convencidos que neste país não há melhor. Vieram para ganhar dinheiro, é preciso ou morrer ou fazer fortuna. Enquanto falavam, olhavam de soslaio para o Correia, e o Correia torcia o cigarro, à espreita, arrastando os sacos no pó carbonífero.

— Deixe que vá tratar do meu serviço — segredavam eles quando o feitor se aproximava. — Ai!, que não me adianta nada estar a contar-lhe a minha vida.

O trabalho recomeçou. O Correia, cozido ao sol, bamboleava a perna, feliz. Como a vida é banal! Esse Correia é um tipo que existe desde que na sociedade organizada há o intermediário entre o patrão e o servo. Existirá eternamente, vivendo de migalhas de autoridade contra a vida e independência dos companheiros de classe.

Às duas horas da tarde, nessa ilha negra, onde se armazenam o carvão, o manganês e a pedra, o sol queimava. Vinha do mar, como infestado de luz, um sopro de brasa; ao longe, nas outras ilhas, o trabalho curvava centenas de corpos, a pele ardia, os pobres homens encobreados, com olhos injetados, esfalfavam-se, e mestre Correia, dançarinando o seu passinho:

— Vamos, gente! Eh! Nada de perder tempo. Vossa Senhoria não imagina. Ninguém os prende e a ilha está cheia. Vida boa! Foram assim até a tarde, parando minutos para logo continuar. Quando escureceu de todo, acenderam-se as candeias e a cena deu no macabro.

Do alto, o céu coruscava, incrustado de estrelas, um vento glacial passava, fogo-fatuando a chama tênue das candeias e, na sombra, sombras vagas, de olhar incendido, raspavam o ferro, arrancando da alma longos gemidos de esforço. Como se estivesse junto do cabo e um batelão largasse, saltei nele com um punhado de homens.

Íamos a um vapor que partia de madrugada. No mar, a treva mais intensa envolvia o *steamer*, um transporte inglês com a carga especial do minério. O comandante fora ao *Casino*; alguns *boys* pouco limpos pendiam da murada com um cozinheiro chinês, de óculos. Uma luz mortiça iluminava o convés. Tudo parecia dormir. O batelão, porém, atracava, fincavam-se as candeias; quatro homens ficavam de um lado, quatro de outro, dirigidos por um preto que corria pelas bordas do barco, de tamancos, dando gritos guturais. Os homens nus, suando apesar do vento, começavam a encher enormes tinas de bronze que o braço de ferro levantava num barulho de trovoada, despejava, deixava cair outra vez.

Entre a subida e a descida da tina fatal, eu os ouvia:

— O minério! É o mais pesado de todos os trabalhos. Cada pedra pesa quilos. Depois de se lidar algum tempo com isso, sentem-se os pés e as mãos frios; e o sangue, quando a gente se corta, aparece amarelo... É a morte.

— De que nacionalidade são vocês?

— Portugueses... Na ilha há poucos espanhóis e homens de cor. Somos nós os fortes.

O fraco, deviam dizer; o fraco dessa lenta agonia de rapazes, de velhos, de pais de famílias numerosas.

Para os contentar, perguntei:

— Por que não pedem a diminuição das horas de trabalho?

As pás caíram bruscas. Alguns não compreendiam, outros tinham um risinho de descrença:

— Para que, se quase todos se sujeitam?

Mas, um homem de barbas ruivas, tisnado e velho, trepou pelo monte de pedras e estendeu as mãos:

— Há de chegar o dia, o grande dia!

E rebentou como um doido, aos soluços, diante dos companheiros atônitos.

SONO CALMO

Os delegados de polícia são quando querem uns homens amáveis. Esses cavalheiros chegam mesmo, ao cabo de certo tempo, a conhecer um pouco da sua profissão e um pouco do trágico horror que a miséria tece na sombra da noite por essa misteriosa cidade. Um delegado, outro dia, conversando dos aspectos sórdidos do Rio, teve a amabilidade de dizer:

— Quer vir comigo visitar esses círculos infernais?

Não sei se o delegado quis dar-me apenas a nota mundana de visitar a miséria ou se realmente, como Virgílio, o seu desejo era guiar-me através de uns tantos círculos de pavor, que fossem outros tantos ensinamentos. Lembrei-me que Oscar Wilde também visitara as hospedarias de má fama e que Jean Lorrain se fazia passar aos olhos dos ingênuos como tendo acompanhado os grão-duques russos nas peregrinações perigosas que Goron guiava.

Era tudo quanto há de mais literário e de mais batido. Nas peças francesas há dez anos já aparece o jornalista que conduz a gente chique aos lugares macabros; em Paris os repórteres do *Journal* andam acompanhados de um *apache*[248] autêntico. Eu repetia apenas um gesto que era quase uma lei. Aceitei.

À hora da noite quando cheguei à delegacia, a autoridade ordenara uma caça aos pivetes, pobres garotos sem teto, e preparava-se para a excursão com dois amigos, um bacharel e um adido de legação, tagarela e ingênuo.

O bacharel estava comovido. O adido assegurava que a miséria só na Europa — porque a miséria é proporcional à civilização. Ambos de casaca davam ao reles interior do posto um aspecto estranho. O delegado sorria, preparando com o interesse de um *maître-hôtel* o cardápio das nossas sensações.

Afinal ergueu a bengala.

— Em marcha!

Descemos todos, acompanhados de um cabo de polícia e de dois agentes secretos — um dos quais zanaga, com o rosto grosso de calabrês. É perigoso entrar só nos covis horrendos, nos trágicos asilos da miséria. Íamos caminhando pela Rua da Misericórdia, hesitantes ain-

---

248. *Apache*: arruaceiro; gângster.

da diante das lanternas com vidros vermelhos. Às esquinas, grupos de vagabundos e desordeiros desapareciam ao nosso apontar e, afundando o olhar pelos becos estreitos em que a rua parece vazar a sua imundície, por aquela rede de becos, víamos outras lanternas em forma de foice, alumiando portas equívocas. Havia casas de um pavimento só, de dois, de três, negras, fechadas, hermeticamente fechadas, pegadas uma à outra, fronteiras, confundindo a luz das lanternas e a sombra dos balcões. Os nossos passos ressoavam num desencontro nos lajedos quebrados. A rua, mal iluminada, tinha candeeiros quebrados, sem a capa *auer*, de modo que a brancura de uns focos envermelhecia mais a chama pisca dos outros. Os prédios antigos pareciam ampararem-se mutuamente, com as fachadas esborcinadas,[249] arrebentadas algumas. De repente porta abria, tragando, num som cavo, algum retardatário.

Trechos inteiros da calçada, imersos na escuridão, encobriam cafajestes de bombacha branca, gingando, e constantemente o monótono apito do guarda noturno trilava, corria como um arrepio na artéria do susto, para logo outro responder mais longe e mais longe ainda outro ecoar o seu áspero trilo. No alto, o céu era misericordiosamente estrelado e uma doce tranquilidade parecia escorrer do infinito.

— Há muitos desses covis espalhados pela cidade? — indagou o advogado, abotoando o *mac-farlane*.[250]

— Em todas as zonas, meu caro.

— Em cinco noites, visitando-os depressa — informou o agente —, Vossa Senhoria não dá cabo deles. É por aqui, pela Gamboa, nas ruas centrais, nos bairros pobres. Só na Cidade Nova, que quantidade! Isso não contando as casas particulares, em que moram vinte e mais pessoas, e não querendo falar das hospedarias só de gatunos, os "zungas".

— "Zungas"? — fez o adido de legação, curioso.

— As hospedarias baratas têm esse nome... Dorme-se até por cem réis. Saiba Vossa Senhoria que a vidinha dava para uma história.

Mas debaixo de uma das foices de luz, o delegado parara. Estacamos também.

O soldado bateu à porta com a mão espalmada. Houve um longo silêncio. O soldado tornou a bater. De dentro, então, uma voz sonolenta indagou:

---

249. Esborcinado: sem bordas.
250. *Mac-farlane*: casaco grosso sem mangas.

— Quem é?

— Abra! É a polícia! Abra!

O silêncio continuou. Nervoso, o delegado atirou a bengala à porta.

— Abra já! É o doutor delegado! Abra já!

A porta abriu-se. Barafustamos na meia-luz de um corredor com areia no soalho. O homem que viera abrir, corpulento, de camisa de meia, esfregou os olhos, deu força ao bico de gás, encostou-se à mesa forrada de jornais, onde se alinhavam castiçais.

— É o proprietário? — indagou o delegado.

— Saiba Vossa Senhoria que não. Sou o encarregado.

— Muita gente?

— Não há mais lugares.

— Deixe ver o livro.

O livro é uma formalidade cômica. A autoridade virou-lhe as páginas, rápido, enquanto os secretas descansavam as bengalas. O mau cheiro era intenso.

— Mostre-nos isso! — fez a autoridade, minutos depois.

— Não há acusação contra a casa, há, senhor doutor?

— Não sei, ande.

O encarregado, trêmulo, seguiu à frente, erguendo o castiçal. Abriu uma porta de ferro, fechou-a de novo, após a nossa passagem. E começamos a ver o rés do chão, salas com camas enfileiradas como nos quartéis, tarimbas com lençóis encardidos, em que dormiam de beiço aberto, babando, marinheiros, soldados, trabalhadores de face barbuda. Uns cobriam-se até o pescoço. Outros espapaçavam-se completamente nus.

A mando da autoridade superior, os agentes chegavam a vela bem perto das caras, passavam a luz por baixo das camas, sacudiam os homens do pesado dormir. Não havia surpresa. Os pobres entes acordavam e respondiam, quase a roncar outra vez, a razão por que estavam ali, lamentavelmente. O bacharel estava varado, o adido tinha um ar desprendido. Não tivesse ele visitado a miséria de Londres e principalmente a de Paris! O delegado, entretanto, gozava aquele espetáculo.

— Subamos! — murmurou.

Trepamos todos por uma escada íngreme. O mau cheiro aumentava. Parecia que o ar rareava, e, parando um instante, ouvimos a respiração de todo aquele mundo, como o afastado resfolegar de uma grande máquina. Era a seção dos quartos reservados e a sala das esteiras.

140

Os quartos estreitos, asfixiantes, com camas largas antigas e lençóis por onde corriam percevejos. A respiração tornava-se difícil.

Quando as camas rangiam muito e custavam a abrir, o agente mais forte empurrava a porta, e, à luz da vela, encontrávamos quatro e cinco criaturas, emborcadas, suando, de língua de fora; homens furiosos, cobrindo com o lençol a nudez, mulheres tapando o rosto, marinheiros "que haviam perdido o bote", um mundo vário e sombrio, gorgolejando desculpas, com a garganta seca. Alguns desses quartos, as dormidas de luxo, tinham entrada pela sala das esteiras, em que se dorme por oitocentos réis, e essas quatro paredes impressionavam como um pesadelo.

Completamente nua, a sala podia conter trinta pessoas, à vontade, e tinha pelo menos oitenta nas velhas esteiras atiradas ao soalho.

Os fregueses dormiam todos — uns de barriga para o ar, outros de costas, com o lábio no chão negro, outros de lado, recurvados como arcos de pipa. Estavam alguns vestidos. A maioria, inteiramente nua, fizera dos andrajos travesseiros. Erguendo a vela, o encarregado explicava que ali o pessoal estava muito bem, e no palor[251] de toda luz que ele erguia, eu via pés disformes, mãos de dedos recurvos, troncos suarentos, cabeças numa estranha lassidão — uma galeria trágica de cabeças embrutecidas, congestas, bufando, de boca aberta... De vez em quando um braço erguia-se no espaço, tombava; faces, em que mais de perto o raio de luz batia, tinham tremores súbitos — e todos roncavam, afogados em sono.

Um dos agentes sacudiu um rapazola.

— Hein? Já quatro horas? — fez o rapaz acordando.

— Que faz aqui?

— Espero a hora do bote para a ilha. Sou carvoeiro, sim senhor... Ai!, minha mãe! Vão levar-me preso!

Subitamente, porém, apalpou as algibeiras, olhou-nos ansioso. Tinha sido roubado! Houve um rebuliço. Como por encanto, homens, havia ainda minutos, a dormir profundamente, acordavam-se. O senhor delegado, alteando a voz, deu ordem para não deixar sair ninguém sem ser revistado. O encarregado, com perdão do senhor delegado e das outras senhorias, descompunha o pequeno.

---

251. Palor: palidez.

141

— Trouxe dinheiro, maricas? Já não lhe tenho dito que me entregue? É lá possível ter confiança nesta súcia.[252] E a minha casa agora, e eu? Besta de uma figa, que não sei onde estou...

Os agentes faziam levantar a canalha, arreliada com o incidente, e na luz vaga os perfis patibulares emergiam com gestos cínicos de espreguiçamento. Tanto o bacharel como o adido mostravam na face um leve susto. O delegado contemplava-os.

— Que lhes dizia eu? Uma sensação, meus caros, admirável. Subamos ao último andar!

Havia com efeito mais um andar, mas quase não se podia chegar, estando a escada cheia de corpos, gente enfiada em trapos, que se estirava nos degraus, gente que se agarrava aos balaústres do corrimão — mulheres receosas da promiscuidade, de saias enrodilhadas. Os agentes abriam caminho, acordando a canalha com a ponta dos cacetes. Eu tapava o nariz. A atmosfera sufocava. Mais um pavimento e arrebentaríamos. Parecia que todas as respirações subiam, envenenando as escadas, e o cheiro, o fedor, um fedor fulminante, impregnava-se nas nossas próprias mãos, desprendia-se das paredes, do assoalho carcomido, do teto, dos corpos sem limpeza. Em cima, então, era a vertigem. A sala estava cheia. Já não havia divisões, tabiques, não se podia andar sem esmagar um corpo vivo. A metade daquele gado humano trabalhava; rebentava nas descargas dos vapores, enchendo paióis de carvão, carregando fardos. Mais uma hora e acordaria para esperar no cais os batelões que a levassem ao cepo do labor, em que empedra o cérebro e rebenta os músculos.

Grande parte desses pobres entes fora atirada ali, no esconderijo daquele covil, pela falta de fortuna. Para se livrar da polícia, dormiam sem ar, sufocados, na mais repugnante promiscuidade. E eu, o adido, o bacharel, o delegado amável estávamos a gozar dessa gente o doloroso espetáculo!

— Não se emocione — disse o delegado. — Há por aqui gatunos, assassinos, e coisas ainda mais nojentas.

Desci. Doíam-me as têmporas. Era impossível o cheiro de todo aquele entulho humano. O adido precipitou-se também e os outros o seguiram. Embaixo, a vistoria aos fregueses não dera resultado. O en-

---

252. Súcia: reunião de pessoas de mau caráter.

carregado ainda gritava e o cabo estava nervoso, já tendo dado alguns murros. O doutor delegado teve uma última ideia — a visão de uma cena ainda mais cruel.

— Vamos ver os fundos!

Foi aí então que vimos o sofrer inconsciente e o último grau da miséria. O hospedeiro torpe dizia que por ali dormiam alguns de favor, mas, pelo corredor estreito, em derredor da sentina,[253] no trecho do quintal, cheio de trapos e de lama, nas lajes, os mendigos, faces escaveiradas e sujas, acordavam num clamor erguendo as mãos para o ar. E de tal forma a treva se ligava a esses espectros da vida que o quadro parecia formar um todo homogêneo e irreal.

— Tudo grátis aos desgraçadinhos — sibilava o homem musculoso.

Curvei-me, perto da latrina. Era uma velha embiocada num capuz preto.

— Quanto pagou você, minha velha?

— O que tinha, filho, o que tinha, dois tostões...

Dei-lhe qualquer coisa, e mais íntima, esticando o pescoço, ela indagou, trêmula:

— Por que será tudo isso? Vão levar-nos presos?

Mas já o delegado saíra com os seus convidados. À porta o encarregado esperava. Saí. A escuridão afogava os prédios, encapuchava os combustores, alongava a rua. Não se sabia onde acabara o pesadelo, onde começara a realidade.

— Basta — dizia o adido — basta. Já tenho uma dose suficiente.

— Também é tudo a mesma coisa. É ver uma, é ver todas.

— E quem diria? — concluiu o bacharel, até então mudo.

Neste momento ouviu-se o grito de pega! Um garoto corria. O cabo precipitou-se.

Já outros dois soldados vinham em disparada. Era a caçada aos garotos, a "canoa". A "canoa" vinha perto. Tinham pegado uns vinte vagabundos, e pela calçada, presos, seguidos de soldados, via-se, como uma serpente macabra, desenrolar-se a série de miseráveis trêmulos de pavor.

— Canalhas! — bradou o doutor delegado. — E ainda se queixam que os mande prender para dormir na estação!

---

253. Sentina: latrina.

— Nós devíamos ter asilos — instruiu o adido.

— É verdade, os asilos, a higiene, a limpeza. Tudo isso é muito bonito. Havemos de ter. Por enquanto nosso Senhor, lá em cima, que olhe por eles!

As suas mãos, maquinalmente, esticaram-se, e os nossos olhos, acompanhando aquele gesto elegante de ceticismo mundano, deram no céu, recamado de ouro. Todas as estrelas palpitavam, por cima da casaria estendia-se uma poeira dourada. Naquela chaga incurável, chaga lamentável da cidade, a luz gotejava do infinito como um bálsamo.

AS MULHERES MENDIGAS

A mendicidade é a exploração mais regular, mais tranquila desta cidade. Pedir, exclusivamente pedir, sem ambição aparente e sem vergonha, assim à beira da estrada da vida, parece o mais rendoso ofício de quantos tenham aparecido; e a própria miséria, no que ela tem de doloroso e de pungente, sofre com essa exploração.

É preciso estudar a sociedade complicada e diversa dos que pedem esmola, adivinhar até onde vai a verdade e até onde chega a malandrice, para compreender como a polícia descura o agasalho da invalidez e a toleima[254] incauta dos que dão esmolas.

Entre os homens mendigos há irmãos da opa,[255] agentes de depravação viciados, profissionais de doenças falsas, mascarando um formidável cenário de dores e de aniquilamento. Só depois de um longo convívio é que se pode assistir à iniciação na maçonaria dos miseráveis, os estudos de extorsão pelo rogo, toda a tática lenta do pedido em nome de Deus que, às vezes, acaba em pancada. Os homens exploradores não têm brio. As mulheres, só quando são realmente desgraçadas é que não mentem e não fantasiam. São, entretanto, as mais incríveis.

Foi Pietro Mazzoli, um mendigo cínico, que para sempre no Largo do Capim, quem me apontou o meio diverso da mendicidade das mulheres. Pietro é baixo, reforçado, corado. Puxa sempre a suíça potente, com o minúsculo chapeuzinho posto ao lado, sobre a juba enorme e cheia de lêndeas. É mendigo por desfastio e comodidade. Soldado, fugiu do serviço militar como criado de bordo. Em Buenos Aires fez-se inculcador de casas suspeitas, porteiro do mesmo gênero, cafetão, barítono de café cantante, preso. No Rio, sendo-lhe habitual a prisão, já foi cego, torto das pernas, aleijado de carrinho, corcunda, maneta, atacado do mal de São Guido. É o Frégoli da miséria. Antes de se estabelecer mendigo, andou pelo estado do Rio fazendo dançar um urso que era um companheiro de malandragens. Essa pilhéria do urso nada autêntico valeu-lhe uma sova e três anos de prisão. Homem de tal jaez conhece todos os truques, a falsa miséria e a verdadeira, a exploração e a dor sentida. É ele quem nos inicia.

---

254. Toleima: tolice.
255. Opa: farra.

Há mendigas burguesas, mendigas mães de família, alugadas, dirigidas por cafetões, cegas que veem admiravelmente bem, chaguentas lépidas, cartomantes ambulantes, vagabundas, e uma série de mulheres perdidas cuja estrela escureceu na mais aflitiva desgraça.

Nos pontos dos bondes, pelas ruas, guiadas sempre por crianças de faces inexpressivas, vemos tristes criaturas com as mãos estendidas, mastigando desejos para a nossa salvação, com a ajuda de Deus.

Há a Antônia Maria, a Zulmira, a viúva Justina, a dona Ambrosina, a excelente e anafada tia Josefa; umas magras, amparadas aos bordões, chorando humildades; outras gordas, movendo a mole[256] do corpo com tremidinhos de creme. Às portas das igrejas param, indagam quem entra, a ver se a missa é de gente rica; postam-se nas escadarias, agachadas, salmodiando funerariamente, olhando com rancor os mendigos — negros roídos de alcoolismo, velhos a tremer de sífilis. A lista dessas senhoras é interminável, e há entre elas, negócios à parte, uma interessante sociabilidade. Cada uma tem o seu bairro a explorar, a sua igreja, o seu ponto livre de incômodos imprevistos. Quando aparece alguma neófita, olham-na furiosas e martirizam-na como nas escolas aos estudantes calouros.

Têm, naturalmente, uma vida regrada a cronômetro suíço, criaturas tão convencidas do seu ofício. Saem de casa às seis da manhã, ouvem missa devotamente porque acreditam em Deus e usam ao peito medalhinhas de santos.

Depois, postam-se à porta até que a última missa tenha dado a receita suficiente às várias dependências do templo, vão almoçar e começam a peregrinação pelos bondes, de porta em porta, até a hora de jantar. Uma, a Isabel Ferreira, cabocla esguia e má, pede à noite e confessa que isso dá uma nota mais lúgubre, mais emocionante ao pedido.

Ao passar por essa gente sentem todos o fraco egoísmo da bondade e, cinco ou seis dias depois de as conversar, percebe-se que esmolar é apenas uma profissão menos fatigante que coser ou lavar — e sem responsabilidades, na sombra, na pândega. A maior parte dessas senhoras não sofre moléstia alguma; sustenta a casa arrumadinha, canja aos domingos, fatiotas novas para os grandes dias. São, ou dizem-se, quase sempre viúvas.

---

256. Mole: aqui, no sentido de grande estrutura.

Algumas, embrulhadas em xales pretos, acompanhadas de dois ou três petizes, as mais das vezes alugados — como uma certa mulher cor de cera, chamada Rosa —, percorrem os estabelecimentos comerciais, os lugares de agitação; sobem às redações dos jornais, forçando a esmola, agarrando, implorando. A dona Rosa, para dizer o seu nome e a inaudita felicidade da vida numa rede de mentiras, arrancou-me cinco mil-réis, com precipitação, arte e destreza tais que, quando dei por mim, já ia longe com os petizes e a nota.

Não há uma só cuja coleta diária seja menor de dez mil-réis, e cada qual pede a seu modo, invadindo até as sacristias das igrejas. A Francisca Soares, da igreja de São Francisco, envolta em uma mantilha de velho merinó,[257] começa sempre louvando os irmãos benfeitores pintados pelo senhor Petit.

Que retratos! Estão tal qual, certinhos! Depois, pergunta-nos se não temos cupons de volta dos bondes, arrisca-se a implorar o tostão em troca do cupom e, quando vê a moeda, fala mais do senhor Petit e acha pouco. Outras, dotadas de grande vocação dramática, sussurram, com a face decomposta, a angústia de um irmão morto em casa, sem dinheiro para o caixão. O resto, sem inventiva, macaqueia o multiformismo da invalidez, rezando.

A esmola, apesar da crise econômica que os jornais proclamam, subiu. Não há quem dê moeda de cobre a um mendigo sem o temor de desgostá-lo ou de levar uma descompostura cheia de pragas, que nessas bocas repuxadas causam uma dolorosa impressão de dor e de confrangimento.

Logo de manhã, quando nas torres os sinos tangem, a tropa sobe para a igreja.

— Bom dia, dona Guilhermina.

— Bom dia, dona Antônia. Como vai dos seus incômodos?

— O reumatismo não me deixa. É desta laje fria.

— Que se há de fazer? É a vontade de Deus. Então, hoje, missas boas?

— Li no jornal: às nove e meia a do general... Mas, não contemos. Os ricaços estão cada vez mais sovinas.

Aconchegam-se, tomam posição e, pouco depois, os níqueis começam a cair e as vozes de dentro dos xales a sussurrar:

---

257. Merinó: lã retirada de uma raça específica de carneiro comum na Espanha.

— Deus vos acompanhe! Deus lhe pague! Deus lhe dê um bom fim!

Há até certos lugares rendosos que são vendidos como as cadeiras de engraxate e os *fauteuils*[258] de teatro.

As mendigas alugadas são, em geral, raparigas com disposições lamurientas, velhas cabulosas aproveitadas pelos agentes da falsa mendicidade, com ordenado fixo e porcentagem sobre a receita. Encontrei duas moças — uma de Minas, outra da Bahia — Albertina e Josefa, e um bando de velhas nesse emprego. As raparigas são uma espécie de pupilas da senhora Genoveva, que mora na Gamboa. Josefa, picada de bexigas, só espera o meio de se ver fora do jugo; Albertina, tísica, tossindo e escarrando, apresenta um atestado que a dá por mãe de três filhos.

O atestado é, de resto, um dos meios de embaçamento público.

Certo cafetão, morador nos subúrbios, chamado Alfredo, tem por sua conta um par de raparigas — a Jovita italiana e a parda Maria. A Jovita foi, a princípio, criada; fugiu com um rapaz, abandonou-o e caiu na exploração da mendicidade com o senhor Alfredo. Maria é a história de Jovita, um pouco mais escurecida. Ambas têm atestado em bela letra, dizendo as graças que lhes vão por casa e o cadáver à espera do caixão.

Como Jovita é bonita, os subscritores são tão numerosos que ela pode fazer, sem cuidado, alguns enterramentos por semana. Às sete da noite, tomam as duas o trem na Central e, quando se sentem seguidas, saltam em estações diferentes, metem-se nos bondes — tudo isso muito alegres e defendendo o senhor Alfredo com grande dedicação.

O gênero é relativamente agradável, à vista dos outros — o das vagabundas ladras e das pitonisas ambulantes, grupo de que são figuras principais as senhoras Concha e Natividad, espanholas, e a senhora Eulália — cigana exótica. A senhora Concha, por exemplo, é cleptômana, e dessa tara lhe vem a profissão — da tara e da inépcia policial. Quando cocote, Concha teve amantes ricos e roubava-lhes os relógios, os lenços, os alfinetes, por diversão.

Foi presa por um inglês sisudo e partiu para Lisboa, onde repetiu a cena tantas vezes que aos poucos se viu na necessidade de voltar ao Brasil como criada. Roubou de novo, foi outra vez presa e resolveu ser

---

258. *Fauteuil*: assento de teatro, poltrona.

cartomante andarilha, ler a *buena dicha* pelos bairros pobres, pelas estalagens, só para roubar. É gordinha, anda arrimada a um cacete, fingindo ter úlceras nas pernas. Aproxima-se, pede a esmola como quem pergunta se as coisas vão mal.

— Deus a favoreça!

— Você tem cara de ser feliz! Vamos ver a *suerte del barajo*.[259]

E tira do seio um maço de cartas. Quem, nestas épocas de dispersivas crenças, deixará de saber da própria sorte? Mandam-na entrar e ela conta histórias às famílias enquanto empalma objetos e alguns níqueis agradecidos.

Natividad e Eulália seguem o mesmo processo, mas Eulália, aduncamente[260] cigana, lê nas mãos deformadas e calosas dos trabalhadores, enquanto as suas apalpam os bolsos do cliente.

Do fundo desse emaranhamento de vício, de malandragem, gatunice, as mulheres realmente miseráveis são em muito maior número do que se pensa, criaturas que rolaram por todas as infâmias e já não sentem, já não pensam, despidas da graça e do pudor. Para estas basta um pão enlameado e um níquel; basta um copo de álcool para as ver taramelar, recordando a existência passada.

Vivem nas praças, no Campo da Aclamação; dormem nos morros, nos subúrbios, passam à beira dos quiosques, na Saúde, em São Diogo, nos grandes centros de multidões baixas, apanhando as migalhas dos pobres e olhando com avidez o café das companheiras. Eu encheria tiras de papel sem conta, só com o nome dessas desgraçadas a quem ninguém pergunta o nome, senão nas estações, entre cachações de soldados e a pose pantafaçuda[261] dos inspetores; e seria um livro horrendo, aquele que contasse com a simples verdade todas as vidas anônimas desses fantásticos seres de agonia e de miséria! Andam por aí ulceradas, sujas, desgrenhadas, com as faces intumescidas e as bocas arrebentadas pelos socos, corridas a varadas dos quiosques, vaiadas pela garotada. Nas noites de chuva, sob os açoites da ventania, aconchegam-se pelos portais, metem-se pelos socavões, tiritando... Às vezes, para cúmulo de desgraça, aparecem grávidas, sem saber como, à mercê da horda de vagabundos que as viola, que as tortura, que as bate, sem lhes conceder ao menos a piedade do nojo; e os filhos mor-

---

259. *Suerte del barajo*: sorte no baralho.
260. Adunco: curvo, recurvado; aqui, referente ao nariz.
261. Pantafaçuda: exótica.

rem, desaparecem, levados na tristura do seu soluçante existir, estrangulados, talvez, nos inúmeros recantos que a milícia do nosso duplo policiamento ignora.

Acompanhado do cínico Mazzoli, ouvi-lhes as confissões inauditas. Pela noite alta, íamos os dois para o Largo da Sé, para as beiradas da Santa Casa, e, diante de nós, esses semblantes alanhados de sofrimento, os olhos em pranto, como um bando de espectros, desvendaram-nos os paroxismos da vida antiga.

Eram amorosas exploradas, ardendo ainda em raiva passional, eram vítimas do cafetismo sentindo no lábio o freio de lenocínio,[262] eram cocotes do chique, escalavradas de sífilis, na dor do luxo passado, e velhas, velhas sem pecado, que a miséria, a ingratidão e a misteriosa fatalidade desfaziam nos mais amargurados transes. Nunca os descabelados românticos imaginaram tão torvos quadros.

Já quando se lhes pergunta o nome com bondade, a surpresa estala em choro.

— Chamo-me Zoarda. Sou cubana. Vim para o Rio com um pelotari.[263] Ao chegar aqui, outro conquistou-me. Fui explorada por ambos. Eram bonitos, eram fortes! Adoeci; eles tomaram outra. Quando saí do hospital, só pensava em matá-la!

— A quem?

— A ela, a outra. Fui, entretanto, presa e novamente segui para a Gamboa, onde cheguei a ser enfermeira. Quando de lá saí, roída pela moléstia, estava este trapo à espera do Zé Maria.

— O *Zé Maria*?

— Sim, da morte!

Zoarda vive a fingir que tem barriga-d'água.

— Josefina Veral, sim, senhor. Vim como criada. Um homem raptou-me; vivi com ele seis anos. Entreguei-me à prostituição explorada por dois malandros. Roubavam-me, a moléstia acabou a obra... Não posso trabalhar.

E de dentro de sua negra boca saem descrições satânicas da vida que a inutilizara.

— Ema Rosnick, nascida em Budapeste em 1874. Fui enjeitada num corredor. Os moradores levaram-me à polícia, que cuidou de

---

262. Lenocínio: exploração da prostituição.
263. Pelotari: jogador de pelota.

mim. Aos 18 anos casei com Rosnick, um debochado. Uma vez atirou-me aos braços de um amigo, a quem matou depois por questões de jogo; vim para o Brasil... Oh!, os exploradores. Estou neste estado. Esta mulher de 30 anos parece ter 60.

E outras e outras, floristas ainda moças, velhas que tiveram lar, mulheres passionais ou vítimas do amor, como nas prosas byronianas de 1830, como nos dramalhões do Recreio, um mundo de soluços, que, mesmo visto, ao nosso ceticismo parece falso.

Certa noite, no Largo da Sé, encontramos junto ao quiosque, cheia de latas velhas e coberta de andrajos, uma cara de velha boneca aureolada de falripas[264] louras. A cara sinistra falava francês.

— Dá-me uma cigarreta — fez com o seu melhor sorriso. — Turco? *Il a longtemps!...*[265] Oh! Oh! Fuma gianaclis?[266]

Arredou as latas, puxou a traparia e os sacos com o ar de mímica Daynès Grassot.

— Afaste o mendigo — disse baixo, e para a soleira suja: — *Asseyez-vous. Vous êtes journaliste?*[267]

Eu vinha encontrar à espera dos restos de pão uma das estrelas mundanas do Alcazar; eu estava falando com Françoise D'Albigny; a Fran, a levada Fran, que tivera carros e agora discorria, com um arzinho postiço, da Suzane Castera, de um deputado do norte que ainda hoje figura na Câmara, de um conhecido jornalista seu amigo!

— Desgraças, *mon petit*! Tenho 65 anos. Casei, sabes, uma loucura! Casei com Maconi, que me pôs neste estado!

Representando logo, o pobre trapo da luxúria elegante, bateu-me a caixa de cigarretas e dinheiro, que com um sorriso atroz dizia ser para bombons.

Eram dez horas da noite. O dono do quiosque fechava as persianas, apagando os bicos de gás. E, vendo-a naquele gozo, na pantomima do prazer, berrou, de longe:

— Eh! lá, lambisgoia velha, se não te apressas não levas o pão!

---

264. Falripas: cabelos ralos e curtos.
265. *Il a long temps*: já faz muito tempo.
266. Gianaclis: marca de cigarrilha.
267. Sente-se. Você é um jornalista?

OS QUE COMEÇAM...

Não há decerto exploração mais dolorosa que a das crianças. Os homens, as mulheres ainda pantomimam[268] a miséria para lucro próprio. As crianças são lançadas no ofício torpe pelos pais, por criaturas indignas, e crescem com o vício adaptando a curvilínea e acovardada alma da mendicidade malandra. Nada mais pavoroso do que este meio em que há adolescentes de 18 anos e pirralhos de 3, garotos amarelos de um lustro de idade e moçoilas púberes sujeitas a todas as passividades. Essa criançada parece não pensar e nunca ter tido vergonha, amoldadas para o crime de amanhã, para a prostituição em grande escala. Há no Rio um número considerável de pobrezinhos sacrificados, petizes que andam a guiar senhoras falsamente cegas, punguistas sem proteção, paralíticos, amputados, escrofulosos,[269] gatunos de sacola, apanhadores de pontas de cigarros, crias de famílias necessitadas, simples vagabundos à espera de complacências escabrosas, um mundo vário, o olhar de crime, o broto das árvores que irão obumbrar as galerias da detenção, todo um exército de desbriados e de bandidos, de prostitutas futuras, galopando pela cidade à cata do pão para os exploradores. Interrogados, mentem a princípio, negando; depois exageram as falcatruas e acabam a chorar, contando que são o sustento de uma súcia de criminosos que a polícia não persegue.

A metade desse bando conhece as leis do prefeito, os delegados de polícia, e acompanha o movimento da política indígena oposicionista e vendo em cada homem importante uma roubalheira. São em geral os mendigos claramente defeituosos aos quais faltam uma perna, um braço.

A perda que os tornou inválidos é uma espécie de felicidade, a indolência e o sustento garantidos.

À beira das calçadas o dia inteiro, têm tempo de se tornar homens e de ler os jornais. Fazem tudo isso com vagar. Quando um ponto se torna insustentável, vão para outros, e há entre eles relações, morfeias[270] que se ligam às úlceras, olhos em pus que olham com ternura companheiros sem braços, e todos guardando a data

---

268. Pantomimar: aqui, no sentido de "imitar".
269. Escrófula: tuberculose linfática.
270. Morfeia: lepra.

do desastre que os mutilou, que os fez entrar para a nova vida com a saudade da vida passada.

Fui encontrar na ponte das barcas Ferry alguns de volta de Niterói. Vinham alegres, batendo com as muletas, a sacolejar os fartos sacos, na tarde álgida.[271] Só nessa tarde interroguei seis: Francisco, antigo peralta da Saúde; Antônio, jovem de 18 anos que, graças à falta de uma perna, trabalha desde os 12; Pedro, pardinho crispinhento, que ri como um suíno e é o curador de uma senhora idosa; João Justino, sem um braço, e os dois pequenos Felismino e Aurélio. Voltavam de mendigar.

Francisco é atroz. Míope, com a cara cheia de sulcos, a boca enorme e sem dentes, fuma cigarros empapados de saliva e tagarela sem descontinuar.

— Qual! Niterói não dá nada. Às vezes tenho que pedir emprestado para voltar. O xará não permite, porém, mendigo sem realejo. Eu sou fino. Vou para outro lugar.

— Quantas vezes estiveste na cadeia?

— Eu? Não, senhor! Nunca! É verdade que uma vez fui preso por um inspetor viciado... Mas não estava fazendo nada. Também não me incomodo. Vou, torno a sair. E, sem transição: não imagina as vezes que tenho sido pego. O doutor Paula Pessoa, quando era delegado, já dizia: para que pegar essas inutilidades? E eu só esperando. Olhe — morrer de fome é que eu não morro.

— Então já estiveste preso?

— Quantas vezes! É preferível a cadeia ao tal asilo.

Antônio é outro gênero, o gênero dulçoroso, cheio de humildades açucaradas. Repete logo como uma nota policial o esmagamento da perna. Foi a 11 de novembro de 1897, na esquina da Rua da Uruguaiana. Caiu às duas e vinte da tarde, quando passava o bonde chapa tanto.

E diz essas coisas vagamente magoado, como se chorasse sem sentir. Mas mente, inventa nomes, faz-me jurar que não lhe farei mal, entrega-se à minha proteção, de que depende a sua vida, com uma detestável e beata hipocrisia. Era ajudante de pedreiro. Após o desastre, mandaram-no esmolar no passeio público. O pai é trabalhador, ganha quatro mil e quinhentos, tem oito filhos e a mulher doente.

Ele ajuda com o dinheiro das esmolas. É um dos casos de formação de caráter, de inversão moral. Adolescente, forte, musculoso, a per-

---

271. Álgida: gélida.

153

manência na mendicidade deu-lhe à voz melopeias suspirosas e um recheio de votos pela sorte alheia. Não fala um segundo sem pedir a Deus que nos ajude, sem agradecer em nome de Deus a nossa bondade.

— Ai!, Nossa Senhora, juro por Deus que todo o desejo que tenho é trabalhar...

Simples "blague". Deem-lhe um emprego e rejeitará, inutilizado pela vida de sarjeta, de desbrio, de inconsciente sem-vergonhice a que o forçou o pai.

Esse bando, porém, é evidentemente defeituoso; ganha dinheiro, como se estivesse empregado para sustentar a família. Há o outro, o maior, o infindável, que a polícia parece ignorar, a exploração capaz de emocionar os delegados nos dramalhões, a indústria da esmola infantil exercida por um grupo de matronas indignas e de homens criminosos, as criancinhas implumes, piolhentas e sujas, que saem para a rua às varadas, obrigadas ao sustento de casas inteiras; há a exploração lenta, que ensina os pequenos a roubarem e as meninas a se prostituírem; o cafetismo disfarçado, que espanca, maltrata e extorque. É um vasto tremedal[272] a que a retórica sentimental nada adianta, cujo mal a segurança pública não quer remediar. Basta ter a simples curiosidade para mergulhar nesse caleidoscópio infinito de cenas torturantes de uma mesma ação, basta parar a uma esquina e ouvir a narração dessas tragédias vulgares e de fácil remédio.

A série de meninas é enorme, desde as cínicas de face terrosa às ingênuas e lindas.

— Como se chama você?

— Elisinha, sim, senhor.

É parda: tem 9 anos.

Embrulhada nuns farrapos, a tremer com os beicinhos roxos e as mãos no ar, muito aflita, parece que lhe vão bater. Mora na Rua Frei Caneca.

Não vai para a casa, não pode ir. A madrinha bate-lhe, tem o corpo cheio de equimoses.

— Quando não arranjo bastante para a madrinha e as filhas, dão-me sovas!

Destes casos há muitos com diversas modalidades. Jovita, por exemplo, pede esmola com uma bandeja, dizendo que é missa pedida ou pro-

---

272. Tremedal: charco, lodaçal, pântano.

messa feita. A mulher que a criou e a explora, a terrível megera Maria Trapo Velho, mora na Rua São Diogo e dá-lhe conselhos de roubo.

— Ela diz que, quando encontrar roupas ou outros objetos, meta no saco. Quando passo uma semana sem levar nada, põe-me de castigo, com os joelhos em cima do milho e sem comer.

Rosinha mora na Rua Formosa. Sai acompanhando uma senhora que se finge de cega. A mãe é negra; ela é alva e todos ficam admirados!

Judite, com 8 anos, moradora da Rua da Lapa, andava com o pai pelo subúrbio, tocando realejo. O pai fingia-se de cego e, como um cidadão descobrisse a patifaria, é ela só quem esmola, atacando as senhoras, pedindo algum dinheiro para a mãe moribunda. Laura e Amélia, filhas da senhora Josefina, têm um irmão que aprende o ofício de carpinteiro, moram na Rua da Providência e passam o dia a arranjar dinheiro para a mamã mais o padrasto.

— E o padrasto, que faz?

— Dá pancada na gente quando não se anda direito.

Estela, mulatinha, vive com uma dama que se diz sua avó, na Rua Senador Eusébio. Às vezes fica até as dez horas da noite à porta da Central, esmolando. Nicota, moradora no Pedregulho, tem 13 anos e uma perigosa viveza de olhar. A puberdade, a languidez dos membros rijos dão-lhe receitas grandes. É mandada pelo padrasto, um português chamado Jerônimo, que a industria.[273] Explora a miséria no Jardim de Eros, fazendo tudo quanto a não prejudica definitivamente, à porta dos quartéis, pelos bairros comerciais, ao escurecer. Confessa que vai abandonar o Jerônimo pelo sargento Gomes, a quem ama. A lista não tem fim, é o mesmo fato com variantes secundárias.

Se nessas crianças encontramos o abismo da perdição a tragá-las, nos pequenos vemos um grande esboço de todos os crimes.

Em quatro dias interrogamos noventa e seis garotos, estrangeiros, negros, mulatos, uma sociedade movediça e dolorosa. Há desde os pequenos que sustentam famílias até os gatunos precoces que se deixam roubar na vermelhinha à beira do cais, entre murros e cachações.

O primeiro a encontrarmos é o negrinho Félix, morador na Rua do Costa, órfão, que vive na casa de uma família. Como as coisas estão más, sai de sacola, a esmolar e a roubar. Já esteve preso por apanhar

---

273. Industriar: aqui, no sentido de instruir, orientar.

várias amostras de uma loja, mas um moço da polícia, que gosta de uma das meninas da casa, soltou-o.

— Que fazes hoje?

— Hoje tenho que roubar um queijo. Sinhazinha diz que não apareça sem um queijo...

Armando, petiz de 10 anos, diz-se italiano por causa das dúvidas. Para no Largo da Sé e, ingenuamente, conta que a família não faz comida há três anos. É ele que arranja tudo, fora os cobres. José Vizuvi, também italiano, é filho do conhecido mendigo Vizuvi. Sai da Rua do Alcântara, onde mora, às cinco da manhã, à procura dos pães que os padeiros costumam deixar nas janelas e à porta de certas casas. Quando a janela é alta, serve-se de um pau em forma de ferrão. O pai ensina-o a roubar. Dudu de Oliveira passa o dia no Mercado e nos bairros centrais. A mãe, fingindo-se de cega, esmola no Largo do Machado. Ele leva recados suspeitos e propõe-se a misteres ignóbeis.

João Silva, morador à Rua Senador Pompeu, com 13 anos, também serve para esses serviços pouco asseados. A mãe, sem emprego, é espancada pelo amante que lhe arranca todo o dinheiro. Franzino, doloroso, esse pretinho na ânsia da vida sustenta um cafetão reles. Todos esses nomes ignorados escondem dramas pungentes, cenas de horror, vidas perdidas.

A observação de tantos casos não me dava o tipo do explorador, não me mostrava os peralvilhos que vivem à custa dos pobres, crianças, receosas de me mostrar as casas onde são torturadas. Encontrei-o, porém, o tipo ideal, o drama resumo de um estado social, a tragédia soluçante que cada vez mais se alastra.

Logo no começo da Rua Uruguai há uma mulher de cor branca, fisionomia torva, sempre embiocada[274] em panos pretos. Chamam-na a Camaleão, alcunha que lhe ficou do peralta do filho. Esse ente repelente tem uma estalagem, um prédio; é rica e pede esmola, provando ser viúva pobre. Quando encontra crianças, leva-as para a casa, um doloroso centro de lenocínio e velhacaria, a extorqui-las. Presentemente tem cinco petizes, todos menores de 12 anos; três meninos, Alfredo, Felipe e Narciso, e duas meninas, Gertrudes e Madalena. As criancinhas saem pela manhã, voltam para almoçar, tornam a sair e só voltam à noite, para o interrogatório e a palmatória.

---

274. Embiocada: escondida.

Um dos pequenos mostrou-me o ogre horrendo. Arrastava-se com uma voz pastosa e, quando me viu, trêmula curvou-se.

— Pelo amor de Deus! Uma esmola para os desgraçadinhos!

Os desgraçadinhos, na tarde chuvosa, pareciam transidos.

O vento fustigava-lhes as carnes seminuas, e eles, agarrados uns aos outros, na fraternidade do sofrimento, sem pai, sem mãe, sem amparo, erguiam os olhos para o céu numa angustiosa súplica.

ONDE ÀS VEZES
TERMINA A RUA

CRIMES DE AMOR

Ao entrar no seu gabinete, severamente mobiliado de canela escura, o capitão Meira Lima disse:

— Meu caro amigo, tem você ampla liberdade. Pode ver, interrogar, examinar. Há agora na detenção quatrocentos e cinquenta e quatro detentos, dos quais trezentos e noventa e cinco homens e cinquenta e nove mulheres. Antigamente, era maior o número. Nós conseguimos que se não mantivessem aqui presos à disposição dos delegados sem processo. Mas, ainda assim, o exército do crime está bem representado. Há gatunos, desordeiros, incendiários, defloradores, mulheres perdidas, vítimas da sorte, criminosos por amor — toda uma flora estranha e curiosa. Estude você os crimes de amor. Lembra-se de um dramalhão do repertório da Ismênia: *Aimée, ou o assassino por amor?* Não é do seu tempo nem do meu, mas comoveu a geração passada e tem contínuos exemplos nas penitenciárias...

— E nas literaturas.

— Pois vá ver esses criminosos. O assassino por amor é o único delinquente que confessa o crime.

Alguns chegam mesmo a reviver detalhes insignificantes. Ao passo que os gatunos, os incendiários e os homicidas vulgares, mesmo tendo a cumprir sentenças longas, negam sempre o crime; essas vítimas da paixão não se cansam de contar a sua história, cada vez com maior número de minúcias e mais abundância de memória.

— Pois, vejamos as vítimas do amor!

O capitão mandou chamar o chefe dos guardas, Antônio Barros, e saímos para o pátio, onde os presos serventes mourejavam.

— Há uns cinco casos notáveis — informava-me o guarda. — Vamos entrar na primeira galeria.

A galeria é um enorme corredor, ladeado de cubículos engradados. A má disposição de luz, com a claridade da frente e dos fundos e a claridade das prisões, dá a esse corredor uma perpétua atmosfera de meia sombra. Através dos muros brancos ouve-se o sussurro das conversas murmuradas. Barros aponta-me silenciosamente uma das jaulas. Aproximo-me, e do fundo vejo surgir um velho preto, magro, seco, com o olhar ardente e a cabeça branca. Pergunto receoso:

— Por que está aqui?

— Porque matei.

Nas prisões há duas coisas revoltantes: o cinismo do que nega e o que confessa como uma afronta. Aquela frase breve tinha, porém, cunho de uma dolorosa sinceridade.

— Eu sou do crime da Estrada Real — continuou o pobre agarrando-se aos varões de ferro. — Chamo-me Salvador Firmino, tenho 63 anos.

— E matou?

— Porque *ela* quis.

E de repente, como se a lembrança da cena o forçasse a se desculpar, a sua cabeça branca curvou-se, os seus olhos lampejaram:

— Quando eu encontrei Silvéria, era casado e feliz. Abandonei a mulher, só para viver com ela. Silvéria tinha dois filhos. Eduquei-os eu, dei-lhes o sustento, o ensino. Uma casa que consegui comprar logo passei para o seu nome, e de tudo eu me lembrava que a tornasse feliz. Silvéria tinha 40 anos e eu gostava dela. Foi quando apareceu o outro. A mulher ficou com a cabeça virada, já não lhe bastava o meu carinho. Saía só, para passear com ele, não se importava com o passado, não me falava. O desaforo chegou ao ponto de o outro vir trazê-la até a porta de casa. Às vezes, eu os via de longe e entrava no mato para os não encontrar. Que dor! Eu tinha tanto medo de acabar... Uma noite, ela saiu, esteve na festa de Nossa Senhora e voltou acompanhada até a porta pelo outro. Eu bem que os vira, mas fingi não saber de nada quando entrei em casa. Silvéria conversava com a vizinha e dizia:

— Mas se eu já lhe disse que podia vir...

Não pude comer a sopa; fui logo deitar-me. Do quarto via-se a sala, onde dormia o pequeno filho dela, e não demorou muito tempo que a vizinha não colocasse na cama outro travesseiro. Eu estava olhando, à luz da lamparina. Deixei passar alguns minutos e disse:

— Ó, Silvéria, vem-te deitar. — Ela não respondeu.

— Silvéria, já disse que viesses dormir!

— Já vou.

De repente, os cães, no terreiro, começaram a ladrar. Era um alarido. Saltei da cama, agarrei o revólver.

— Quem está aí?

Ela apareceu, então:

— Deita-te, não é nada.

— Qual! Pois se os cães estão ladrando... É alguém.

— Que vais fazer?

— Ver.

— Não vás, Firmino, não vás, não é nada! — e agarrava-se ao meu braço.

— Como não hei de ir? Se for gatuno? Talvez esteja a roubar a criação.

— Firmino, meu velho, não vás! — dei-lhe um empurrão, abri a tranca. Na moita, só a lua aclarava as moitas e os cães arfavam cansados. Voltei. Ela estava sentada, chorando.

— Tu desconfias de mim!

— Eu? Que falso!

— Tu pensavas que era o Herculano!

— Eu? Nem pensava nisso!

— Pensavas, sim! E o melhor é acabar com isso. Vou-me embora!

Ela estava à espera de um pretexto. Para que discussões? Deitei-me outra vez, sem poder dormir. Silvéria continuava na sala, remexendo os móveis. Pela madrugada, já os galos tinham cantado e o luar estava desmaiando, ouvi que abriam a porta. Ergui-me, corri. Ela ia pela estrada, com a trouxa da roupa, ia sem se despedir de mim, que lhe dera tudo, ia embora... Deitei a gritar:

— Silvéria! Silvéria! Não vás.

— Adeus!

— Mas tu estás maluca, mulher.

— Não me fales, estou farta.

— Vais para o Herculano?

— Vou, sim, e agora?

— Um homem que podia ser teu filho!

— Talvez seja mais feliz.

— Silvéria! Silvéria!

— Basta de conversa fiada...

Eu então senti um desespero que me sacudia os nervos e não pude mais...

Para ouvir a história, encostara a cabeça na pedra em que os varões de ferro se encravavam. O pobre velho tremia num soluço sem fim. Então, eu lhe estendi a mão sem uma palavra, e segui, como se tivesse acordado de um horrível pesadelo. O guarda Barros acompanhava-me.

— Pobre homem! Tentou suicidar-se e é preciso uma vigilância extrema para que aqui não tente outra vez contra a própria vida.

Já os sinais misteriosos com os quais se correspondem os detentos haviam anunciado uma pessoa estranha ao estabelecimento. Em todos os cubículos, nas galerias, correra o som anunciador, e nas grades amontoavam-se as caras dos que não serão em breve da sociedade. Barros parou pouco adiante, apontando-me um homem magro, pálido, com o pescoço embrulhado num cachenê.[275] O homem corcovava tossindo, e os seus dois olhos brilhavam como os de um tísico. Ao lado, um português bem-disposto sorria.

— O seu crime?

— Umas rusgas, tentativa de morte, não fui eu…

— E o seu?

— Matei minha mulher.

Esse também confessava. Então era verdade? O crime de amor é o único confessável? Acerquei-me cheio de simpatia, e o sujeito magro não esperou que eu lhe perguntasse mais nada. Antes, na ânsia de desabafar, atirou o cachenê às costas e começou:

— Chamo-me Abílio Sarano, sou barbeiro. Sempre fui honesto. É a primeira vez que entro aqui por causa do crime do Catete. Não sabe? Vossa Senhoria não sabe? Eu namorei uma moça, dona Geraldina, e com ela casei-me. Dias depois do nosso casamento, minha esposa confessou-me que tinha sido gozada por um negociante, amante de sua própria mãe. Esse homem voltava a persegui-la. Era de noite, eu voltara do trabalho e amava minha senhora. Foi como se o mundo todo se desmoronasse. Ela, coitadinha, caíra de joelhos; eu interrogava, querendo saber tudo.

— Anda, fala, dize como foi. — O negociante, o biltre forçara-a numa cadeira, e ninguém soubera. Quando acabou, eu estava sem forças e chorava.

— E agora, Geraldina, que será de nós? Que vai ser de nós? — Ela consolava-me. Agora, era esquecer esse sujeito odioso. Acreditei e começamos a viver a triste vida da dúvida. A mãe infame e a família

---

275. Cachenê: tecido que se usa em volta do pescoço e vai até o nariz.

continuavam, porém, a seduzi-la. Uma noite, apesar de ser sábado, eu fui cedo para casa. Geraldina estava nervosa. Conversávamos na sala quando a criada veio dizer que um homem procurava a patroa.

— Um homem? Espera, vou eu mesmo ver quem é.

No topo da escada estava um cidadão robusto.

— Dona Geraldina está?

Num relâmpago compreendi que era ele.

— Dona Geraldina? Ah!, canalha, espera que eu te vou dar a Geraldina!

Saquei do revólver, e minha senhora apareceu assustada:

— Fuja, *seu* Álvaro, fuja! Fuja! — ela mandava-o fugir.

Como um louco, ergui a arma. Ele descia os degraus da escada e Geraldina tapara-me a passagem. Detonei uma, duas vezes, descemos de roldão. No patamar, o corpo dele jazia. Matei-o, pensei, acabei a minha vida! E deitei a correr... Só mais tarde soube a verdade. As balas tinham ferido minha mulher. Ele fingira-se morto e escapara são e salvo. É por isso que estou aqui.

O chefe dos guardas chamara-me ao fundo, para a mesa que fica entre as escadas das galerias superiores.

— Há ainda dois casos interessantes: um menino e uma mulher. Quer ver? Vou mandar buscar o menino. Sente-se.

Eu sentei-me. Por todas as janelas gradeadas, o sol entrava claro e benfazejo. Minutos depois, surgia, trazido pelo guarda, um pardinho cor de azeitona, dessas fisionomias honestas, alheias a devassidões.

— Como se chama?

Ele tomou uma posição respeitosa, falando bem, com desembaraço.

— Chamo-me Alfredo Paulino, sim, senhor. Tenho 18 anos.

— E já casado?

— Casei aos 16. Os meus parentes não queriam, mas depois o pai disse: "É melhor mesmo. Ao menos, não ficas perdido". Eu já ganhava o suficiente para sustentar dignamente a minha família. Casei. Foi nessa ocasião que o doutor Constantino Néri me ofereceu o emprego de copeiro no Palácio de Manaus. Aceitei, e voltávamos para o Rio quando a bordo encontramos um rapaz de 18 anos chamado José.

— Era bonito, o José?

— Era simpático, sim, senhor, não posso negar. Ficamos tão amigos que, ao chegar, ele foi morar conosco. Primeiro, tudo andou direito, mas depois começaram os cochichos, as frases, as cartas anônimas. Era preciso tomar uma resolução. Disse ao José que não o podia ter mais em casa — por certas dificuldades. Ele saiu, mas eu sabia que a Adélia lhe falava. Passaram-se meses nessa tortura. De vez em quando eu a interrogava e sempre obtinha respostas negativas. Certo dia passei pelo José na rua e ele riu. Em casa pus Adélia em confissão, e ela disse:

— É mesmo, fizeste bem em pôr esse homem na rua. Andava-me tentando e foi tão ingrato que nem se despediu da gente direito.

De outra feita, encontrei-os na esquina, conversando e, afinal, em casa. Foi então que eu fiquei desatinado.

Oh!, o amor! Eu ouvira o amor sexagenário, o amor doloroso, o amor *lilliput* desse *ménage* de crianças! Todos tinham chegado ao mesmo fim trágico, ontem criaturas dignas, hoje com as mãos vermelhas de sangue, amanhã condenados por um juiz indiferente. Fiz um gesto. O pequeno insistiu.

— Já que estou aqui, quero trabalhar. Nunca passei sem trabalhar. Peço a Vossa Senhoria para ver se entro como servente. Não quero estar no cubículo com aquela gente.

Neste momento traziam uma negra roliça, de dentes afiados, com um sorriso alvar a iluminar-lhe a cara. Era a Herculana, a autora de um crime célebre. Matara o amante enquanto este dormia, acendera todas as velas que encontrara e começara a cantar. O amante tinha 23 anos.

— E por que foi?

— Ora, nós brigamos. Eu gostava dele. Nós brigamos. Um dia, ele me disse uma porção de nomes. Eu fiquei calada, mas quando o vi deitado, com o pescoço à mostra, roncando, parece que o diabo me tentou. Eu fui então, com a faca...

Aproximei-me, e bem perto, quase murmurando as palavras:

— Diga: era capaz de fazer o mesmo outra vez, de abrir o pescoço do pobre rapaz, de acender as velas, de cantar? Diga: era?

Ela riu como uma fera boceja, e disse num arranco de todo o ser:

— Eu era, sim, senhor...

Que estranha psicologia a dessas flores magníficas do jardim do crime! Que poderoso transformador o amor! Bem dizia Tennyson ao evocá-lo: *Thou madest Life, in man and brute, thou madest Death...*[276]

---

276. No homem, tu fizeste a vida, e no bruto, tu fizeste a morte.

Eu começara a minha visita à beira do desespero, na púrpura de uma moita de lírios vermelhos.

Com os corações em sangue, vi uma coleção de assassinos, desde um velho lamentável até uma criança honesta, postos fora da sociedade pelo desvario, pela loucura que a paixão sopra no mundo. A mulher, que os poetas levam a cantar, Vênus inconsciente e perversa, Lilith, lendária, surgia nessa ruína, perdendo, estragando, corroendo, matando, e eu sentia, no olhar e no gesto de cada uma das vítimas do amor, o desejo de guardar o perfil das suas destruidoras. Oh!, esses seres, que Schopenhauer denominava animais de cabelos compridos e ideias curtas, que formidável obra de destruição cometem! São a torrente a que ninguém pode resistir, a força dominadora da maldade, os Molochs da alegria. As gerações futuras, livres dos nossos velhos deuses, devem, para que a harmonia as guie, levantar nas cidades um altar votivo onde os adolescentes possam sacrificar, todas as manhãs à ira de Vênus sanguissedenta.

Mas as minhas reflexões pararam. Como tocasse um sino, pela escada da direita desceu um cavalheiro elegante que tapava o rosto com o lenço. E logo depois, grácil e airosa, com um rico vestido preto, caminhou pela galeria, olhando altivamente os presos, uma mulher cuja fronte pura parecia a pura fronte da inocência.

O guarda curvou-se:

— O doutor Saturnino e a esposa...

Eu vira o último crime de amor da detenção.

A GALERIA SUPERIOR

A galeria superior é dividida por um tapume, com portas de espaço a espaço para o livre trânsito dos guardas. Os presos não podem ver os cubículos fronteiros. Os olhos abrangem apenas os muros brancos e a divisão de madeira que barra a cal das paredes. Quando a vigilância diminui, falam de cubículo para cubículo, atiram por cima do tapume jornais, cartas, recordações.

Estão atualmente na galeria duzentos e trinta e oito detentos. A aglomeração torna-os hostis. Há confabulações de ódio, murmúrios de raiva, risos que cortam como navalhas. Com o sentido auditivo educadíssimo, basta que se dirija a palavra baixo a alguém do primeiro cubículo para que o saibam no último. E então surgem todos, agarram-se às grades, com o olhar escarninho dos bandidos e a curiosidade má que lhes decompõe a cara.

Ah! Essa galeria! Tem qualquer coisa de sinistro e de canalha, um ar de hospedaria da infâmia à beira da vida. Nos cubículos há, às vezes, dezenove homens condenados por crimes diversos, desde os defloradores de senhoras de 18 anos até os ladrões assassinos. A promiscuidade enoja. No espaço estreito, uns lavam o chão, outros jogam, outros manipulam, com miolo de pão, santos, flores e pedras de dominó, e há ainda os que escrevem planos de fuga, os professores de roubo, os iniciadores dos vícios, os íntimos passando pelos ombros dos amigos o braço caricioso... Quantos crimes se premeditam ali? Quantas perversidades rebentam na luz suja dos cárceres preventivos? Saciados da premeditação, há os jornais que lhes citam os nomes, há o desejo de possuir uma arma, desejo capaz de os fazer aguçar asas de caneca, o aço que prende a piaçava das vassouras, as colheres de sopa, e há ainda o jogo. Nesses cubículos jogam-se mais de quarenta espécies de jogos. Eu só contei trinta e sete, dos quais os mais originais — o camaleão, a mosca, o periquito, o tigre, a escova, o osso, a sueca, o laço, as três chapas — são prodígios de malandragem. E nenhum deles se recusa aos parceiros. Quando algum desconhecido passa, deixam tudo, precipitam-se, alguns nus, outros em ceroulas, e há como um panorama sinistro e caótico — negros degenerados, mulatos com contrações de símios, caras de velhos solenes, caras torpes de gatunos, cretinos babando um riso alvar, agitados, delirantes, e mãos, mãos estranhas de delinquentes, finas e tortas umas, grossas algumas, moles e tenras outras, que se grudam aos varões de ferro com o embate furioso de um vagalhão.

Vive naquela jaula o crime multiforme. O guarda aponta o Cecílio Orbano Reis, assassino, na Saúde, de uma mulher que lhe resistira; o João Dedone, facínora cínico; matadores ocasionais, como Joaquim Santana Araújo, quase demente; o Mirandinha, mulato, passador de moeda falsa, que se faz passar por advogado; o *Barãozinho*, gatuno; Bouças Passos, ladrão assassino, Salvador Machado, o íntimo criado da Tina Tatti; negros capangas com as bocas sujas, que resistem à prisão com fúria; desordeiros temíveis como o Eduardinho da Saúde, retorcendo os bigodes, cheio de langores; sátiros moços e velhos violadores; o célebre Pitoca, que tem sessenta e seis entradas; rapazes estelionatários e até desvairados, como João Manuel Soares, acusado de tentativa de morte na pessoa do senhor Cantuária, que leva, numa agitação perpétua, a dizer:

— Eu sei, foi o bicho... foi por causa do bicho, hein? Está claro!

Dois baixos-relevos alucinadores, dois frisos da história do crime de uma cidade, ora alegres, ora sinistros, como se fossem nascidos da colaboração macabra de um Forain e de um Goya, dois grandes painéis a gotejar sangue, treva, pus, onde perpassam, com um aspecto de bichos lendários, os estupradores de duas crianças, de 7 e de 10 anos...

E em meio do charco, fatalmente destinada a desaparecer, a inocência, atirada ali pela incúria das autoridades, floresce.

Encontro ao lado de respeitáveis assassinos, de gatunos conhecidos, na tropa lamentável dos recidivos, crianças ingênuas, rapazes do comércio, vendedores de jornais, uma enorme quantidade de seres que o desleixo das pretorias torna criminosos. Quase todos estão inclusos, ou no artigo 393 (crime de vadiagem) ou no 313 (ofensas físicas). Os primeiros não podem ficar presos mais de trinta dias, os segundos, sendo menores, mais de sete meses. Os processos, porém, não dão custas, e as pretorias deixam dormir em paz a formação da culpa, enquanto na indolência dos cubículos, no contato do crime, rapazes, dias antes honestos, fazem o mais completo curso de delitos e infâmias de que há memória. Chega a revoltar a inconsciência com que a sociedade esmaga as criaturas desamparadas. Nessa enorme galeria, onde uma eterna luz lívida espalha um vago horror, vejo caixeirinhos portugueses com o lápis atrás da orelha, os olhos cheios de angústia; italianos vendedores de jornais, encolhidos; garçons de restaurante; operários, entre as caras cínicas dos pivetes reincidentes e os porqueiros do vício que são os chefes dos cubículos. Todos invariavelmente têm uma frase dolorosa:

— É a primeira vez que eu entro aqui!

E apelam para os guardas, sôfregos, interrogam os outros, trazem o testemunho dos chefes.

Por que estão presos? José, por exemplo, deu com uma correia na mão de um filho do cabo de um delegado; Pedro e Joaquim, ao saírem do café onde estão empregados, discutiram um pouco mais alto; Antônio atirou uma tapona à cara de Jorge. Há na nossa sociedade moços valentes, cujo esporte preferido é provocar desordens: diariamente, senhores respeitáveis atacam-se a sopapo; jornalistas velho-gênero ameaçam-se de vez em quando pelas gazetas, falando de chicote e de pau a propósito de problemas sociais ou estéticos, inteiramente opostos a esses aviltantes instrumentos de razão bárbara. Nem os moços valentes, nem os senhores respeitáveis, nem os jornalistas vão sequer à delegacia.

Os desprotegidos da sorte, trabalhadores humildes, entram para a detenção com razões ainda menos fundadas.

E a detenção é a escola de todas as perdições e de todas as degenerescências.

O ócio dos cubículos é preenchido pelas lições de roubo, pelas perversões do instinto, pelas histórias exageradas e mentirosas. Um negro, assassino e gatuno, pertencente a qualquer quadrilha de ladrões, perde um cubículo inteiro, inventando crimes para impressionar, imaginando armas de asas de lata, criando jogos, armando rolos. Oito dias depois de dar entrada numa dessas prisões, as pobres vítimas da justiça, quase sempre espíritos incultos, sabem a técnica e o palavreado dos chicanistas de porta de xadrez para iludir o júri, leem com avidez as notícias de crimes romantizados pelos repórteres, e o pavor da pena é o mais intenso sugestionador da reincidência. Não há um ladrão que, interrogado sobre as origens da vocação, não responda:

— Onde aprendi? Foi aqui mesmo, no cubículo.

Recolhida à sombra, nesse venenoso jardim, onde desabrocham todos os delírios, todas as nevroses, é certo que a criança sem apoio lá fora, hostilizada brutalmente pela sorte, acabará voltando. Mais de uma vez, na cerimônia indiferente e glacial da saída dos presos, eu ouvi o chefe dos guardas dizer:

— Vá, e vamos a ver se não voltas.

Como mais de uma vez ouvi o mesmo guarda, quando chegavam novas levas, dizer para umas caras já sem vergonha:

— Outra vez, seu patife, hein?

Mas que fazer, Deus misericordioso? Nunca, entre nós, ninguém se ocupou com o grande problema da penitenciária. Há bem pouco tempo, a detenção, suja e imunda, com cerca de novecentos presos à disposição de bacharéis delegados, era horrível. Passear pelas galerias era passear como o Dante pelos círculos do inferno, e antes do senhor Meira Lima, cuja competência não necessita mais de elogio, o cargo de administrador estava destinado a cidadãos protegidos, sem a mínima noção do que vem a ser um estabelecimento de detenção.

Qual deve ser o papel da polícia numa cidade civilizada? Em todos os congressos penitenciários, até agora tão úteis como o nosso último latino-americano, ficou claramente determinado. A polícia é uma instituição preventiva, agindo com o seu poder de intimidação, e o doutor Guillaume e o doutor Baker chegaram, em Estocolmo, às conclusões de que uma boa polícia tem mais força que o código penal e mais influência que a prisão.

A nossa polícia é o contrário. Para que a detenção dê resultados faz-se necessário que seja conforme ao fim predominante da pena, com o firme desejo de reformar e erguer a moral do culpado. Que fazemos nós? Agarramos uma criança de 14 anos porque deu um cascudo no vizinho, e calma, indiferente, cinicamente, começamos a levantar a moral desse petiz dando-lhe como companheiros, durante os dias de uma detenção pouco séria, o *Velhinho, punguista* conhecido, o Bexiga Fraga, batedor de carteira, e um punhado de desordeiros da Saúde!

A princípio tomei-lhes os nomes: Manuel Fernandes, Antônio Oliveira, Francisco Queirós, Martins, Francisco Visconti, Antônio Gomes.

Mas era inútil. Para que, se o crime está na própria organização da polícia? Está marcado! E eu ia deixar esse canto do jardim sinistro quando vi uma pobre criancinha, magra, encostada à parede, o olhar já a se encher de sombra.

— Como te chamas?

— José Bento.

Tinha 14 anos e era acusado de crime de morte. Fora por acaso, o outro dissera-lhe um palavrão... Quem sabe lá?

Talvez fosse. E, cheio de piedade, perguntei:

— Vamos lá, diga o que o menino quer. Prometo dar.

— Eu? Ah! Os outros são maus... são valentes sim, senhor... metem raiva à gente... Até têm armas escondidas! A gente tem que se defender... Eu tinha vontade... de uma faca...

E cobriu o rosto com as mãos trêmulas.

O DIA DAS VISITAS

A força de polícia é aumentada. Quatro ou cinco guardas contêm a multidão ao lado do porteiro, que distribui os cartões. A onda dos visitantes cresce a cada momento, impaciente e tumultuosa. São onze horas da manhã. O sol queima. Há no ar uma poeira sufocadora. O saguão está cheio, a calçada está cheia. Do outro lado da rua, doceiros, homens de refrescos, vendedores de frutas estabeleceram as caixas e as latas e mercadejam em alta voz.

Nas soleiras das portas, mulheres gordas à espera, criancinhas choramingas têm o semblante desolado e triste, mas há também sujeitos alegres, peralvilhos de calça balão mastigando tangerinas e rindo; há curiosos olhando a cena, como no espetáculo, e soldados, soldados da brigada, que passeiam gingando, com os tacões altos e o quepe do lado, por cima da pastinha; dois turcos vendem imagens de santos, botões, canivetes e fósforos; um italiano, que finge de cego, instala o realejo, e o filho começa a remoer velhos trechos de ópera, dolorosamente angustiosos. De vez em quando passa uma carroça ou um enterro, alastrando a rua de poeira. Mais ao longe trabalham os condenados da correção na nova fachada, e cada passo que algum deles dá é logo acompanhado por dois policiais de carabinas embaladas.

O sol é esmagador, pesa como chumbo. Todos esses semblantes têm qualquer coisa de revoltado e de tímido, de desafio e medo. Percebe-se o terror das pessoas importantes e o desejo secreto de apedrejá-las, essa mistura antagônica que faz o respeito da ralé.

À porta da detenção, o movimento torna-se cada vez mais difícil e o rumor cresce. Vista de fora, na semissombra, a multidão tem um aspecto estranho e uniforme, parece um quadro violentamente espatulado pela mesma mão delirante. Os olhos raiados de sangue, alegres ou chorosos, têm um mesmo desejo — entrar; os corpos, corpos de mulheres, frágeis corpos de crianças, corpos musculosos de homens, uma só vontade — forçar a entrada; e todos os gestos, lentos, dificultosos, presos em encontrões de rancor, exprimem o mesmo anelo, que é o de entrar.

Há pragas, frases violentas, mãos que se agarram às roupas de outros, interjeições furiosas; e de dentro, do mistério do pátio da prisão, vem um clamor formidável e indistinto, que aquece e fustiga ainda

170

mais o desejo de entrar e de ver. O porteiro, um senhor velho de cavanhaque branco, distribui os cartões irritado e a suar.

— Não deixem passar sem cartão! Não entra ninguém sem cartão!

E os cartões, sebentos, passam das mãos dos guardas para mãos sôfregas dos visitantes, enquanto na porta de ferro, desesperadamente os que os obtiveram antes procuram entrar todos a um tempo. Um cheiro especial, misto de futum de negros e de perfumes baratos, de suores de mulheres e de roupa suja, enerva, dá-nos visões de pesadelo, crispações de raiva.

Dentro, o pátio está limpo de serventes. Das janelas da secretaria, alguns funcionários deitam olhares distraídos. Duas filas de criaturas parece ligarem a porta de ferro aos dois portões das galerias. E nessas galerias o espetáculo é medonho. Dias antes, os presos contam as horas, à espera desse instante. Uns querem matar saudades, outros contam com os amigos para mandar vender as suas obras — flores de pão, couraçados de pau; outros escreveram toda a noite cartas anônimas ao chefe de polícia, denunciando companheiros ou inimigos, e anseiam por alguém para as pôr no correio; e todos, absolutamente todos, acicateados[277] pelo egoísmo, esperam os presentes, o fumo, o dinheiro, as prendas, como uma obrigação dos que os vão ver. Os dois portões fecham-se antes de se abrirem os cubículos, e no corredor da grande galeria é um alarido, um desespero de jaula, com gritos, imprecações, gargalhadas, perguntas, risos, o pandemônio das vozes, enquanto, como uma matilha de lobos, acuada, agarrando-se aos grossos varões, uns por cima dos outros, os assassinos, os incendiários, os estupradores, os desordeiros e os inocentes obrigados à infâmia numa confusão, arquejam na ânsia da liberdade. De fora, os visitantes não chegam às vezes a se fazer compreender, esmagados uns nos outros, irritados, sem poder apertar a mão dos amigos. São em geral homens de lenço de seda preta e chapéu mole, adolescentes arrastando as chinelas, mulheres perdidas, velhos trêmulos. No alarido, ouvem-se frases breves:

— Ó, Juca, trouxeste os cigarros?

— Ai, meu filho, que saudades do nosso tempo de cubículo!

— Sabes quem foi preso ontem?

— Vê se me arranjas um *habeas* com o Benjamim!

— Estou aqui já há um mês e três dias! Fala por mim a *seu* Irineu!

---

277. Acicateado: estimulado.

Algumas dessas palavras são vociferadas de longe. Os que tiveram a felicidade de chegar primeiro unem as mãos entre os ferros, falam devagar. Há amantes trêmulas, vendo o ciúme nos olhos dos detentos, há pobres esposas, há crianças e há velhos respeitáveis com a face triste, todos os sentimentos escachoando, borbulhando, barulhando naquele vórtice de desgraça.

Na outra galeria estão as mulheres. Essas só são visitadas por homens, os mesmos sujeitos de lencinho preto e calça balão que às vezes visitam num só dia quatro e cinco amigos na detenção. As conversas são mais calmas. Algumas estão lá por causa dos que as visitam, por ciúme e pancadas. Têm quase todas esse sorriso estereotipado de resignação e amargura, dos infelizes que ainda não mediram a extensão da própria infâmia. Do outro lado, os homens parece estarem ali por obrigação. Só um eu vi, menino ainda, magro, tísico, com um olho afundado em pus, que segurava, como para se aquecer, a mão de uma pequena mulatinha. Ela conversava com outro, sem lhe dar atenção. Afinal, teve um sorriso de piedade.

— E tu, João?

— Às voltas com o Zé Maria. Nem você imagina como eu ando. Estou só esperando que você saia para tirar um pensamento da cabeça...

E as suas mãos agarravam a mão da outra, num gesto de medo e de paixão.

O clamor continuava, fragorava como um oceano que se debatesse contra os altos muros brancos. O administrador já mandara ordem para dar fim à visita. Ainda havia os serventes e os abastados. De vez em quando, destoando dos casacos-sacos dos malandros, entrava uma sobrecasaca, algum advogado de porta de xadrez, a farejar a diária de petições de *habeas corpus*, lambiscando delicadezas aos guardas.

— Há alguns desses sujeitos — dizem-me — que até já estiveram presos. E conheço um que, tendo contratado um *habeas corpus* por trinta mil-réis, não queria que o administrador soltasse o preso enquanto não o tivesse pagado dessa importância.

A nossa atenção voltou-se, porém, para uma austera senhora que descia da secretaria gravemente, com um embrulho debaixo do braço.

— Não conhece? — perguntou-me um dos guardas.

— É missionária protestante. Vem, naturalmente, pedir ao senhor capitão Meira Lima para falar aos presos. Antigamente vinha mais vezes. Ah! O senhor nem imagina o que os detentos faziam com ela.

Eram troças, pilhérias, arremedavam-na na bochecha, diziam-lhe desaforos. Por último, sopravam-lhe nos olhos pimenta em pó, através das grades do cubículo. Ela continuou, impassível, a distribuir folhetos da religião, que o pessoal transforma em baralhos. Tenho aqui um para o senhor. Venha cá. É preciso que ela não veja.

Vamos para o saguão. O guarda desdobra por trás da jarra Tiradentes, de Benedito Machado, um embrulho, e eu vejo valetes, ases e damas admiravelmente pintados em pedaços dos livros de edificação moral. Há mesmo um rei de paus que tem nas costas São Paulo. E no pátio, a inglesa, na sua obra regeneradora, espera com calma que o administrador consinta em mais uma distribuição de folhetos, para o fabrico de futuros baralhos!

O clamor das galerias parecia diminuir, enquanto à porta do pátio havia o mesmo atropelo de pessoas, agora querendo sair. Os protestos prorrompiam entre frases de cólera surda e frases de deboche. Uma rapariga com o filhinho nos braços bradava:

— Não volto mais! Não falei ao José. É impossível chegar perto da grade!

— Contente-se comigo, dona!

— A mulherzinha vinha com sede!

— Ó Antônio, vamos tomar uma lambada!

— Ih! Menino, já quebrei água hoje como quê!

E as vozes alçavam-se, cruzavam-se, faziam naquela porta, como a ornamentação da raiva e da sem-vergonhice, um baixo-relevo vivo de entrada de penitenciária, enquanto, suando, bufando, com os cartões na mão, aquela gente — mulatos, pretos, italianos, portugueses, fúfias e rufiões, tristes mulheres e trabalhadores de fato endomingado — dava cotoveladas e empurrões, no desejo cada qual de sair em primeiro lugar.

Um sino pôs-se a tocar. Era o fim da visita. Os sons vibravam duros, como uma ordem. Há sinos que choram, sinos que cantam, sinos que são tristes; há sinos feitos para dobrar a finados, como os há para cantar missas em ações de graça. Aquele sino era um aguilhão. O pátio esvaziava. A tropa partia, tropa desoladora, amiga do vício e do crime.

Foi então que eu vi aparecer, carregada de embrulhos, com a sua coifa branca a ondular as duas grandes asas, a figura de bondade da irmã Paula. O guarda tirara o boné, cheio de um carinhoso respeito.

Os malandros e os desgraçados, ainda à porta, tinham nos olhos uma expressão de timidez e de alegria.

— *Bonjour,* meu filho — fez a irmã com um gesto cansado. — O senhor administrador? — O guarda disse qualquer coisa, comovido. Ela arrumou os embrulhos, enxugou as mãos, subiu as escadas da secretaria. A sua coifa alva parecia uma grande borboleta branca...

— É a única visita que consola os presos, é a única que eles respeitam — murmurava o guarda.

—Quando ela fala, tão simples e tão meiga, até as pedras parece quererem-lhe bem. Quando Jesus passou por este mundo, devia ter sido assim bom para todos os desgraçados.

De novo a coifa apareceu, borboleta de esperança adejando as grandes asas brancas e, como se fizesse a obra mais natural deste mundo, a irmã Paula disse:

— Vamos ver os desgraçadinhos. Trago-lhes hoje umas coisas. O senhor administrador é muito bom, permite.

E assim, tocado pela sua presença, a mim me pareceu que o doloroso canto do jardim do crime se transformava no horto das rosas de que fala São Tomás de Kempis...

VERSOS DE PRESOS

O criminoso é um homem como outro qualquer. No primeiro momento, sob o pavor dos grandes muros de pedra, com um guarda que nos mostra os indivíduos como se mostrasse as feras de um domador, a impressão é esmagadora. Vê-se o crime, a ação tremenda ou infame; não se vê o homem sem o movimento anormal, que pôs à margem da vida. Quando a gente se habitua a vê-los e a falar-lhes todo o dia, o terror desaparece. Há sempre dois homens em cada detento — o que cometeu o crime e o atual, o preso. Os atuais são perfeitamente humanos, Só uma variedade da espécie causa sempre náuseas: os ladrões, os punguistas, os escrunchantes,[278] porque dissimulam, mentem e têm, constante no riso e na palavra, um travo de cinismo. Os outros não. Conversam, contam fatos e pilhérias, arranjam o pretexto de ir lavar a roupa para apanhar um pouco de sol no lavadouro, são homens capazes até de sentimentos amáveis.

Ora, este país é essencialmente poético. Não há cidadão, mesmo maluco, que não tenha feito versos. Fazer versos é ter uma qualidade amável. Na detenção, abundam os bardos, os trovadores, os repentistas e os inspirados. São quase todos brasileiros ou portugueses, criados na malandragem da Saúde. A média poética é forte. Desordeiros perigosos, assassinos vulgares compõem quadras ardentes, e há poetas de todos os gêneros, desde os plagiários até os incompreensíveis. Não sei se a timidez ou outra razão mais obscura os faz assinar as composições poéticas apenas com as iniciais e, quando muito com as iniciais precedidas do nome de batismo.

— Assine você o seu nome por extenso! — dizia o guarda.

O poeta detento hesitava, punha as iniciais e, por baixo, entre parênteses, escrevia o nome. As iniciais têm que vir fatalmente, são o complemento necessário ao fim da obra, Por quê? É misterioso, mas verdadeiro.

Os assuntos escolhidos pelas iniciais superiores da detenção abrangem todas as modalidades do sentir. Como há plagiários — o Antônio, crime de ferimentos, que se intitula autor da modinha *Nasci para te Amar* — há simbolistas que escrevem coisas destas:

---

278. Escrunchantes: assaltantes que cometem arrombamentos.

Pobre flor que mal nasceste, fatal
Foi a tua sorte, que o primeiro
Passo que deste com a morte deste.
Deixar-te é coisa triste. Cortar-te?
É coisa forte, pois deixar-te com vida
É deixar-te com a morte.

Há também poetas eróticos, o Chico Bem-te-vi, autor do poema
Os Amores de Carlos:

Chiquinha abriu sorrindo
A porta da sua alcova
E Carlos foi logo indo
Com a sede...

Uma sede excessiva! Há poetas descritivos, trovadores simples, cançonetistas ocasionais, todos com um sentimento insistente: são patriotas e sofrem injustiça porque nasceram brasileiros.

O preso Carlos, por exemplo, que se assina Carlos F. P. Nas suas trovas é insistente a preocupação de que está preso porque é brasileiro. Escolho na sua considerável obra poética uma modinha cheia de mágoas:

Meus senhores, venham ouvir
Do meu peito uma canção
Tirada por um condenado
Na casa de detenção.

Às mágoas segue-se o estribilho.

São martírios que se passam
Sofrendo profunda dor
Ser preso e condenado
Por vingança é um horror.

Se os martírios fossem enormes, era natural que o Petrarca novo não compusesse quadras; mas Carlos F. P. é feroz e continua:

Fui preso sem nenhum crime
Remetido para a detenção

Fui condenado a trinta anos
Oh!, que dor de coração.

E surge afinal a preocupação, a ideia fixa:

Sou um triste brasileiro
Vítima de perseguição
Sou preso, sou condenado
Por ser filho da nação.

Há uma porção de modinhas neste gênero. A ideia constante aparece sempre, ou na primeira ou na última quadra.

Outro poeta, José Domingos Cidade, é descritivo. Como toda a gente sabe, o poema épico passou literalmente à cançoneta. Virgílio, Lucano, Voltaire e Luís de Camões, se vivessem hoje, decerto comporiam os trabalhos de Eneias, a *Farsala*, a *Henriade* e os feitios de Vasco da Gama com refrões ao fim dos versos de mais efeito.

Não há mais ninguém com coragem para ler um poema heroico, apesar de haver ainda neste mundo de contradições — heróis guerreiros. Só o povo, a massa ignara, ainda acha prazer em ver, em rimas, batalhas ou arruaças. José Domingos, no cubículo que o veda à admiração dos contemporâneos, escreveu *Os Sucessos*, cançoneta repinicada, para violão e cavaquinho.

Vejam o poder de descritiva de Domingos:

Dia quinze de novembro.
Antes de nascer o sol
Vi toda a cavalaria
De clavinote a tiracol.

Isso é incontestavelmente mais belo que o antigo e clássico começo épico: "Eu canto os feitos, ou as armas, ou as guerras civis", de todos os vates e de Lucano, que por sinal começa dizendo: "Eu canto as nossas guerras mais que civis nos campos de Ematia...". Cidade foi mais urbano, mais imediato: cantou a refrega civil da Rua da Passagem com exagero apenas. Na segunda quadra, a descrição é soluçante:

As pobres mães choravam
E gritavam por Jesus;

O culpado disso tudo
É o doutor Osvaldo Cruz!

Quando o homem predestinado que se chama Osvaldo Cruz pensou que José Domingos o amarrasse ao papel de carrasco em plena detenção?

Para o fim, mesmo em verso, o autor é modesto e patriota:

O autor desta modinha
É um pobre sem dinheiro
Já não declaro-lhe o nome,
Sou patriota brasileiro.

Os companheiros do *Prata preta*, pessoal da Saúde, são naturalmente repentistas, tocadores de violão, cabras de serestas e, antes de tudo, garotos, mesmo aos 40 anos. O malandro brasileiro é o animal mais curioso do universo, pelas qualidades de indolência, de sensualidade, de riso, de vivacidade de espírito. As quadras pornográficas são em número extraordinário; as que exprimem paixão são constantes, posto que o malandro não as faça senão para ser admirado pelos outros e independente de amar qualquer senhora das suas relações. Um gatuno afirmou-me que a modinha *A cor morena* era de seu amigo. Na *cor morena* há este pensamento de um perfume oriental:

Fui condenado
Pela açucena
Por exaltar
A cor morena...

Onde se vê o bom humour dos presos é principalmente nas quadras sobre acontecimentos políticos. O guarda Antônio Barros, que se dava ao trabalho de acompanhar as minhas horas de penitenciária voluntária, forneceu-me as seguintes remetidas por um dos detentos:

Meus amigos e camaradas
As coisas não andam boas
Tomaram Porto Artur
Na conhecida Gamboa

> Logo o Cardoso de Castro
> Ao seu Seabra foi falar
> Para deportar desordeiros
> Para o alto Juruá

> Mas eu que não sou de ferro
> Meu corpo colei com lacre
> Que não gosto de chalaças
> Lá nos borrachas do Acre.

O exibicionismo, o reclamo, a vaidade, estas coisas que enlouquecem Sarah Bernhardt e talvez todos nós, enlouquecem também os presos. Há a princípio uma hesitação. Depois, os documentos são abundantes. Ser poeta é ser alguma coisa mais do que preso, e um negralhão capoeira, um assassino como o Bueno ou o José do Senado, após o testemunho da rima, falam mais livremente e com maior franqueza. Em duas semanas de detenção colecionei versos para publicar um copioso cancioneiro da cadeia. Há poesias de todos os gêneros, desde o lundu[279] sensual até a nênia[280] chorosa.

Este lundu do famoso Carlos F. P. chega a ser comovente:

> Céus... meus! por piedade
> Tirai-me desta aflição!
> Vós!... socorrei os meus filhos
> Das garras da maldição!

E o estribilho mais amargo ainda:

> São horas, são horas
> São horas de teu embarque
> Sinto não ver a partida
> Dos desterrados do Acre.

O doutor Melo Morais, que conhece os segredos do violão, deve decerto imaginar o efeito destas palavras, à noite, na escuridão com os bordões a vibrar até as estrelas do céu...

---

279. Lundu: solo de canção geralmente de caráter cômico.
280. Nênia: música de lamento fúnebre.

O amor, de resto, inunda o verso detento. Há por todos os lados choros, soluços, lábios de coral, saudades, recordações, desesperos, rogos:

> Não sejas tão inclemente,
> Atende aos gemidos meus.

E um encontrei eu que me repetiu, com os olhos fechados, o seu último repente:

> Se eu pudesse desfazer
> Tudo aquilo que está feito,
> Só assim teu coração
> Não veria contrafeito.

Era um rapaz pálido, como os rapazes fatais nos romances de 1850, mas com uns bíceps de lutador...

Quantos poetas perdidos para sempre, quanta rima destinada ao ouvido da humanidade! Cheio de interesse, um papel que me caía nas mãos, com erros de ortografia, era para mim precioso. Mas afinal, um dia, ao sair da detenção com os bolsos cheios de quadras penitenciárias, remoendo frases de psicologia triste, encontrei no bonde um poeta dos novos, que, há vinte e cinco anos, ataca as escolas velhas.

— São uns animais! — bradou ele, logo após um aperto de mão imperativo.

— Este país está todo errado. Há mais poetas que homens. Eu, governo, mandava trancafiar metade, pelo menos, ali, com castigos corporais uma vez por mês!

Mal sabia ele que a detenção já está cheia.

AS QUATRO IDEIAS CAPITAIS DOS PRESOS

Às vezes, numa volta pelo pátio, a conversar com Obed Cardoso, eu via o elegante doutor Saturnino de Matos passar, como se fosse dar milho às pombas. E se, depois de admirar o doutor Saturnino, apontavam-me, enfiado no zuarte[281] do estabelecimento, com o número de metal à cinta, um modesto gatuno ou um simples assassino cujo comportamento exemplar os transformava em serventes, eu deixava o gentil Obed e gozava o calão dessas interessantes flores de patifaria.

Há na detenção reincidentes exemplares e casos de psicologia curiosíssimos. *O Sargento da Meia-Noite*, ladrão temível, uma espécie de transformista da infâmia, é passar os umbrais do jardim onde descansa o crime para se tornar um cordeiro artista, uma espécie de frade medievo. Recolhido ao cubículo, inaugura logo a sua arte de miolo de pão. Faz flores, bonecos, santos, animais; pinta-os, remira-os, manda-os vender. Parece regenerado. Todos sabem, entretanto, que, uma vez livre, o *Sargento* não resistira à tentação de invadir a casa alheia. Os *punguistas*, inofensivos lá dentro, tão certos estão de continuar a roubar que o Braga Bexiga me dizia:

— No dia em que sair, tomo logo um bonde e *limpo* a primeira carteira.

— Mas é difícil.

— Para quem conhece a arte não há dificuldades. Eu trabalho desde criança e tive como professor o *Zezinho*.

— Vamos a ver esse trabalho.

— Se Vossa Senhoria me dá licença, eu vou tirar duas notas de duzentos que o senhor Obed pôs agora no bolso da calça.

Na outra extremidade da sala, Obed, sem que ninguém desse por isso, acabara de contar o seu dinheiro e de metê-lo no bolso da calça. Bexiga, trêmulo, com os olhinhos piscos, continuava ali a exercitar as suas criminosas observações. Capoeiras, assassinos, como Carlito e outros, reincidentes, condenados a trinta anos, exprimem a certeza de que continuarão lá fora a vida anterior. Carlito, mesmo, disse-me um dia:

— Deus aperta, mas não enforca!

Máxima muito mais profunda que quantas escritas pelo desfastio erudito do defunto Marquês de Maricá.

---

281. Zuarte: tecido de algodão tosco, geralmente de cor azul, preta ou vermelha.

Os cientistas da penitenciária veriam nisso um problema a resolver, o problema de emendar o criminoso. Um, a quem eu contava o desplante dos recidivos, assegurou-me:

— É preciso aplicar o método inglês, as sentenças cumulativas, sistema de penas progressivas cuja duração é calculada pelo quociente das reincidências. Um preso condenado por ladroeira, se entrar outra vez pelo mesmo crime, tem a pena duplicada; se entrar terceira, triplicada, e assim por diante. Isto acabaria com a falha do código, o broquel[282] de defesa dos gatunos, que nos seus artigos admiráveis têm a generalidade da pena para toda a sorte de escapatórias. Leia o doutor Monat, antigo diretor-geral das prisões na Índia; leia Baker, juiz de paz em Gloucester; leia Browne. As reincidências, eles o provam, diminuíram em toda a Inglaterra.

Outros perdiam-se em frases confusas, falando da necessidade urgente de reformar o nosso sistema de detenção, de pôr em ação os dois meios definitivos de corrigir: moralizar e intimidar. Eu achei mais interessante estudar as ideias e os estados da alma dos detentos.

A detenção tem ideias gerais. A primeira, a fundamental, a definitiva, é a ideia monárquica. Com raríssimas exceções, que talvez não existam, todos os presos são radicalmente monarquistas. Passadores de moeda falsa, incendiários, assassinos, gatunos, capoeiras, mulheres abjetas são ferventes apóstolos da restauração. Não falam, não fazem *meetings*, não escrevem artigos como o doutor Cândido de Oliveira ou o conselheiro Andrade Figueira — sentem intensamente, sem saber explicar a razão desse amor.

— É verdade; qual o governo que prefere?

Eles riem, meio tímidos.

— Eu prefiro a monarquia.

— Por quê?

Sim! Por que malandros da Saúde, menores vagabundos, raparigas de 20 anos que não podem se recordar do passado regime são monarquistas? Por que gatunos amestrados preferiam sua majestade ao doutor Rodrigues Alves? É um mistério que só poderá ter explicação no próprio sangue da raça, sangue cheio de revoltas e ao mesmo tempo servil; sangue ávido por gritar *não pode!*, mas desejoso de ter a certeza de um senhor perpétuo.

---

282. Broquel: escudo pequeno e redondo.

O fato curioso é que para esta gente, de outro lado da sociedade, não basta pensar, é preciso trazer a marca das próprias opiniões no lombo. Raríssimos são os presos que na detenção não são tatuados; raros são aqueles que entre as tatuagens — lagartos, corações, sereias, estrelas — não têm no braço ou no peito a coroa imperial.

A outra ideia é a crença de Deus — uma verdadeira crise religiosa. Rezar, pedir a Deus a sua salvação, trazer bentinhos ao pescoço, ter entre os seus papéis imagens sagradas, não significa, de resto, regeneração.

Homens da espécie do Carlito ou do Cardosinho fazem o sinal da cruz ao levantar da cama para matar um homem horas depois; Serafim Bueno, um criminoso repugnante, tem uma fé surda no milagre e em Nosso Senhor; o Carrasco, gatuno torpe, treme quando se fala no castigo do céu — mas nenhum deles se regenera. Deus é apenas a salvação das suas patifarias na Terra, e tanto é assim que não há desordeiro assassino em cuja mão direita não apontem, tatuadas, as cinco chagas de Cristo. Sabem a interpretação dada a este sinal?

A piedosa interpretação de que com a mão, ajudada por tão grande símbolo, não se atira à cara de um sujeito uma tapona sem que o contendor não caia ao chão!

Esses pobres entes são o normal. Há, entretanto, verdadeiras crises místicas como a desse convulsivo tratante Afonso Coelho. Afonso escreve diariamente cartas fervorosas de regeneração; reza, manda epístolas insultuosas a outros detentos, verberando-os porque a sua fé não é forte. Em todas as cartas há erros de ortografia lamentáveis e um sopro de milagre. Ao mesmo tempo, porém, Afonso Coelho esgaravata[283] no pobre cérebro o meio de fugir. Arranja limas e corta varões de ferro. O administrador, atento, quando o trabalho está pronto, muda-o de cubículo. Vai ao tribunal e, em caminho, ainda na detenção, atira-se como um tigre, tentando escalar um portão. Os guardas têm que o puxar pelas pernas e lutar com ele, braço a braço. Traça planos de fuga, escreve indicações a amigos para abrirem portas num muro, combina fugas estranhas. O administrador guarda uma porção destas cartas, interceptadas por sua ordem. Ultimamente, visitado por um jornalista a quem dá a honra de falar, depois de discutir direitos, de meter os pés pelas mãos com a sua vaidosa mania de querer ser inteligente, acabou dizendo:

---

283. Esgaravatar: investigar.

— Qual, meu amigo, já estou muito conhecido aqui. Se sair, embarco para a Europa. Lá o meio é maior.

E, cheio de doçura, enquanto desesperadamente a sua esperteza se arremete contra as grades preventivas, esse mesmo homem sonha com a Virgem, bate nos peitos e faz crer aos ingênuos ou aos interessados reformadores que é um santo no caminho de Damasco.

A terceira ideia quase obsessiva é a imprensa. Há os que têm medo de desprezá-la, há os que fingem desprezá-la, há os que a esperam aflitos. O jornal é a história diária da outra vida, cheia de sol e de liberdade; é o meio pelo qual sabem da prisão dos inimigos, do que pensa o mundo a seu respeito. Não há cubículo sem jornais. Um repórter é para essa gente inferior o poder independente, uma necessidade como a monarquia e o céu. Anunciar um repórter nas galerias é agitar loucamente os presos. Uns esticam papéis, provando inocência; outros bradam que as locais de jornais estavam erradas, outros escondem-se, receando ser conhecidos, e é um alarido de ronda infernal, uma ânsia de olhos, de clamores, de miséria... Os desordeiros acusados de ferimentos graves, com muitas mortes na consciência, são, por sua natureza, vingativos e conhecem bem os repórteres. E, entretanto, apesar das notícias cruéis, nunca nenhum se atreveu a tentar uma agressão. José do Senado pede:

— É com a imprensa que eu conto. O senhor foi cruel, porque não sabia...

Carlito teve, nesse dia, uma frase completa:

— Eu sei que foi o senhor o autor daquela descompostura contra mim, no jornal. Mas também estou vingado. Se não fosse eu, o senhor não escrevia tanto.

Os outros rojam, como as beatas nos altares dos santos impassíveis:

— Não fale de mim, seu repórter; deixe o meu nome sossegado, não fale!

E no dia seguinte percorrem, loucos, a folha para ver negrejar no papel poderoso a sua celebridade.

Há mesmo um preso, Antônio F., que me entregou um artigo de psicologia da imprensa. Antônio acha que, sendo o papel da imprensa educar os povos, ensinar os homens a serem até bons esposos, o nosso jornalismo é tudo quanto há de errado, de imbecil e de vazio.

— Nada! — brada ele — que aproveitam à nobreza, ou à plebe, estas banalidades! Nada! Que valem, portanto? Nada!... E nada, nada e nada milhões de vezes nada repercutia o eco do Prata ao Pará, se não corrigirem a grande força.

A quarta ideia, a última, é a ideia fixa, a ideia constante de todos os detentos — escapar, ficar livre, burlar a prisão, apanhar novamente a liberdade. Os reincidentes conhecem as coisas do foro tanto quanto os advogados de porta de xadrez: sabem chicanas, artigos do código, contam os dias de prisão, fazem petições de *habeas corpus*, assinam declarações de inocência de outros, para que outros assinem declarações idênticas, vivem numa tensão nervosa extraordinária. A religião, que lhes dá a esperança, o jornal, que lhes lembra a rua, acendem a labareda desse desejo, e é principalmente a ideia da liberdade que modifica o humor dos presos, que faz frequentadas as solitárias, que os torna ora alegres, de uma extrema bondade, ora agitados e terrivelmente maus.

Esses quatro ideais da generalidade dos presos fizeram-me pensar num país dirigido por eles. Um rei perpétuo governaria os vassalos, por vontade de Deus. Os vassalos teriam a liberdade de cometer todos os desatinos, confiantes na proteção divina, e a imprensa continuaria impassível no seu louvável papel de fazer celebridades. Seria muito interessante? Seria quase a mesma coisa que os governos normais — apenas com diferença da polícia na cadeia, como medida de precaução. Tanto as ideias do povo são idênticas, quer seja ele criminoso, quer seja honesto!

MULHERES DETENTAS

Quando entramos, algumas detentas lavavam a primeira sala, sob o olhar severo de um guarda.

— Tudo limpo?

— Saiba Vossa Senhoria que ainda não.

— Pois apresse, apresse estas mulheres.

O chão de pedra estava cheio de lama. A água suja escorria da soleira da sala em dois grossos fios, e as mulheres, de saia arregaçada, com pulos estranhos, davam gritinhos estridentes. Um cheiro especial, esquisito, pairava naquela galeria batida de sol, em que os metais reluziam. Os guardas tinham a fisionomia fechada.

— Quantas presas?

Há atualmente cinquenta e oito, divididas por três salas, uma das quais é enfermaria. À falta de lugares, a promiscuidade é ignóbil nesses compartimentos transformados em cubículos. A maioria das detentas, mulatas ou negras, fúfias da última classe, são reincidentes, alcoólicas e desordeiras. Olho as duas salas com as portas de par em par abertas e fico aterrado. Há caras vivas de mulatinhas com os olhos libidinosos dos macacos, há olhos amortecidos de bode em faces balofas de aguardente, há perfis esqueléticos de antigas belezas de calçada, sorrisos estúpidos navalhando bocas desdentadas, rostos brancos de medo, beiços trêmulos, e no meio dessa caricatura do abismo as cabeças oleosas das negras, os narizes chatos, as carapinhas imundas das negras alcoólicas. Alguns desses entes, lembro-me de tê-los visto noutra prisão, no pátio dos delírios, no hospício. É possível? Haverá loucas na detenção como há agitados e imbecis? O doutor Afrânio Peixoto, o psiquiatra eminente, dissera-me uma vez, apontando o pátio do hospício, onde, presas de agitação, as negras corriam clamando horrores aos céus:

— Há algumas que têm quatro e cinco entradas aqui. Saem, tornam a beber e voltam fatalmente.

As mulheres tinham corrido todas para os fundos das salas, casquinando[284] risinhos de medo. Naquela tropa, as alcóolicas andavam trôpegas, erguendo as saias com um ar palerma. Indiquei ao guarda uma delas.

— Venha cá — gritou ele.

---

284. Casquinar: soltar pequenas risadas.

As mulheres agitaram-se. Eu? Sou eu? *Seu* guarda, posso ir? O guarda tornou a chamar a massa abjeta, e foi quase empurrada pelas outras que ela veio, meio envergonhada.

— Quantas vezes esteve no hospício?

A negra olhou para nós. Os seus olhos amarelos, raiados de sangue, abriram-se num esforço e ela balbuciou.

— Duas, sim, senhor.

O álcool ou a preparava para a tísica rápida ou, dias depois, a atiraria irremissivelmente para o manicômio.

As outras criaturas, dotadas de curiosidade irresistível, tinham se aproximado das portas entre risadinhas e cochichos depravados, e eu pude assim, com calma e tranquilidade, apreciar e interrogar todas as flores de enxurrada, todas essas venenosas parasitas do amor torpe num campo perdido do jardim do crime. Essas mulheres estão na detenção por coisas fúteis, coisas que cometem diariamente até a cólera final dos inspetores tolerantes ou a vingança de algum soldadinho apaixonado.

São moradoras do Morro da Favela, das ruelas próximas ao quartel-general, dos becos que deságuam no Largo da Lapa, das Ruas da Conceição, São Jorge e Núncio. Quase sempre brigaram por causa de uma "tentação" que tentava e pretendia satisfazer as duas. Outras atiraram-se à cara dos apaixonados num desespero de bebedeira.

— Saiba Vossa Senhoria que, da outra vez que estive aqui foi por causa do inspetor. Eu tinha o meu bajoujo;[285] o bobo cheio de "fobó"[286] estava-se endireitando. Mas veio de carrinho. O diabo vingou-se!

E logo outra, apoplética:

— Cá comigo é nove. Não gosto de presepadas. Ele era um rodelista[287] de um homem, gosta mesmo, nem que bata o trinta e um.

Falavam uma língua imprevista e curiosa, cuspinhando; e, olhando as pobres coitadas, não sabia eu bem se falava a mulheres velhas ou a mulheres novas, de tal forma aquelas faces e aqueles corpos estavam arruinados. Perguntei a uma pardinha cujos dentes eram brancos e que devia ter sido bonita:

— Como se chama?

---

285. Bajoujo: adulador ridículo.
286. Cheio de fobó: insinuante.
287. Rodelista: mentiroso.

— Francisca Maria.

— Quantos anos tem?

— Tenho 20.

E estava havia cinco naquela vida de horror. E assim a Carmem da Rua Morais e Vale, e assim a Carmelina com uma navalhada na face, vibrada pela rival enquanto dormia, e assim a velha Rosa Maria à espera da liberdade apenas para continuar o seu fadário[288] e voltar à detenção. Todas estão tatuadas, tatuadas nos seios, ombros, tatuadas nos braços, nas pernas, no ventre, tatuadas nas mãos, algumas até tatuadas na testa. Esses riscos azuis e essas manchas negras dão-lhes um aspecto bárbaro, um ar selvagem. Nenhuma decerto tem mais família ou amizades duradouras. A tatuagem para os seus pobres corações apodrecidos é como a exteriorização da saudade. Muitas têm, entre espadas, cristos, sereias, peixes, coroas imperiais, o nome dos que lhes deram o ser, o nome dos irmãos, o dos filhos perdidos e dos amantes que se foram: muitas, nas horas de solidão, têm na própria pele a recordação da eterna dor.

Cavalhada da Luxúria, correndo nos recantos da cidade ao lado da morte e do assassinato, destinada aos fins trágicos da miséria, da sífilis ou do ciúme feroz, os seus próprios corpos são como o perpétuo símbolo das suas adorações, os altares onde se confundem todos os sentimentos. A cabocla Carmelina, uma das mais tatuadas, tem de tudo no corpo e até as falanges formam com iniciais o nome do irmão. Os braços, ela os dedicou ao amor. Há nomes e nomes, uns por cima dos outros, alguns apenas em iniciais, outros por extenso. Examinando esses dois braços de Vênus asquerosa, que com o mesmo delírio e a mesma alma apertaram na chama da paixão apaixonados diversos, o guarda perguntou, como quem quer decifrar um enigma:

— E qual destes é querido agora?

Carmelina esticou o braço esquerdo, e todos nós lemos, enquanto ela sorria, o nome de Narciso, com uma cedilha de mais por baixo do *c*. A criatura amava um Narciso, e decerto naquele momento aos seus olhos surgia a imagem desse seu deus temporário.

Eu, porém, já me nauseara, e Antônio Barros, chefe dos guardas, sempre solícito, levou-me à enfermaria, onde havia apenas três doentes — a Herculana assassina, a negrinha Gabriela do Pontes e uma peque-

---

288. Fadário: destino; vida difícil.

na, feia, magra, olheirenta, espapaçada na cama como uma das múmias americanas que o museu guarda na sua seção de etnografia. Essa criaturinha tem 15 anos e parece ter 1.000. É dolorosamente irreal. Está condenada por crime de infanticídio. Matou o próprio filho ao nascer, mas antes devia ter matado outros, como matará os futuros com o seu olhar de círio perpetuamente ardendo na negridão das olheiras. Ao vê--la, lembra-se a gente das teorias dos criminalistas passados e principalmente das ideias de Maudsley sobre o crime e a loucura.

— Como te chamas?

— Olívia.

— Você não gosta das crianças?

Um gesto negativo de cabeça.

— Antes já procurara tomar remédios para abortar, não?

É uma pergunta sem razão de ser. A menina curva a cabeça e desata a chorar. Tudo quanto se lhe perguntar sobre o seu horror à maternidade, Olívia é incapaz de negar. Não deve estar nessa enfermaria de detenção, mas num dos pátios do hospício. E, encolhida, com os cabelos esparsos nos travesseiros, a pele ressequida como um pergaminho muito tempo esfregado por óleos bárbaros, essa infanticida de 15 anos arreganha a face num rito de angústia, como um cadáver de asteca ao ressurgir à face da Terra.

Neste momento, porém, houve um rebuliço. Chegavam os presos da Colônia de Dois Rios à disposição do chefe. Fora ouviam-se os rugidos de um negro abjeto, o *Bronze*, enleado numa camisola de força, esperneando, espumando. Dois outros adolescentes bem-dispostos, de chinelos novos que sorriam perfeitamente contentes com a sorte, perfilavam-se ao longe entre os guardas.

Não tivemos tempo de chegar à janela. Pelo corredor vinham vindo três mulheres. Traziam toda a roupa de zuarte e um lenço cobrindo o crânio pelado. A primeira era magra, magríssima, tossindo a cada instante, com as mãos em cruz sobre o peito. De vez em quando parava, e a sua face exprimia a horrenda e inexprimível dor de uma agonia sem fim. A segunda, apagada, com os braços abertos, parecia não sentir mais as pernas. A última, com uma face de burguesa honesta na miséria, tinha um ventre enorme, um ventre hidrópico,[289] um ventre colossal. Os guardas iam-nas tocando.

---

289. Hidrópico: cheio.

— Eia! Pra diante! Eia!

As duas primeiras passaram sem ver, com o olhar insensível. A última parou.

— Não posso mais. Vim para fazer operação. Oh!, o meu martírio! De qualquer forma, senhor guarda, eu morro, mas deixe-me ao menos morrer quando chegar a hora definitiva.

— Mas esta mulher é inteligente!

— Pois se até ensina a ler.

Aproximei-me:

— Ah!, meu caro senhor, por piedade, peça ao ministro o meu perdão. Há três anos que sofro. O ódio de um inspetor, a falta de amigos e de proteção reduziram-me a este lamentável estado. Venho da colônia. Não me trataram como uma presa, trataram-me como uma pessoa digna de piedade. E apesar disso eu estou assim. Perdão para mim!

— E a senhora chama-se?

— Maria José Correia. Fui professora pública...

Deus misericordioso! Que fatalidade sinistra arremessara aquele pobre ente inteligente, descendente de uma família honesta, à tropilha de uma colônia correcional? Que destino inclemente impele na sombra o homem, forma os vagalhões da popularidade, afoga uns, atira outros às estrelas e emaranha no dissabor e na tristeza a marcha do maior número? A essa mulher bastara perder o apoio da sociedade, para acabar no horizonte fechado de correcional todos os sonhos de ambição, todas as ideias felizes que os pais depositaram no seu espírito. Que lhe servia a visão superior do mundo na cloaca do crime e da luxúria? Que lhe servia ter ensinado às crianças o amor das coisas dignas, se o seu fim era acabar no eito[290] da colônia, cavando a terra entre as desordeiras e as perdidas varridas da cidade?

Tomou-se uma espécie de medo, de fobia neurastênica. Recuei.

O guarda dizia:

— Deixa de lambança, Maria. Todos te conhecem. Saiba Vossa Senhora que é popular nos quiosques da Estrada de Ferro Central. Vai às cinco da manhã, e só deixa de beber quando os quiosques fecham. Antigamente servia-se da barriga para dizer que estava grávida e ser bem tratada na delegacia. Agora não há mais disso. É uma alcoólica mais malcriada que qualquer outra.

---

290. Eito: trabalho rural pesado.

A mulher calou-se. As outras tinham parado e de repente a tísica, a que tinha na face a expressão horrenda de uma agonia sem fim, caiu de joelhos soluçando.

— Se eu tivesse o meu perdão. Nossa Senhora! Não morria aqui! Se eu tivesse o meu perdão, eu ia morrer sossegada...

Fora o sol enchia todo o pátio de um esplendor de ouro líquido.

A MUSA DAS RUAS

A musa das ruas é a musa que viceja nos becos e rebenta nas praças, entre o barulho da populaça e a ânsia de todas as nevroses, é a musa igualitária, a musa-povo, que desfaz os fatos mais graves em lundus e cançonetas, é a única sem pretensões porque se renova como a própria vida. Se o Brasil é a terra da poesia, a sua grande cidade é o armazém, o ferro-velho, a aduana, o belchior, o grande empório das formas poéticas. Nesta Cosmópolis, que é o Rio, a poesia brota nas classes mais heterogêneas. A câmara regurgita de vates, o hospício tem dúzias de versejadores, as escolas grosas de nefelibatas, a cadeia fornada de elegíacos. Onde for o homem lá estará à sua espera, definitiva e teimosa, a musa. Se tomardes um bonde modesto, encontrareis o palpite do bicho em verso nas costas do recibo; se entrais nos *tramways* de Botafogo, o recibo convida Vossa Excelência numa quadra a ir a Copacabana. Os cafés são focos de micróbio rímico, os blocos de folhinha, as balas de estalo, as adivinhações dos pássaros sábios, as polianteias,[291] esse curioso gênero de engrossamento[292] tipográfico e indireto, as tabuletas, os reclamos, os jornais proclamam incessantemente a preocupação poética da cidade, o anônimo mas formidável anseio de um milhão de almas pelo ritmo, que é a pulsação arterial da palavra... O verso domina, o verso rege, o verso é o coração da urbe, o verso está em toda a parte como o resultado absoluto das circunvoluções da cidade. É a musa urbana, a musa anônima, é como o riso e o soluço, a chalaça e o suspiro dos sem-nome e dos humildes.

A musa urbana! Ela é a canção, começa com os povos na história, e talvez tivesse, como o homem, a sua pré-história. Contar-lhe a idade é tentar um mergulho intérmino na clássica noite dos tempos. O primeiro homem, para dar a expressão à ideia, deu-lhe o ritmo; a primeira tribo, para exprimir os sentimentos mais complexos, descobriu a cadência. A civilização é a apoteose do verso popular, porque mais nitidamente acentua a facilidade de exprimir da massa ignorante. Os gregos faziam modinhas a todo instante e a todo propósito, e davam para cada uma denominação especial. Antes de saber ler,

---

291. Polianteia: antologia que se refere a algum acontecimento notável.
292. Engrossamento: puxa-saquismo; bajulação.

192

tinham o sentimento do metro poético, e é o grave Aristóteles que nos faz sentir esta ridente ideia: canção e lei eram uma mesma palavra entre os helenos.

A modinha é o instinto bárbaro de independência e de maravilha no homem. Louva aos deuses, incita à guerra, canta a mesa, chora desejos de carne, e — ó coisa admirável! — foi ela que trouxe desde Atenas para os superficiais prazeres de civilização esses sons frívolos que nos cafés cantantes nos fazem tanto bem, foi ela que modificou a onomatopeia selvagem, no delicioso *tralalá*.

Quando a musa anônima inventou o *tralalá*, jocunda insignificância, mais vasta, mais profunda que um *etc.* na conversa de um embaixador, a musa assegurara para todo o sempre a imortalidade, e vemo-la zurzir[293] os césares em Roma e bajulá-los também; vemo-la em plena Idade Média esconder-se nas pedras das catedrais e florir sob as espadas nuas dos cavaleiros; vemo-la irradiar pelo universo início de literaturas, semente de grandes ideias, e nos tempos modernos fazer-se clava destruidora, bomba revolucionária, impondo a fórmula: *igualdade, liberdade, fraternidade*.

A canção é a sobrevivência alegre de um gênero comprido e lúgubre chamado poema épico, que já entre nós não tem cultores; a musa do povo tem esse aspecto infinito: — é o contínuo epítome[294] da história.

Cada nação moderna pode esquissar[295] séculos da sua vida sentimental, política e artística apenas com uma coleção de cantigas. A Revolução Francesa, que todos teimam em considerar a base do mundo atual, começou por modas satíricas contra Luís XIV, Richelieu e Mazarino, acentuou-se contra os favoritos de Luís XV, tornou-se brasa, látego, fogo, vergasta quando Maria Antonieta enfeitara carneirinhos nos prados cuidados, explodiu em quadras e estribilhos que lembram o embate de cargas de baionetas e afinal concluiu numa canção guerreira, a *Marselhesa*, que não se ouve sem se sentir a irresistível emoção do triunfo, da vitória, da apoteose.

As artes são por excelência ciências de luxo. A modinha, a cançoneta, o verso cantado não é ciência, não é arte pela sua natureza anônima, defeituosa e manca: é como a voz da cidade, como a expressão

---

293. Zurzir: criticar.
294. Epítome: resumo.
295. Esquissar: esboçar.

justiceira de uma entidade a que emprestamos a nossa vida: colossal agrupamento, a formidável aglomeração, a urbe, é uma necessidade da alma urbana e espontânea vibração da calçada. Se quiserdes saber o que pensou o bulevar durante vinte anos, comprai esses papeluchos de um *sou* que os camelôs vendem. Há desde a história do Panamá à questão dos cultos, desde a renúncia de Perier até a condecoração de Sarah Bernhardt.

E se os gregos asseguravam que a poesia é um delírio inspirado pelas musas às almas simples e virgens, se o Evangelho afirma pertencer o céu às crianças e aos que lhes parecem — por que teimaremos nós em dizer que a poesia preferiu o nosso cérebro ensanduichado em literaturas estrangeiras à alma simples do povo ignorante? Os poetas da calçada são as flores de todo o ano da cidade, são a sua graça anônima, a sua *coquetterie*,[296] a sua vaidade anônima e sua sagração — porque afinal o próprio Platão, que julgava Homero um envenenador público, considerava o poeta um ser leve, alado e sagrado.

É exatamente assim a nossa musa urbana. Dispépticos intelectuais, vemo-la tristemente à margem da poesia. Que idade tem ela? Tem séculos e parece nascida ontem, passou por todas as vicissitudes e chalra[297] como uma criança. Conhecem-lhe a origem? Pois decerto.

A musa renovou aqui o símbolo do filho pródigo. Teve pais notáveis, princípios sérios, e viveu no palácio dos reis, frequentou os gênios e os salões fidalgos. Mas um belo dia, sem dizer água-vai, foi-se, degenerou, pintou o sete, embebedou-se, vive pelas alfurjas e chombergas, afina o violão em sítios escusos, e — ó acontecimento! — está forte, está sacudida, é a única musa que não tem cefaleias e não sofre de artritismo. Quem a criou? Gregório de Matos ao norte fez o lundu; São Paulo, ao sul, o viradinho. A fusão dos dois é a alma do Brasil. Logo que a teve assim com todos seus encantos, Caldas Barbosa, mulato arcadiano, levou-a para Portugal.

A modinha entrou no paço dos reis, ensandeceu os peraltas e as sécias[298] da decadência rocalhante do XIX século lusitano. As damas fechavam-se nos quartos e respiravam as endechas[299] com o prazer de uma ação capitosa; os homens eram convidados para tais atos como

---

296. *Coquetterie*: elegância.
297. Chalra: confusão de vozes.
298. Sécia: caprichosa.
299. Endecha: composição sentimental melancólica.

hoje se convida para os *five o'clock* onde há flerte. O versinho ingênuo e babado delirava os baldaquins de trono real e a gracilidade das grandes damas. E como resistir? Como lhe poderiam resistir meridionais da terra do fado? A modinha era o soluço, era o gemido, era o riso, era o suspiro ardente da selva ardente. Nem lorde Beckford, um inglês frio e fatalmente de gelo, como todos os ingleses, pode resistir, e esquenta e derrete. É dele a mais fogosa descrição de machucado da nossa canção: "Quem nunca ouviu", diz,

> este original gênero de música, ignorará para sempre as mais feiticeiras melodias que têm existido desde o tempo dos sibaritas. Consistem em lânguidos e interrompidos compassos, como se faltasse o fôlego por excesso de enlevo e a alma anelasse se unir a outra alma idêntica de algum objeto querido.
>
> Uma ou duas horas correram quase imperceptivelmente no deleitoso delírio que aquelas notas de sereia inspiravam, e não foi sem mágoa que eu vi a companhia dispersa e o encanto desfeito.

Depois os poetas que sabiam ler continuaram a dar o seu prestígio às sibaríticas[300] melodias que punham Lord Beckford em delírio e em deleite, e nós vemos toda a escola romântica tomar inconscientemente na maioria dos seus versos a feição melódica, o *metro modinheiro*; vemos aquele pernóstico elegante, o Magalhães dos *Suspiros Poéticos*, escrever em Roma versos que estão pedindo cavaquinho, gaforinha[301] e unha grande; vemos Castro Alves criar para esse gênero canções de uma frescura eterna como a Tirana:

> Minha Maria é bonita
> Tão bonita assim não há
> O beija-flor quando passa
> Julga ver o manacá
> Minha Maria é morena
> Como as tardes de verão
> Tem as tranças da palmeira
> Quando sopra a viração.

---

300. Sibarítica: ociosa e sensual.
301. Gaforinha: topete.

E Casimiro de Abreu e Gonçalves Dias e Bittencourt da Silva, Ezequiel, Melo Morais, a leva dos ex-acadêmicos atuais conselheiros, e esse estranho Álvares de Azevedo, o único genial do bando romântico, o único predestinado como os grandes vates, o único que no choro de praxe dos amargurados de estilo tinha o soluço presciente de uma tumba a abrir-se, o único que conservava no torvelinho das paixões uma alma de rosa cujo perfume desejava o céu, o único que hoje, amanhã, ninguém lerá sem sentir o soluço, o travo da morte, o ai! das agonias e a tristeza que nos causa o desaparecer de um astro, o murchar de uma flor, o tombar de um pássaro cujo breve cantar não passou de uma alegria em torno do próprio ninho...

Ainda um instante, ligando à sua dualidade, arma de dois gumes, sátira e lirismo, a musa foi a senhora capaz de entrar num salão e se conservar num ambiente respeitável. A sua paixão, porém, levou-a a acompanhar Laurindo Rabelo a maus lugares, o Laurindo cigano dos repentes, cantador emérito, de quem se tem dito tanto mal, tanto bem e tanta mentira. E de repente quando se falou num salão de modinhas, as damas coraram e os pais de família mudaram de conversa, arredando esse assunto fescenino,[302] imoral, prejudicial à pureza do lar. A modinha dera na gandaia, a modinha era vagabunda, a modinha descera à ralé, integralmente anônima, desprezada. Melo Morais empresta a sua companhia de homem sério a tamanha bambochata,[303] precipita-se nas vielas e bodegas para apanhar a história dos mais célebres e mais notáveis poetas, que ninguém conhece, e traz-nos naquele seu estilo, tão seu, tão complexo, tão bizarro, esses curiosos períodos:

> No Olimpo das serenatas do tempo, percebemos neste momento desfilar espectralmente, orvalhados dos relentos daquelas noites, vultos de transcendente nomeada, excelentes rapazes que passaram neste mundo para deixar lampejos fugazes e duradouras recordações. E foram eles pelo crisma popular conhecidos por Zuzu Cavaquinho, Lulu do Saco, Manezinho da Cadeia Nova ou Manezinho da Guitarra, Zé Menino, Vieira Barbeiro, ainda o Caladinho, o Inácio Ferreira, o Clementino Lisboa, o Rangel, o Saturnino, o Luisinho, Domingos dos Reis, que lá desceram para os túmulos, que ora volteio, agitando os ciprestes que os resguardam sob o céu sem eco das necrópoles.

---

302. Fescenino: obsceno.
303. Bambochata: pândega; festa com muitos excessos.

A modinha tinha por cultores o Manezinho do Saco e o Zuzu Cavaquinho. Pobre modinha!

Hoje, vinte ou trinta anos depois, é ainda mais abundante, mais popular e mais estranha ao nosso paladar de estética elevada. Cada cançoneta tem uma porção de pais. A musa urbana, a musa das ruas, que ri dos grandes fatos e canta os seus amores pelas esquinas, nas noites de luar, a musa é a de todo um milhão de indivíduos. Nessas quadras mancas vivem o patriotismo, a fé, a pilhéria e o desejo da populaça, desses versos falhos faz-se a sinfonia da cidade, proteiforme e sentimental. A modinha e a cançoneta nascem de um balanço de rede, de uma notícia de jornal, de fato do dia — assunto geral —, do namoro e da noite — assunto particular. Se em Paris é a rapsódia da miséria e a vergasta irônica, no Rio é a história viva do carioca, a evoluir na calçada, romântico, gozador e peralta. A gargalhada da rua faz-se de uma porção de risos, o soluço da paixão de muitos soluços — a musa é policroma, reflete a população confusa e babélica tal qual ela é. Já se não encontram modinhas com a beleza de forma do *Talvez não creias*.

> Talvez não creias que por ti sou louco
> Tens feito pouco porque tu és má
> Talvez duvides, mas, donzela, eu juro
> Que amor tão puro como o meu não há.

Ou com a graça meio infantil no *Tipe-ti*:

> Coração, que tens com Lília?
> Desde que seus olhos vi
> Pulas e bates no peito
> Tape, tepi, tipi, ti
> Coração, não gostes dela
> Que ela não gosta de ti.

Os grandes poetas não fazem mais versos para toda gente — o nível intelectual da classe média subiu assim como a proporção geométrica da sua pretensão, e os vates são parnasianos, são simbolistas, procuram a forma sensível e a essência oculta.

Em compensação brotam na calçada, como cogumelos, os bardos ocasionais da sátira e da paixão; e, varejando botequins e ruelas de Suburra, outros Zuzus vamos encontrar em pleno triunfo. Esses vates têm uma só preocupação séria: cantar. Cantam como as cigarras e o canto dá-lhes para viver no eterno verão desta terra abundante. Quando não há dinheiro, inventam para uma certa música conhecida os versos do *Ferramenta ou Sobe ou Arrebenta, O Roca da Rua da Carioca*, a cantiga *Ah!, se fosses minha*, mandam imprimir e vendem tudo por dois tostões. Admiram-se que eles imprimam e, o que é mais, esgotem edições, milheiros e milheiros de exemplares? Pois imprimem como qualquer poeta. Apenas eles vendem, e a maioria dos poetas oferece grátis aos amigos...

Mas os poetas da calçada não imprimem e vendem só. O espírito prático é, evidentemente, um progresso. Eles, entretanto, progrediram mais. Há trinta anos o bardo tinha uma gaforinha oleada e uma unha comprida — desapareceram. Ao começo, logo que a musa caiu na populaça, resolvida a não voltar jamais aos salões, os versos à margem da poesia eram ainda uma qualidade especial de certo grupo limitado. Hoje a musa é de todo o gênero, o bardo deixou de ser um tipo porque todos cantam, e a sua história, que ninguém quer saber, é um conjunto de elementos para a análise da vida urbana.

A musa tem preferidos e tem estetas, tem críticos. Como chovesse muito um dia, acolheu-se a um desvão de porta. Dentro bebiam. Para beber também, ela cantou, e criou-se o cabaré nacional, esses estabelecimentos inéditos chamados *chopps*. Quando o *chopp* percebeu que perdia a graça sem ela, a musa da calçada tinha invertido o seu sistema romântico. Outrora ela bebia para cantar. Agora canta para beber. A indústria, o interesse, o lucro, o lucro, essa miragem que tanto faz progredir os povos como as literaturas, propagou-a, espalhou-a, tornou-a torrencial. A musa delira hoje numa pândega infrene, de bodega em bodega, de *chopp* em *chopp*, de tablado em tablado. Nesse turbilhão de bardos e de cantares surgiam alguns mais dados à evidência — o Geraldo, o Eduardo das Neves, o esteta Catulo da Paixão Cearense! O Geraldo deitou elegância e botinas de polimento; o Eduardo das Neves tinha sido bombeiro, antes de ser notável. Quando foi número de *music hall*, perdeu a tramontana e andava de *smoking* azul e chapéu de seda. A sua fantasia foi mais longe: chegou a publicar um livro intitulado *Trovador da Malandragem*, e esse *Trovador* tem um prefácio cheio de cólera contra pessoas que duvidam da autoria das suas obras.

"Por que duvidais", diz ele, "isto é, não acreditais quando aparece qualquer choro, qualquer composição minha que cai no gosto do público e é decorada, repetida por toda a gente e em toda a parte, desde nobres salões até pelas esquinas nas horas mortas da noite?".

Ninguém ouviu os choros do senhor Eduardo nos salões fidalgos, mas o senhor Eduardo tem essa convicção definitiva, além de muitas outras. Depois de cantar algumas intimidades da sua vida, chegou mesmo num lundu intitulado *O crioulo*, a desvendar o mistério de uma senhora loucamente apaixonada pela sua voz. No final do negócio a dama murmura:

> Diga-me ao menos
> Como se chama

E ele, complacente:

> Sou o crioulo
> Dudu das Neves

Dudu, entretanto, canta apenas as suas obras. Há um outro sujeito, chamado Baiano, que sabe de cor mais de mil modinhas, e para o qual trabalham, a oito mil-réis por número, meia dúzia de poetas que nunca saíram nos suplementos dominicais dos jornais. E se baiano tem essa prodigiosa memória, o senhor Catulo, último trovador velho-gênero, é o esteta da trova popular. Vê-lo recitar *O Poeta e a Fidalga*, com um copo de chope na mão, é um desses espetáculos de *brasserie* inesquecível. Catulo emaranhou-se no dogma da moda, corrigiu os versos de tudo quanto era quadra, estudou Bellini, Donnizetti, Verdi, adaptou os nossos versos a trechos de óperas e, finalmente, compôs traduções livres de Leconte de Lisle para serem recitadas ao piano! Há no prefácio da *Lira dos Salões* o livro em que se encontra Leconte no pelourinho do recitativo, a estética fundamental da modinha:

"Julgo difícil", diz ele,

> e escabroso o trabalho de escrever poesias para adaptar a músicas que já preexistem de há muito, e com extrema razão quando essas composições musicais foram escritas por quem nunca presumiu que elas fossem sacrificadas, isto é, cantadas com letras.
> Canto valsas, *schottischs*, mazurcas, polcas, romances, árias de óperas, e já cheguei ao esquisitismo de cantar até uma quadrilha inteira.

E mais adiante, no mesmo tom, depois dessa coisa espantosa e pernóstica:

> Vós me pedis, suponde, que eu faça a poesia para certa música. Crede que eu, imediatamente, sem mais reflexão, empunhe a pluma e a vaze no papel? Não. Há algumas dessas músicas que me fazem levar horas inteiras a interpretar-lhes os sentimentos, os queixumes, as mágoas de que sofrem os seus autores.
> Leitor! ascende a tal culminância o orgulho que tenho de saber poetar para o canto que, sem acanhamento, teria o desaforo de vos dizer que o dia em que um competente me dissesse: esta ou aquela frase não foi bem adaptada, não diz o que diz a música, está incolor, esse dia seria o último da minha vida, porque ou suicidar-me-ia ou sucumbiria de pesar por ver aquele meu orgulho destronado.

Catulo, hiperestesia da musa urbana, é, apesar de tanta trapalhada, capaz de fazer célebres vários poetas, quase desconhecido e vive à margem da poesia, poeta da musa anônima, poeta da calçada...

Porque a musa não se rala com a interpretação de partituras.

Basta-lhe o fato, o sucesso do dia, três gotas de paixão e um violão. Vibra acordes patrióticos a dúvida, o desejo, e é o necessário para ser compreendida.

A característica principal dos poetas da calçada é o patriotismo, mas um patriotismo muito diverso do nosso e mesmo do da populaça —é o amor da pátria escoimado de ódios, o amor jacobino, o amor esterilizado para os de casa e virulento para os de fora. O homem do povo é no Brasil discursadoramente patriota. A sua questão principal é o Brasil melhor do que qualquer outro país. O sucesso e a popularidade de Santos Dumont são devidos menos aos seus trabalhos de aviação que ao ter causado a admiração de Paris. Para o patriota ele não se fez admirado: dominou. A popularíssima cançoneta do Beranger das Neves é um atestado:

> A Europa curvou-se ante o Brasil
> E aclamou parabéns em meigo tom
> Brilhou lá no céu mais uma estrela
> Apareceu Santos Dumont.

Há pelo menos duas tolices em tal moxinifada.[304] O *music hall* ficava, entretanto, apinhado de jovens soldados, de marinheiros, de mocinhos patriotas; e eu hei de lembrar sempre certa vez em que, passando pelo café cantante, ouvi o barulho da apoteose e entrei. Estava o Dudu das Neves, suado, com a cara de piche a evidenciar trinta e dois dentes de uma alvura admirável, no meio do palco e em todas as outras dependências do teatro a turba aclamava. O negro já estava sem voz.

> Assinalou para sempre o século vinte
> O herói que assombrou o mundo inteiro
> Mais alto que as nuvens, quase Deus
> É Santos Dumont um brasileiro!

E após essa rajada de hipérboles ao Dumont que todos nós conhecemos, *sportman*, elegante, acionista da Mogiana, bem homem da sua época, eu vi no estridor das aclamações Fausto Cardoso, poeta, político, patriota, agitar freneticamente um lenço, pálido de emoção... Era a vitória da calçada, era a poesia alma de todos nós, era o sentimento que brota entre os paralelepípedos com a seiva e a vida da pátria. Esse patriotismo é a nota persistente dos poetas sem nome, patriotismo que quer dominar o estrangeiro e jamais exibe, como exibem os jornalistas, a infâmia dos políticos e as fraquezas dos partidos. A musa urbana enaltece sempre os seus homens e, quando odeia, oculta o ódio para não o mostrar aos de fora. Todos os episódios da revolta foram postos em verso. Floriano tem entre outras aquela quadra:

> Quando ele apareceu, altivo e sobranceiro
> Valente como as armas, beijando o pavilhão
> A pátria suspirou dizendo: ele é o guerreiro
> É marechal de ferro, escudo da nação.

É de imaginar por aí que a pátria suspirosa tinha medo das granadas e odiava Saldanha? Pois não! Saldanha também tem quadras em que se canta o seu valor épico. Na guerra de Canudos os garotos diziam, a propósito do *Conselheiro*,

---

304. Moxinifada: miscelânea.

Quem será esse selvagem
Esse vulgo santarrão
Que encoberto de coragem
Fere luta no sertão?

para cantar em estilo majestático a morte de Moreira César. A musa tem dignidade — a quantos jornais ensinaria ela! Basta que o sangue apareça para que a vejamos soluçar.

5 de novembro
Data fatal
Em que deu-se a morte
Desse marechal...

Basta que alguém suba para que ela aplauda. Por quê? Porque, além de chorosa, além de digna, ela também recebeu o vírus que corrompe as camadas superiores, o vírus do engrossamento. Apenas nela é espontâneo e sem lucro. É o patriotismo bizarro.

A polícia proíbe as agressões às autoridades. Furcy seria um mito na *Maison Moderne*, impossível em qualquer *brasserie*.

O povo, porém, que, como se sabe, é sempre oposicionista, decorou a canção dos presidentes:

1º de março
Foi o dia da eleição,
Foi eleito o Campos Sales
Presidente da nação.

Parabéns ao novo chefe,
Seus passos serão leais,
Como foram os do nosso
Bom Prudente de Morais.

Era bom Floriano, era bom Prudente, foi bom Campos Sales, são bons Rodrigues Alves e já o conselheiro Afonso Pena! Um outro versinho diz:

Mostrou que o Brasil não dorme
Da presidência o bom paulista
E se quer que o mineiro informe
Com ele é tudo fogo, linguiça!

A musa acaba até com a má fama antiga, e se não faz versos diz verdades. Qual de vós teria a coragem de conservar *quand même*[305] essa atitude de bondade para com todos os políticos? Esse esquisito sentimento dos poetas da calçada tem uma sequência lógica — o jacobinismo pândego, a crítica acerba, toda de alto, com desprezo das coisas estrangeiras. A guerra hispano-americana foi motivo de um milheiro de cançonetas. Todas afinam por este diapasão:

> *La Union Española*
> Lembrou-se de oferecer
> Passagens a seus súditos
> Para a pátria defender.
> Mas eles, que nem lá vão,
> Passam cá vida folgada
> Quase todos pelotaris
> Nos boliches, nas touradas.

Quando por acaso o capadócio ama uma estrangeira, confessa, mas arreliando o seu bem:

> Tomei amores com uma argentina
> Outro melhor jamais vi no mundo
> É terno, gringo, profundo
> É também das mais sensuais.

E a volubilidade, a despreocupação, a ironia complacente do malandro nacional exterioriza-se nas canções resultantes de grandes agitações como as causadas pela lei do selo, a reforma da higiene, a vacina obrigatória. A musa não se encoleriza, ri. O selo só fez compreender ao malandro que os fornecedores podiam ser multados:

> Sapateiro já não pode
> Bater sola sossegado
> Se não selar as botinas.
> Catrapus! Está multado.

Uma das canções mais populares sobre a peste bubônica tem este estribilho:

---

305. *Quand même*: apesar de tudo.

Os ratos fazem qui, qui, qui,
Qui, qui, qui, qui, qui
As pulgas pulam daqui
Pra ali, dali praqui, daqui prali
Os gatos fazem miau
Miau, miau, miau
Quem inventou a peste bubônica
Merece muito pau.

E a vacina obrigatória, que quase apeia o governo do conselheiro Alves, deu uma infinita série de quadras livres. Patriota, jacobino, pândego, o atual bardo da calçada gosta exatamente dessas tolices fesceninas — é a tara da modinha desde Gregório de Matos —, gosta mesmo de rimar sandices, assim, como se vê, abandonado à margem da poesia, mas todos esses sentimentos se fundem na sua extrema liberdade, e o bardo abre o coração como uma represa de lirismo.

Oh!, o lirismo das modinhas! Como é possível na miséria da urbe, no pó, na secura, na sujeira das vielas sórdidas, nas escuras alcovas das hospedarias reles, vibrar tamanha luz de poesia?

O lirismo é uma torrente, uma catadupa a escachoar espumante entre as ideias dos bardos. Todos os estilos da veia lírica do povo soluçam e choram nas calçadas. Não é possível deixar de sentir uma infinita amargura, quando nos becos sórdidos, à porta de miseráveis casas, os soldados consentem que os trovadores cantem, loucos de amor, a pureza da mulher transviada.

Virgem casta eu já fui como tu
Já vivi como os anjos no céu
Esta fronte que vês humilhada
Foi coberta de cândido véu.

Essa ideia lírica e adquirida, ideia datando dos conselheiros românticos e da Dama das Camélias, não desaparece nunca: é a roca em que a musa fia o sentimento nas ruas. Aí os modinheiros perdem-se num estuário de amor. Tudo é paixão. Há o amor trágico:

É meia-noite; o triste bronze chora
À lua oculta numa nuvem escura.
Calou-se a flauta numa longa queixa
O pobre louco morreu de amargura!

o irônico:

Zombaste, mulher com riso de escárnio
De pobre artista todo fogo e ardor
Amava-o, dizias, julgando talvez
Que do mundo fosse algum rico senhor.

o lírico:

Amo-te ó virgem, como ama o nauta
A luz da estrela que lhe guia o lar...

o desconsolado:

Nem toda a árvore dá fruta
Nem toda a erva dá flor
Nem toda a mulher bonita
Pode dar constante amor.

ou ainda mais desconsolado:

Perdão, Emília, mas chorar não posso

o triste:

Quisera amar-te mas não posso, Elvira.
Porque gelado tenho o peito meu

o zangado:

A mulher é diabo de saias
Que nasceu para os homens tentar.
É perversa, é maldosa e tem lábia
Que nos faz a cabeça girar.

o idílico:

Chiquinha, se eu te pedisse
De modo que ninguém visse
Um beijo, tu mo negavas?
Ai dava! Eu dava...

Idílio que bem se podia comparar às mimas de Herondas, se não fosse a calçada o seu autor... Todos os tangos, os sambas, os lundus em que se canta a mulata:

É quitute saboroso
É melhor que vatapá
É néctar delicioso
É bom como não há

os acanalhadamente amorosos:

Gosto de ti, porque gosto
Porque meu gosto é gostar
Mas tu de mim não te lembras
Por que me fazes penar?

o descritivo:

Numa conchinha de prata
Navegavam dois amantes
Beijando-se docemente
Ao som de magos descantes.

o trocista:

O amor da mulher é cachaça
Que se bebe por frio e calor
O amor da mulher é chalaça
É cantiga de mau trovador.

até o ideal:

Poesia, era esse o nome
Dessa mulher ideal

E amando-a sem ser poeta
Fui louco, pequei, fiz mal.

O amor proteiforme, o eterno amor feito de soluços e risos, que Tennyson dizia senhor da vida e senhor da morte.

Há nessas modinhas e nessas cançonetas, de par com a paixão, a tristeza e a troça, um milhão de erros de gramática e de metrificação. O verso é quase ignorado pelos trovadores ocasionais. Mas que lhes importa isso, se não se importam com a honra, o bem-estar, a glória? Os poetas não têm versos, têm cavaquinhos, violões e a voz para dobrar e quebrar os nossos nervos. Ao povo basta a cadência, o som sugestionador que chega a atrair os crocodilos. Uma história sem sentido como esta

Bolim bolacho, bole em cima,
Bolim bolacho por causa do bole embaixo
Quem não come da castanha-caruru
Não percebe do caju
Quem não come do caju
Não percebe do fubá

entusiasma fatalmente os auditórios. Eles, os trovadores, tenham ou não alegria, acham que tudo tem compensação até na morte:

Vai o pobre para a cova
E o rico para a carneira
Mas ao fim de cinco anos
Ao abrir a *salgadeira*
Quer do pobre, quer do rico
Há só ossos e caveira.

A despreocupação dessa gente parece viver com uma estranha verdade no lundu popular:

Eu vivo triste como sapo na lagoa
Cantando triste, escondido pelas matas.
Para ver se endireito a minha vida
Vou deixar das malditas serenatas.
O meu nome na *Gazeta de Notícias*

Ainda hoje eu vi bem declarado:
Ontem, à noite, foi preso um vagabundo...

Vagabundo, sim! A musa da cidade, a musa constante e anônima, que tange todas as cordas da vida e é como a alma da multidão, a musa triste é vagabunda, é livre, é pobre, é humilde. E por isso todos lhe sofrem a ingente fascinação, por isso a voz de um vagabundo, nas noites de luar, enche de lágrimas os olhos dos mais frios, por isso ninguém há que não a ame — flor de ideal nascida nas sarjetas, sonho perpétuo da cidade à margem da poesia, riso e lágrima, poesia da encantadora alma das ruas!...

Este livro foi impresso pela PifferPrint
em fonte Minion Pro sobre papel Ivory 58 g/m^2
para a Via Leitura na primavera de 2024.